A GUERRA DOS MUNDOS

"Mas quem viverá nestes mundos se eles forem desabitados?
...Somos nós ou eles, os Senhores do Mundo?...
E como todas as coisas são feitas para o homem?"

KEPLER (citado em *A Anatomia da Melancolia*)

Título original: *The War of the Worlds*
Copyright © Editora Lafonte Ltda., 2021

Todos os direitos reservados.
Nenhuma parte deste livro pode ser reproduzida sob quaisquer
meios existentes sem autorização por escrito dos editores.

Direção Editorial	*Ethel Santaella*
Tradução	*Débora Ginza*
Revisão	*Valéria Stüber*
Textos de Capa	*Dida Bessana*
Imagem Capa	*Grande Duc/Shutterstock*
Diagramação	*Estúdio Dupla Ideia Design*

Dados Internacionais de Catalogação na Publicação (CIP)
(Câmara Brasileira do Livro, SP, Brasil)

```
Wells, H. G., 1866-1946
   A guerra dos mundos / H. G. Wells ; tradução
Débora Ginza. -- São Paulo : Lafonte, 2021.

   Título original: The war of the worlds
   ISBN 978-65-5870-111-8

   1. Ficção científica inglesa I. Título.

21-68286                                    CDD-823.914
```

Índices para catálogo sistemático:

1. Ficção científica : Literatura inglesa   823.914

Cibele Maria Dias - Bibliotecária - CRB-8/9427

Editora Lafonte
Av. Profª Ida Kolb, 551, Casa Verde, CEP 02518-000
São Paulo - SP, Brasil – Tel.: (+55) 11 3855-2100
Atendimento ao leitor (+55) 11 3855-2216 / 11 3855-2213 – atendimento@editoralafonte.com.br
Venda de livros avulsos (+55) 11 3855-2216 – vendas@editoralafonte.com.br
Venda de livros no atacado (+55) 11 3855-2275 – atacado@escala.com.br

A GUERRA DOS MUNDOS

HOWELLS

tradução
Débora Ginza

Lafonte

Brasil – 2021

PARTE UM – A CHEGADA DOS MARCIANOS

I	A véspera da guerra
II	A estrela cadente
III	No descampado em Horsell
IV	A abertura do cilindro
V	O raio da morte
VI	O raio da morte na estrada de Chobha
VII	Como cheguei em casa
VIII	Noite de sexta-feira
IX	O início da batalha
X	Em meio à tempestade
XI	A janela
XII	A destruição de Weybridge e Sheppert
XIII	Como conheci o vigário
XIV	Em Londres
XV	O que aconteceu em Surrey
XVI	O êxodo em Londres
XVII	O "Thunder Child" (filho do trovão)

PARTE DOIS – A TERRA SOB O DOMÍNIO DOS MARCIANOS

I	Espezinhados
II	O que vimos da casa arruinada
III	Os dias de cativeiro
IV	A morte do vigário
V	Tranquilidade
VI	O trabalho de quinze dias
VII	O homem em Putney Hill
VIII	Londres morta
IX	Destroços
X	Epílogo

PARTE UM – A CHEGADA DOS MARCIANOS

CAPÍTULO I
A véspera da guerra

NOS ÚLTIMOS ANOS DO SÉCULO XIX, NINGUÉM TERIA ACREDITADO que este mundo estava sendo vigiado tão de perto e constantemente por seres mais inteligentes do que o homem e, no entanto, tão mortais quanto ele; que, à medida que os homens se ocupavam com suas várias preocupações, eram examinados e estudados, talvez quase tão minuciosamente quanto um homem com um microscópio examinaria as criaturas transitórias que se multiplicam em uma gota d'água. Com infinita complacência, os homens andavam de um lado para o outro neste globo tratando de seus pequenos negócios, de modo sereno e com a certeza de seu domínio sobre a matéria. É possível que o infusório, sob o microscópio, faça o mesmo. Ninguém pensou que os mundos mais antigos do espaço poderiam ser fontes de perigo para o ser humano e, se pensou, foi apenas para descartar essa ideia, pois a existência deles seria impossível ou improvável. É curioso lembrar alguns dos hábitos mentais daqueles dias que já se foram. No máximo, os homens imaginavam que poderia haver outros homens em Marte, talvez inferiores a eles próprios e prontos para acolher uma obra missionária. No entanto, nos abismos do espaço, as mentes que são para as nossas como estas são para as dos animais que perecem, inteligências vastas, frias e insensíveis, observavam esta terra com olhos invejosos e elaboravam, lenta e seguramente, seus planos contra nós. E no início do século XX veio a grande desilusão.

O planeta Marte, não preciso fazer você lembrar, gira em torno do Sol, a uma distância média de 225 milhões de quilômetros, e a luz e o calor que recebe do Sol mal chega à metade do que é recebido por este mundo. Se a teoria das nebulosas for verdadeira, Marte deve ser mais antigo do que nosso mundo, e muito antes que esta Terra deixasse de ser uma massa fundida, a vida deve ter começado seu curso em Marte. O fato de ter apenas um sétimo do volume da Terra deve ter acelerado seu resfriamento até a temperatura que possibilitasse o início da vida. Tem ar, água e tudo o que é necessário para a manutenção de uma existência animada.

No entanto, o homem é tão vaidoso e sua vaidade deixa-o tão cego, que nenhum escritor, até o final do século XIX, expressou qualquer opinião de que seres inteligentes poderiam ter se desenvolvido bem distante daqui, além do nível terrestre. E, geralmente, o homem também não entendia que o fato de Marte ser mais antigo que a nossa terra, com apenas um quarto da área superficial e estar mais distante do Sol, significava necessariamente que ele não está apenas mais distante do início da vida, mas também mais próximo de seu fim.

O resfriamento global, que um dia deve atingir nosso planeta, já aconteceu, de fato, há muito tempo com nosso vizinho. As condições físicas de Marte ainda são um grande mistério, mas já sabemos que, mesmo em sua região equatorial, a temperatura do meio-dia mal se aproxima de nosso inverno mais frio. Seu ar é muito mais ameno do que o nosso, seus oceanos encolheram até cobrirem apenas um terço de sua superfície e, à medida que as estações mudam lentamente, enormes áreas de neve juntam-se e derretem-se ao redor dos polos e periodicamente inundam suas zonas temperadas. Esse último estágio de exaustão, que para nós ainda está incrivelmente distante, tornou-se um problema atual para os habitantes de Marte. A pressão imediata da necessidade iluminou suas mentes, ampliou seus poderes e endureceu seus corações. E, olhando através do espaço com instrumentos e conhecimentos que mal sonhávamos ter, eles são capazes de observar, na distância mínima de apenas 56 milhões de quilômetros em direção ao Sol, uma estrela de esperança da manhã: o nosso planeta, mais quente, com vegetação verde e água de cor acinzentada, uma atmosfera nublada repleta de fertilidade, com vislumbres, através de nuvens flutuantes, de amplas extensões de países populosos e mares estreitos lotados de navios.

E nós, homens, as criaturas que habitam este solo, devemos ser para eles pelo menos tão estranhos e limitados quanto os macacos e os lêmures são para nós. O lado intelectual do homem já admite que a vida é uma luta incessante pela existência, e parece que essa também é a crença das mentes em Marte. O resfriamento no mundo deles está muito adiantado e o nosso mundo ainda está repleto de vida, mas apenas com o que eles consideram animais inferiores. Levar a guerra em direção ao Sol é, de fato, sua única saída para escapar da destruição que, geração após geração, arrasta-se sobre eles.

E antes de julgá-los com demasiada severidade, devemos nos lembrar da destruição implacável e total que nossa espécie causou, não apenas aos animais, como o extinto dodô e o quase extinto bisão, mas também às raças consideradas inferiores. Os tasmanianos, apesar de sua semelhança humana, foram inteiramente aniquilados em uma guerra de extermínio travada por imigrantes europeus no espaço de cinquenta anos. Seríamos considerados apóstolos da misericórdia com o direito de lamentar se os marcianos guerreassem com o mesmo espírito?

Os marcianos parecem ter calculado sua descida à Terra com surpreendente sutileza, considerando que seu aprendizado matemático é evidentemente muito superior ao nosso, e realizado seus preparativos com uma unanimidade quase perfeita. Se nossos instrumentos o permitissem, poderíamos ter visto os problemas se acumulando já no século XIX. Homens, como o astrônomo Schiaparelli, observavam o planeta vermelho, e é estranho, aliás, que, por incontáveis séculos, Marte foi a estrela da guerra, mas não conseguiram interpretar as aparições instáveis das marcações que mapearam tão bem. Durante todo esse tempo, os marcianos deviam estar se preparando.

Durante a oposição de 1894, um enorme clarão foi visto na parte iluminada do disco; primeiro no Observatório Lick, depois pelo astrônomo francês Perrotin, de Nice, e então por outros observadores. Os leitores ingleses ouviram falar desse fato pela primeira vez na edição da revista *Nature*, de 2 de agosto. Tenho a impressão de que esse clarão deve ter sido causado pela fundição de uma enorme arma, na imensa cratera escavada no planeta deles, de onde foram feitos os disparos contra nós. Sinais estranhos, ainda inexplicáveis, foram vistos perto do local daquela erupção durante as duas invasões seguintes.

A tempestade explodiu sobre nós seis anos atrás. Quando Marte se aproximava da invasão, o observador Lavelle, de Java, descreveu aquele intercâmbio astronômico com espantosa inteligência de quem estava por trás da enorme erupção de gás incandescente sobre o planeta. Tinha ocorrido por volta da meia-noite do dia 12; e o espectroscópio, ao qual o observador recorreu imediatamente, indicava uma massa de gás em chamas, principalmente hidrogênio, movendo-se com enorme velocidade em direção à Terra. Este jato de fogo tornou-se invisível aproximadamente à meia-noite e quinze. Ele comparou-o a um sopro colossal de chamas esguichado de maneira repentina e violenta para fora do planeta, "como gases flamejantes saindo de um canhão".

Foi uma comparação muito apropriada. No entanto, no dia seguinte, os jornais nem mencionaram o assunto, exceto uma pequena nota no *Daily Telegraph*. E, desta forma, o mundo ficou na ignorância sobre um dos perigos mais graves que já ameaçaram a raça humana. Eu sequer teria ouvido falar da erupção se não tivesse encontrado Ogilvy, o famoso astrônomo, em Ottershaw. Ele ficou tão animado com a notícia que me convidou para observar o planeta vermelho naquela noite com ele.

Apesar de tudo o que aconteceu desde então, ainda me lembro daquela vigília com clareza: o observatório escuro e silencioso, a lanterna projetando uma luz fraca no chão, bem no canto, o tique-taque constante do relógio do telescópio e a pequena fenda no telhado – uma profundidade alongada que era possível ver a luz das estrelas. Ogilvy movimentava-se de um lado para o outro, quase que invisível, mas era possível escutar seus passos. Olhando pelo telescópio, era possível ver um círculo azul-marinho e o pequeno planeta redondo nadando naquela esfera.

Parecia uma coisa tão insignificante, brilhante, pequena e imóvel, um pouco marcada com listras transversais e ligeiramente achatada por conta do arredondamento perfeito. Mas era tão pequeno, prateado e quente... uma cabeça de alfinete luminosa! A impressão é que ele tremia, mas, na realidade, era o telescópio que vibrava com a atividade do mecanismo do relógio que mantinha o planeta à vista.

Enquanto eu observava, o planeta parecia crescer e diminuir, avançar e recuar, mas isso era simplesmente porque meu olho estava cansado. Havia uma distância de 6464 milhões de quilômetros entre nós – mais de 6464 milhões de quilômetros de espaço vazio. Poucas pessoas percebem a imensidão do vazio onde a poeira do universo material parece nadar.

Perto de Marte, no campo visual, eu me lembro, havia três pontos fracos de luz, três estrelas telescópicas infinitamente remotas, e tudo a seu redor era uma escuridão insondável de espaço vazio. Sabem aquela impressão que esta escuridão nos causa em uma noite gelada e repleta de estrelas? Vista de um telescópio, parece muito mais profunda. E, invisível para mim, porque era muito pequena, estava tão distante, voava rápido e constante em minha direção, percorrendo milhares de quilômetros por minuto, vinha a Coisa que os marcianos estavam nos enviando, a Coisa que traria tantas lutas, calamidades e mortes para a Terra. Nunca imaginei que isso aconteceria enquanto observava o espaço; ninguém aqui na terra suspeitava da existência daquele míssil infalível.

Naquela noite, também houve outro jato de gás do planeta distante. Eu vi. Um brilho avermelhado na borda, e o contorno projetou-se levemente assim que o cronômetro marcou meia-noite. Depois disso, avisei Ogilvy e ele tomou meu lugar. A noite estava quente e eu estava com sede. Fui esticando as pernas desajeitadamente e tateando o caminho na escuridão, até a mesinha onde ficava uma vasilha de água, enquanto Ogilvy soltava exclamações ao ver o jato de gás vindo em nossa direção.

Na mesma noite, outro míssil invisível partiu de Marte para a Terra, mais ou menos um segundo antes de completar vinte e quatro horas após a partida do primeiro. Lembro-me de que me sentei à mesa na escuridão, com manchas verdes e vermelhas nadando diante dos meus olhos. Gostaria de ter um fósforo ou isqueiro para acender o cigarro, sem suspeitar do real significado do pequeno clarão que eu tinha visto e tudo o que ele me traria em breve. Ogilvy ficou observando até uma hora da manhã e depois desistiu; acendemos a lanterna e caminhamos até a casa dele. Lá embaixo, Ottershaw e Chertsey estavam na escuridão e todas as suas centenas de moradores dormiam em paz.

Naquela noite, ele estava cheio de especulações sobre as

condições de Marte e ria da ideia vulgar de haver habitantes que estavam fazendo sinais para nós. Sua ideia era que havia uma forte chuva de meteoritos caindo sobre o planeta ou que uma enorme explosão vulcânica estava ocorrendo. Ele salientava que era improvável que uma evolução orgânica tivesse tomado a mesma direção nos dois planetas vizinhos.

– As chances de existir em Marte algo semelhante à raça humana são de uma em um milhão – ele afirmou.

Centenas de observadores viram a chama depois da meia-noite naquela noite, e na noite seguinte, e novamente na noite seguinte; e assim por dez noites, uma chama a cada noite. Ninguém na terra conseguia explicar porquê os clarões cessaram depois da décima noite. Talvez os gases emitidos tenham causado transtornos aos marcianos. Densas nuvens de fumaça ou poeira, visíveis na Terra através de um poderoso telescópio, como pequenas manchas cinzentas e flutuantes, espalharam-se na atmosfera clara do planeta e obscureceram suas características mais familiares.

Finalmente, os jornais diários acordaram para os distúrbios que estavam ocorrendo, e notas populares apareceram aqui, ali e em toda parte a respeito dos vulcões marcianos. Eu me lembro que o periódico trágico-cômico *Punch* fez um bom uso do acontecimento em suas caricaturas políticas. E, sem que ninguém percebesse, aqueles mísseis que os marcianos haviam disparado contra nós aproximavam-se da terra, avançando agora a uma velocidade de muitos quilômetros por segundo na imensidão vazia do espaço, hora após hora e dia após dia, cada vez mais perto. Hoje em dia, parece-me inacreditável que, com aquele destino a nossa espera, os homens ainda pudessem preocupar-se com coisas tão mesquinhas, como sempre faziam. Lembro-me de como Markham ficou radiante ao conseguir uma nova fotografia do planeta para o jornal ilustrado que editava naquela época. As pessoas, nestes últimos tempos, não conseguem perceber a riqueza e a iniciativa dos nossos jornais no século XIX. Eu mesmo estava muito ocupado em aprender a andar de bicicleta e com uma série de artigos discutindo os prováveis desenvolvimentos das questões morais à medida que a civilização progredia.

Certa noite (quando o primeiro míssil provavelmente não estava nem a 16 milhões de quilômetros de distância da Terra), fui dar um passeio com minha esposa. O céu estava repleto de estrelas, e eu expliquei-lhe os Signos do Zodíaco e apontei para Marte, um ponto brilhante de luz em direção ao Zênite, para o qual tantos telescópios estavam apontados. A noite estava quente. Enquanto estávamos voltando para casa, um grupo de excursionistas de Chertsey ou Isleworth passou por nós cantando e tocando. Havia luzes nas janelas superiores das casas enquanto as pessoas iam para a cama. Da estação ferroviária, ao longe, vinha o ruído dos trens, realizando manobras, apitando e testando os motores, que era suavizado pela distância, transformando-se quase em uma melodia. Minha esposa me chamou a atenção para o brilho das luzes de sinalização vermelhas, verdes e amarelas, que, penduradas, pareciam formar uma estrutura no céu. Tudo parecia tão seguro e tranquilo.

CAPÍTULO II
A estrela cadente

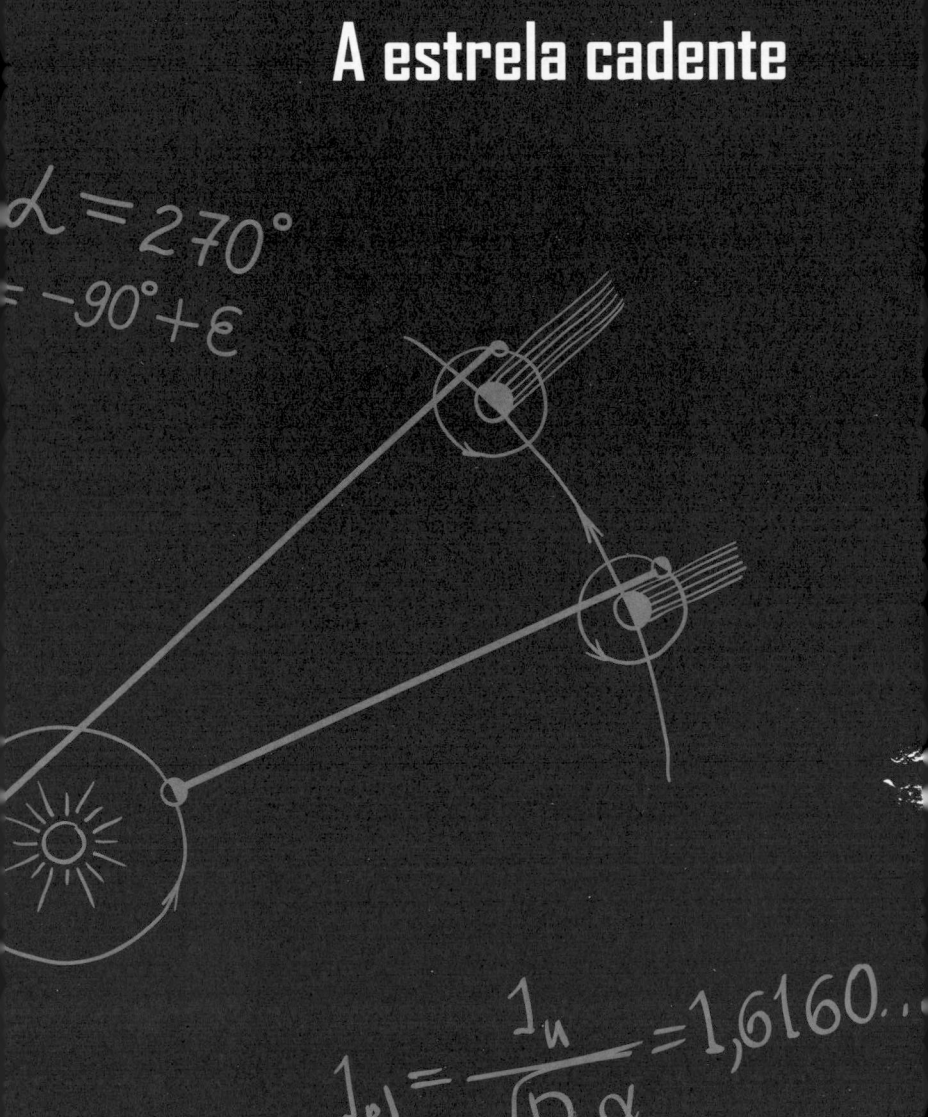

$\lambda = 270°$
$= -90° + \varepsilon$

$l_{pl} = \dfrac{1_u}{\sqrt{D_p \alpha}} = 1,6160...$

Então veio a noite da primeira estrela cadente. Ela foi vista no início da manhã, voando sobre Winchester em direção ao leste, uma linha de chamas bem alta na atmosfera. Centenas de pessoas devem tê-la visto e pensado que era uma estrela cadente comum. Albin a descreveu dizendo que deixava atrás de si um rastro esverdeado que brilhava por alguns segundos. Denning, nossa maior autoridade em meteoritos, afirmou que a altura de sua primeira aparição era de aproximadamente 150 ou 160 quilômetros. Parecia-lhe que tinha caído na terra cerca de 160 quilômetros a leste de onde ele estava.

Naquela hora, eu estava em casa fazendo minhas anotações no escritório; e, embora minhas portas francesas estivessem voltadas para Ottershaw e a cortina estivesse levantada (pois, naquela época, eu adorava olhar para o céu à noite), não vi nada. No entanto, a coisa mais estranha de todas as coisas que já vieram à Terra do espaço sideral deve ter caído enquanto eu estava sentado lá; teria sido visível para mim se eu tivesse apenas olhado para cima enquanto ela passava. Algumas das pessoas que observaram seu voo disseram que se movimentava com um som sibilante. Não ouvi absolutamente nada. Muitas pessoas em Berkshire, Surrey e Middlesex devem ter visto sua queda e, no máximo, pensado que outro meteorito havia caído. Parece que ninguém se preocupou em procurar a massa caída naquela noite.

Porém, o pobre Ogilvy, que vira a estrela cadente e estava convencido de que havia um meteorito em algum ponto comum entre Horsell, Ottershaw e Woking, levantou-se com a ideia de encontrá-lo. E o encontrou, logo após o amanhecer, e não muito longe dos poços de areia. Um enorme buraco foi feito pelo impacto do projétil, e a areia e o cascalho foram arremessados violentamente em todas as direções sobre as urzes, formando pilhas visíveis a uns dois quilômetros de distância. As urzes estavam em chamas ao leste, e uma fumaça azul e fina subia ao amanhecer.

A Coisa em si estava quase enterrada na areia, entre as lascas espalhadas de um pinheiro que havia se despedaçado com sua queda. A parte visível tinha a aparência de um enorme cilindro, endurecido, mas com seu contorno suavizado por uma espessa incrustação escamosa de cor parda. Seu diâmetro era de aproximadamente 30 metros. Ogilvy aproximou-se da massa, surpreso com o tamanho e mais ainda com a forma, já que a maioria dos meteoritos são meio arredondados. No entanto, ainda estava tão quente em razão de seu voo pela atmosfera que era impossível aproximar-se mais. Ele atribuiu um ruído de agitação dentro do cilindro ao resfriamento desigual de sua superfície; pois, naquele momento, não lhe ocorrera que pudesse ser oco.

Ele permaneceu parado na beira do buraco que a Coisa havia feito para si mesma e, olhando para sua aparência estranha, surpreso principalmente com sua forma e cor incomuns, começou a perceber, pouco a pouco, que sua chegada parecia ter sido planejada. O início da manhã estava maravilhosamente calmo e o Sol, iluminando os pinheiros em direção a Weybridge, já estava quente. Não se lembrava de ter ouvido nenhum pássaro cantando naquela manhã, certamente não havia nenhuma brisa soprando, e os únicos sons eram os fracos movimentos de dentro do cilindro coberto de cinzas. Ele estava completamente sozinho no terreno descampado.

Então, de repente, Ogilvy percebeu que parte do revestimento cinza, a incrustação cheia de cinzas que cobria o meteorito, estava se desprendendo da borda circular da ponta. Estava caindo em pedaços em cima da areia. De repente, um grande pedaço se soltou e caiu, fazendo um enorme barulho, o que levou seu coração à boca.

Por um momento, ele não conseguiu perceber o que aquilo significava e, embora o calor fosse excessivo, desceu até o buraco perto da massa para ver a Coisa com mais clareza. Ele imaginou, então, que o resfriamento do corpo poderia explicar isso, mas o que o deixou perturbado foi o fato de que as cinzas estavam caindo apenas da ponta do cilindro.

Então, ele observou que, lentamente, a tampa circular do cilindro estava girando em torno de sua própria base. Era um movimento tão gradual que Ogilvy só percebeu porque uma marca preta que estava perto dele cinco minutos atrás agora estava do outro lado da circunferência. Mesmo assim, ele não conseguiu entender o que isso indicava, até que ouviu um som abafado, irritante, e viu a marca preta projetar-se cerca de dois centímetros para frente. Nesse momento, entendeu tudo rapidamente. O cilindro era artificial, oco, com uma extremidade aparafusada! Algo dentro do cilindro estava desenroscando a parte superior!

– Meu Deus do céu! – disse Ogilvy. – Há um homem lá dentro, talvez sejam vários homens! Quase carbonizados! Tentando escapar!

Imediatamente, pensando com muita rapidez, ele relacionou aquela Coisa com o clarão que vira em Marte.

A ideia da criatura confinada naquele cilindro era tão terrível para ele que esqueceu o calor e foi até o objeto para ajudá-lo a girar. Mas, felizmente, a radiação o deteve antes que ele pudesse queimar as mãos no metal que ainda brilhava. Com isso, Ogilvy ficou indeciso por um momento, depois virou-se e saiu do buraco, correndo em desespero para Woking. Deveria ser, então, aproximadamente seis horas da manhã. Encontrou um carroceiro e tentou fazê-lo entender, mas a história que ele contou e sua aparência eram tão estranhos – o chapéu havia caído dentro do buraco – que o homem simplesmente seguiu em frente. Ele também não teve sucesso com o funcionário que estava abrindo as portas do bar perto de Horsell Bridge. O rapaz achou que era um lunático e tentou, em vão, prendê-lo dentro do bar. Essa atitude deixou-o um pouco mais calmo, e, quando viu Henderson, o jornalista de Londres, em seu jardim, chamou-o por cima da cerca e explicou o que estava acontecendo.

– Henderson – ele gritou – você viu aquela estrela cadente ontem à noite?

– Sim – disse Henderson.

– Está lá em Horsell Common agora.

– Meu Deus! – disse Henderson. – Um meteorito! Essa é boa.

– Mas é algo mais do que um meteorito. É um cilindro... um cilindro artificial, homem! E tem alguma coisa dentro dele.

Henderson levantou-se com a pá na mão.

– O quê? – ele disse. Era surdo de um ouvido.

Ogilvy contou-lhe tudo o que tinha visto. Henderson demorou mais ou menos um minuto para entender a história. Então, largou a pá, agarrou o casaco e saiu para a estrada. Os dois homens correram de volta para o descampado e encontraram o cilindro ainda na mesma posição. Mas agora os sons internos haviam cessado, e um fino círculo de metal brilhante apareceu entre o topo e o corpo do cilindro. O ar estava entrando ou escapando pela borda com um som fino, que parecia um chiado.

Eles pararam para ouvir, bateram no metal queimado com uma vara e, sem nenhuma resposta, os dois concluíram que o homem ou os homens que estavam lá dentro deviam estar inconscientes ou mortos.

É claro que nenhum dos dois podia fazer nada. Gritaram, tentando consolar, prometendo ajudar, mas voltaram para a cidade em busca de ajuda. Podemos imaginá-los, cobertos de areia, eufóricos e desorientados, subindo correndo a ruazinha sob o Sol forte, enquanto os donos das lojas abriam suas portas e os moradores suas janelas. Henderson entrou imediatamente na estação ferroviária para telegrafar a notícia para Londres. Os artigos dos jornais já tinham preparado as mentes humanas para receber aquela notícia.

Às oito horas, alguns meninos e homens desempregados já estavam a caminho do terreno descampado para ver os "homens mortos de Marte". Era assim que a história estava sendo contada. Eu a ouvi, pela primeira vez, da boca do meu jornaleiro, aproximadamente às quinze para as nove, quando saí para comprar meu jornal, o *Daily Chronicle*. Naturalmente fiquei assustado e não perdi tempo. Saí em seguida para atravessar a ponte de Ottershaw até os poços de areia.

CAPÍTULO III

CAPÍTULO III

No descampado em Horsell

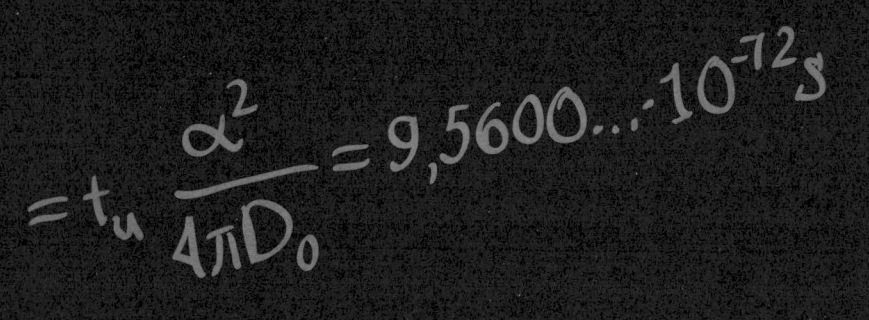

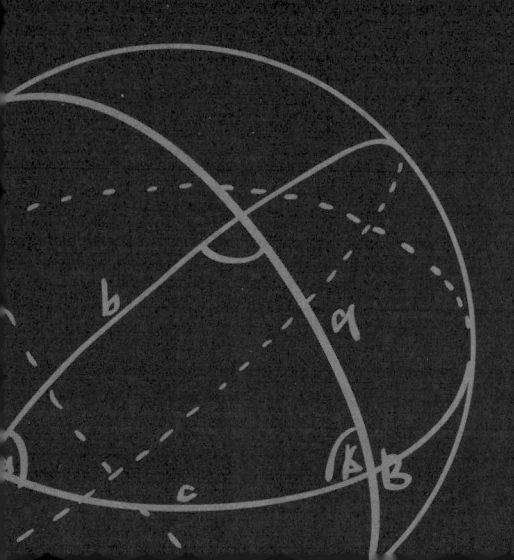

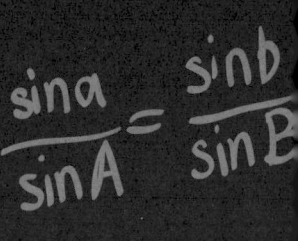

$$= t_u \frac{\alpha^2}{4\pi D_0} = 9,5600\ldots \cdot 10^{-72} s$$

$$\frac{\sin a}{\sin A} = \frac{\sin b}{\sin B}$$

Encontrei um pequeno grupo de cerca de vinte pessoas em torno do enorme buraco onde estava o cilindro. Já descrevi a aparência daquela massa colossal, cravada no solo. A grama e o cascalho ao redor pareciam estar chamuscados, como se tivesse ocorrido uma explosão repentina. Sem dúvida, o impacto havia provocado um clarão de fogo. Henderson e Ogilvy não estavam lá. Acho que perceberam que não havia nada a ser feito naquele momento e foram tomar o café da manhã na casa de Henderson.

Havia quatro ou cinco meninos sentados na beira do buraco, com os pés balançando, estavam se divertindo e jogando pedras na massa gigante, até que eu os interrompi. Depois que falei com eles sobre isso, começaram a brincar de "pega-pega" no meio do grupo de espectadores.

Entre eles, estavam dois ciclistas, um jardineiro, que eu contratava às vezes, uma menina carregando um bebê, além de Gregg, o açougueiro, e seu filho, dois ou três desocupados e alguns carregadores de tacos de golfe que costumavam andar pela estação ferroviária. Não havia muita conversa. Naquela época, poucas pessoas inglesas tinham algum conhecimento vago sobre astronomia. A maioria dos que estavam lá observava calmamente a extremidade do cilindro, que ainda estava como Ogilvy e Henderson o haviam deixado. Imagino que a expectativa popular de ver uma pilha de cadáveres carbonizados fora desapontada com essa massa inanimada. Alguns foram embora enquanto eu estava lá, e outras pessoas chegaram. Caminhei para dentro da cratera e imaginei ter ouvido um leve movimento sob meus pés. A tampa certamente havia parado de girar.

Foi só quando cheguei bem perto que a estranheza desse objeto ficou evidente para mim. À primeira vista, não era realmente mais emocionante do que uma carruagem virada de pernas para o ar ou uma árvore removida para o outro lado da estrada. Na verdade, não era bem assim. Parecia um tanque de gás enferrujado. Era necessária certa educação científica para perceber que a escala de cinza da Coisa não era feita de um óxido comum, que o metal branco-amarelado que brilhava na fenda entre a tampa e o cilindro tinha uma cor desconhecida. "Extraterrestre" não significava nada para a maioria dos espectadores.

Naquele momento, estava muito claro para mim que a Coisa viera do planeta Marte, mas achei improvável que tivesse alguma criatura viva lá dentro. Achei que a tampa seria desaparafusada automaticamente. Ao contrário de Ogilvy, eu ainda acreditava que havia homens em Marte. Minha mente correu fantasiosamente, pensando sobre as possibilidades de haver um manuscrito ali dentro, sobre as dificuldades de tradução que poderiam surgir, ou se encontraríamos moedas e maquetes, e assim por diante. No entanto, o objeto era grande demais para tal hipótese. Estava impaciente para vê-lo abrir. Por volta das onze, como nada parecia acontecer, voltei, cheio de ideias, para minha casa em Maybury. Mas achei difícil começar a trabalhar em minhas investigações abstratas.

À tarde, o aspecto do terreno descampado havia mudado muito. As primeiras edições dos jornais vespertinos surpreenderam Londres com enormes manchetes:

"UMA MENSAGEM RECEBIDA DE MARTE"

"HISTÓRIA EXTRAORDINÁRIA EM WOKING",

e assim por diante. Além disso, o telegrama que Ogilvy enviou para o Centro de Intercâmbio de Astronomia havia despertado a atenção de todos os observatórios nas redondezas.

Havia meia dúzia, ou até mais, de carruagens da estação de Woking paradas na estrada perto dos poços de areia, um táxi de Chobham e outra carruagem bastante nobre, além de várias bicicletas. Apesar do calor do dia, também havia um grande número de pessoas que vieram caminhando de Woking e Chertsey, formando uma multidão considerável, incluindo uma ou duas senhoras bem-vestidas.

Fazia muito calor, nenhuma nuvem no céu, nenhuma brisa e a única sombra era a dos poucos pinheiros espalhados. O fogo no descampado já estava apagado, mas a planície em direção a Ottershaw estava enegrecida até onde se podia ver, e ainda emitia faixas verticais de fumaça. Um negociante de doces da Chobham Road mandou seu filho com um carrinho de mão cheio de maçãs-verdes e cerveja de gengibre.

Ao aproximar-me da beira da cratera, encontrei um grupo de cerca de meia dúzia de homens... Henderson, Ogilvy e um homem alto de cabelos loiros, que depois soube que era Stent, o Astrônomo Real britânico, com vários trabalhadores segurando pás e picaretas. Stent dava instruções com uma voz clara e estridente. Estava em pé no cilindro, que agora estava evidentemente muito mais frio; seu rosto estava vermelho e escorrendo de suor, e algo parecia tê-lo irritado.

Uma grande parte do cilindro havia sido liberada, embora sua extremidade inferior ainda estivesse enterrada. Assim que Ogilvy me viu no meio da multidão que olhava fixamente na beira do buraco, chamou-me para descer e perguntou se eu me importaria de ir ver Lord Hilton, o proprietário das terras.

Ele disse que a multidão, que só aumentava, estava se tornando um sério impedimento para as escavações, especialmente os meninos. Queriam colocar uma grade de proteção para ajudar a manter as pessoas afastadas. Ogilvy me disse que ocasionalmente ainda se ouvia um leve movimento dentro do objeto, mas que os operários não conseguiram desaparafusar a tampa, pois era impossível segurá-la. O objeto parecia ser extremamente denso, e era possível que aqueles sons fracos que ouvíamos representassem uma movimentação barulhenta na parte interna.

Fiquei muito feliz em fazer o que ele pediu, e assim me tornar um dos espectadores privilegiados naquela área restrita. Não consegui encontrar Lord Hilton em sua casa, mas me disseram que ele viria de Londres no trem das seis horas que chegava de Waterloo; então, como eram cinco e quinze, fui para casa, tomei um chá e caminhei até a estação para esperá-lo.

CAPÍTULO IV
A abertura do cilindro

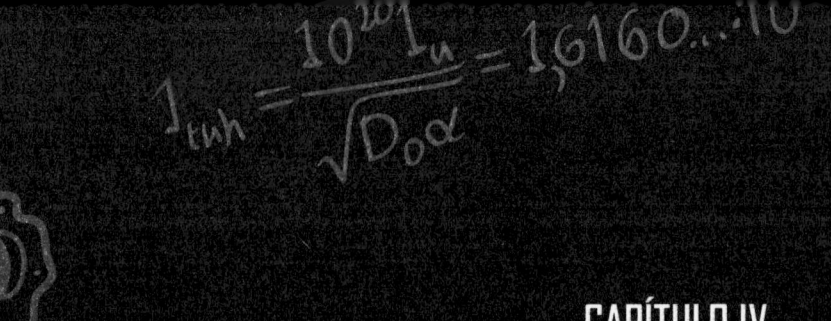

CAPÍTULO IV
A abertura do cilindro

Quando voltei ao terreno descampado, o Sol estava se pondo. Grupos dispersos vinham correndo da direção de Woking, e uma ou duas pessoas estavam voltando. A multidão em torno da cratera tinha aumentado e se destacava na escuridão contra o amarelo-limão do céu... umas duzentas pessoas, talvez. Elas falavam em voz alta e parecia haver algum tipo de luta perto da cratera. Imagens estranhas passaram pela minha mente. Quando me aproximei, ouvi a voz de Stent:

– Mantenham-se afastados! Mantenham-se afastados!

Um menino veio correndo em minha direção.

– Está se movimentando –disse ele quando passou por mim; – Aparafusa e desaparafusa. Não estou gostando disso. Vou sair daqui! Vou mesmo.

Fui até a multidão. Acho que realmente havia umas duzentas ou trezentas pessoas se acotovelando e empurrando umas às outras, e as duas ou três senhoras que estavam ali não eram, de maneira alguma, as menos ativas.

– Ele caiu na cratera! – gritou alguém.

– Mantenham-se afastados! – diziam várias pessoas.

A multidão hesitou durante alguns momentos e eu abri caminho com meus cotovelos. Todos pareciam extremamente agitados. Ouvi um zumbido peculiar vindo da cratera.

– Ouçam! – disse Ogilvy – Ajudem-me a manter esses idiotas afastados. Não sabemos o que há dentro dessa coisa esquisita!

Vi um jovem, acredito que ele era um balconista que trabalhava em Woking, em pé no cilindro, tentando sair da cratera. A multidão o havia empurrado lá para dentro.

A extremidade do cilindro estava sendo desrosqueada pelo lado de dentro. Era possível ver quase 60 centímetros de um parafuso brilhante. Alguém tropeçou em mim e por pouco não fui atirado para cima do parafuso. Virei-me e, ao fazê-lo, o parafuso deve ter saído, pois a tampa do cilindro caiu sobre o cascalho com um estrondo ensurdecedor. Bati com o cotovelo na pessoa atrás de mim e virei minha cabeça em direção à Coisa novamente. Por um momento, aquela cavidade circular pareceu perfeitamente preta. O pôr do Sol batia diretamente em meus olhos.

Acho que todos esperavam ver um homem emergir – possivelmente algo um pouco diferente de nós, homens terrestres, mas em todos os aspectos essenciais, um homem. Sei que estavam esperando isso. Mas, quando olhei, vi algo se movendo na sombra: movimentos ondulados acinzentados, um acima do outro, e então dois discos luminosos – como olhos. Então, algo parecido com uma pequena cobra acinzentada, com a espessura de uma bengala, ficou toda enrolada e contorcida, e veio ziguezagueando em minha direção – e depois outra coisa igual.

Um arrepio repentino tomou conta de mim. Uma mulher, que estava atrás de mim, deu um grito bem alto e, então, virei-me para trás ainda mantendo meus olhos fixos no cilindro, do qual outros tentáculos estavam agora saindo, e comecei a abrir meu caminho de volta para sair da cratera. Vi o espanto dando lugar ao horror nos rostos das pessoas a meu redor. Ouvi exclamações inarticuladas de todos os lados. Houve um movimento geral para trás. Vi o balconista ainda se debatendo na beira da cratera. Eu fiquei sozinho ali e vi as pessoas do outro lado da cratera fugindo, Stent entre elas. Olhei novamente para o cilindro e um terror incontrolável se apoderou de mim. Fiquei parado ali, petrificado e observando.

Uma grande massa arredondada e cinza, talvez do tamanho de um urso, subia lenta e dolorosamente para fora do cilindro. À medida que se projetava e refletia a luz, brilhava como couro molhado.

Os dois grandes olhos escuros estavam me olhando fixamente. A massa que os emoldurava, a cabeça da coisa, era redonda e podia-se dizer que tinha um rosto, com uma boca abaixo dos olhos, cuja borda sem lábios tremia e ofegava, deixando gotejar a saliva. A criatura toda ofegava e pulsava convulsivamente. Um apêndice com tentáculos se agarrava à borda do cilindro; outro, balançava no ar.

Aqueles que nunca viram um marciano vivo dificilmente podiam imaginar o horror de sua estranha aparência. A boca peculiar em forma de V, com seu lábio superior pontudo, a ausência de rugas nas sobrancelhas, a ausência de um queixo abaixo do lábio inferior em forma de cunha, o tremor incessante da boca, os grupos de tentáculos monstruosos, a respiração tumultuada dos pulmões em uma atmosfera que lhes era estranha, o evidente peso e a dor do movimento devido à maior energia gravitacional da terra – acima de tudo, a extraordinária intensidade dos olhos imensos – eram, ao mesmo tempo vitais, intensos, desumanos, mutilados e monstruosos. A criatura parecia um fungo gigante com aquela pele acastanhada e oleosa, algo extremamente desagradável em seus movimentos deliberadamente desajeitados e monótonos. Mesmo nesse primeiro encontro, nesse primeiro olhar, senti náuseas e pavor.

De repente, o monstro desapareceu. Ele havia perdido o equilíbrio na borda do cilindro e caíra na cratera, provocando uma batida surda, como a queda de uma grande massa de couro. Eu o ouvi dar um grito peculiar e forte, e imediatamente outra dessas criaturas apareceu nas sombras profundas da cratera.

Virei-me e corri, como um louco, até o primeiro grupo de árvores, talvez a uns 90 metros de distância; mas corri obliquamente e aos tropeções, pois não conseguia desviar meu rosto daquelas coisas.

Lá, entre alguns jovens pinheiros e arbustos, parei ofegante e esperei por novos acontecimentos. A área comum ao redor dos poços de areia estava pontilhada de pessoas, paradas como eu, meio aterrorizadas, olhando para essas criaturas, ou melhor, para o cascalho amontoado na beira da cratera em que estavam. E então, ainda mais horrorizado, vi um objeto redondo e preto balançando para cima e para baixo na beira da cratera. Era a cabeça do balconista que havia caído, mas parecia um pequeno objeto preto contra o Sol quente do oeste. Ele conseguiu levantar o ombro e o joelho e novamente pareceu escorregar para trás, até que apenas sua cabeça ficasse visível. De repente, ele desapareceu, e parece que escutei um grito fraco. Tive um impulso momentâneo de voltar e ajudá-lo, mas o medo que eu sentia era mais forte.

Era quase impossível ver alguma coisa, tudo estava escondido na cratera profunda e atrás do monte de areia que a queda do cilindro havia provocado. Qualquer um que viesse pela estrada de Chobham ou Woking ficaria surpreso com a visão – uma multidão cada vez menor de talvez cem pessoas ou mais paradas em um grande círculo irregular, em valas, atrás de arbustos, portões e cercas vivas, falando pouco umas com as outras e soltando gritos de medo, olhando fixamente para alguns montes de areia. O carrinho de cerveja de gengibre erguia-se, um estranho abandonado, preto contra o céu em chamas, e nos montes de areia havia uma fileira de veículos abandonados, com seus cavalos se alimentando em seus sacos de grãos ou raspando o chão com suas patas.

CAPÍTULO V
O raio da morte

DEPOIS DA RÁPIDA VISÃO QUE TIVE DOS MARCIANOS EMERGINDO DO cilindro em que tinham vindo de seu planeta para a Terra, uma espécie de fascínio paralisou meus movimentos. Permaneci em pé na urze enterrado até os joelhos, olhando para o monte que os escondia. Eu estava vivenciando uma batalha entre o medo e a curiosidade.

Não me atrevia a voltar para a cratera, mas sentia um desejo ardente de saber o que estava acontecendo lá dentro. Então, comecei a caminhar, fazendo uma grande curva, buscando algum local com melhor visão e observava continuamente os montes de areia que escondiam os recém-chegados à nossa terra. Em determinado momento, um feixe de finos chicotes pretos, como se fossem os tentáculos de um polvo, cruzou o pôr do sol e retirou-se imediatamente e, mais tarde, surgiu vagorosamente uma haste fina, que exibia em sua extremidade um disco circular que girava com um movimento oscilante. O que estaria acontecendo lá?

A maioria dos espectadores havia se reunido em um ou dois grupos – um era uma pequena multidão caminhando em direção a Woking; o outro grupo ia na direção de Chobham. Evidentemente, eles compartilhavam meu conflito mental. Havia poucos perto de mim. Aproximei-me de um homem percebendo que era um vizinho meu, embora eu não soubesse seu nome, e o abordei. Mas aquele não era um momento para conversar.

— Que animais feios! — ele disse. — Meu Deus! Que animais feios! — Ele ficou repetindo isso sem parar.

— Você viu um homem dentro da cratera? — eu perguntei a ele, mas ele não respondeu.

Durante algum tempo, ficamos em silêncio, lado a lado, observando o que acontecia, e imagino que obtendo um certo conforto na companhia um do outro. Em seguida, mudei de posição, subindo até uma pequena colina, que me deu a vantagem de um metro ou mais de elevação, e quando eu o procurei, ele estava caminhando em direção a Woking.

O pôr do sol se transformou em crepúsculo antes que qualquer outra coisa acontecesse. A multidão bem longe, à esquerda, em direção a Woking, parecia aumentar, e agora eu ouvia um murmúrio bem fraco vindo dela. O pequeno grupo de pessoas que caminhavam em direção a Chobham dispersou-se. Quase não havia sinal de movimento vindo da cratera.

Foi isso, mais do que qualquer outra coisa, que deu coragem às pessoas, e suponho que o grupo recém-chegado de Woking também contribuiu para restaurar a confiança. De qualquer maneira, ao entardecer, começou um movimento lento e intermitente dos poços de areia, um movimento que parecia ganhar força à medida que a quietude da noite ao redor do cilindro permanecia inabalável. Grupos de duas ou três figuras verticais pretas começaram a avançar e depois paravam, observavam e avançavam novamente, espalhando-se de modo irregular, que prometia envolver a cratera com suas hastes atenuadas. Também comecei a andar em direção à cratera.

Em seguida, vi alguns cocheiros e outros homens caminhando corajosamente para os poços de areia, e ouvi o barulho de cascos e o rangido de rodas. Vi um rapaz empurrando o carrinho de maçãs. E então, a uns trinta metros da cratera, avançando na direção de Horsell, notei um pequeno grupo de homens, e o que estava na frente deles agitava uma bandeira branca.

Era a delegação. Houve uma consulta apressada, e ficou evidente que os marcianos, apesar de suas formas repulsivas, eram criaturas inteligentes, então todos resolvemos mostrar-lhes, aproximando-se deles com sinais, que também éramos inteligentes.

Tremulando, tremulando, a bandeira inclinava-se primeiro para a direita e depois para a esquerda. Estavam muito longe para eu reconhecer alguém ali, mas depois descobri que Ogilvy, Stent e Henderson estavam com as outras pessoas nessa tentativa de comunicação. Enquanto este pequeno grupo avançava, ele arrastava para dentro, por assim dizer, o círculo quase que completo das pessoas que estavam ali, e algumas figuras negras indistintas o seguiam a uma distância discreta.

De repente, houve um clarão de luz, e uma quantidade de fumaça luminosa esverdeada saiu do poço em três baforadas distintas, que subiram, uma após a outra, direto para o ar calmo.

Esta fumaça (ou chama, pois, talvez, esta seria a palavra mais apropriada) era tão brilhante que o céu azul-escuro acima e os trechos do descampado marrom em direção a Chertsey, com pinheiros escuros, pareciam escurecer abruptamente à medida que essas nuvens se erguiam, e ficaram ainda mais escuro depois da dispersão das nuvens. Ao mesmo tempo, era possível ouvir um leve som sibilante.

Perto da cratera estava o pequeno grupo de pessoas com a bandeira branca à frente, imobilizadas por esse fenômeno, e havia também um pequeno grupo de diminutas formas negras sobre o solo escuro. Quando a fumaça verde subiu, seus rostos ficaram iluminados em verde-claro e desvaneceram novamente quando a fumaça desapareceu. Então, lentamente, o som sibilante transformou-se em um zumbido, um ruído longo, alto e monótono. Vagarosamente, uma forma curvada saiu da cratera, e o fantasma de um clarão de luz parecia surgir em chamas.

Em seguida, relâmpagos de chamas reais, um clarão brilhante saltando de um para outro, surgiram do grupo disperso de homens. Foi como se algum jato invisível colidisse com eles e brilhasse em uma chama branca. Era como se cada homem, de repente, transformasse-se em fogo naquele momento.

Depois disso, à luz de sua própria destruição, eu os vi cambaleando e caindo, e seus acompanhantes se viraram e começaram a correr.

Fiquei olhando, sem perceber ainda que aquela era a morte saltando de um homem para outro naquela pequena multidão distante. Tudo o que senti era muito estranho. Um *flash* de luz quase silencioso e ofuscante, e um homem caiu e ficou imóvel; e quando o raio invisível de calor passou por eles, os pinheiros explodiram em chamas, e todos os arbustos secos de tojo transformaram-se em uma massa de chamas. E ao longe, na direção de Knaphill, observei que as árvores, as sebes e os edifícios de madeira estavam todos ardendo em chamas.

Essa espada de calor invisível e inevitável girava rápida e firmemente, causando uma morte flamejante. Percebi que estava vindo em minha direção pelos arbustos que queimavam quando eram tocados, e fiquei tão surpreso e estupefato que mal conseguia me mover. Ouvi o crepitar do fogo nos poços de areia e o súbito relincho de um cavalo que foi repentinamente interrompido. Então foi como se um dedo invisível, mas intensamente aquecido, fosse desenhado na urze entre mim e os marcianos, e ao longo de uma linha curva, além dos poços de areia, o solo escuro fumegava e estalava. Algo caiu com estrondo bem longe, à esquerda, onde a estrada da estação de Woking desemboca para o descampado. Em seguida, o chiado e o zumbido cessaram, e o objeto preto em forma de cúpula afundou lentamente dentro da cratera.

Tudo isso aconteceu com tanta rapidez que fiquei imóvel, estupefato e ofuscado pelos relâmpagos. Se aquela morte tivesse se propagado em um círculo completo, ela inevitavelmente teria me aniquilado. Mas, passou e poupou-me, deixando a noite a meu redor repentinamente escura e desconhecida.

O terreno ondulado agora parecia completamente escuro, exceto onde suas estradas tinha um tom claro e acinzentado, sob o céu azul-escuro do início da noite. A escuridão era total e não havia nenhum homem. Acima, as estrelas estavam se agrupando; e, no oeste, o céu ainda era de um azul pálido, brilhante, quase esverdeado. As copas dos pinheiros e os telhados de Horsell ficavam negros e nítidos contra o brilho do entardecer ao oeste. Os marcianos e seus aparelhos eram totalmente invisíveis, exceto por aquela haste fina sobre a qual o espelho deles balançava inquieto. Restos de arbustos e árvores isoladas aqui e ali fumegavam e ainda brilhavam, e as casas em direção à estação de Woking projetavam espirais de chamas na quietude do ar noturno.

Nada havia mudado, exceto isso e um espanto terrível. O pequeno grupo de manchas negras com a bandeira branca havia desaparecido, e a quietude do entardecer, ao que me parecia, mal se quebrara.

Ocorreu-me de que eu estava neste descampado escuro, indefeso, desprotegido e sozinho. De repente, algo se abateu sobre mim... o medo.

Com esforço, virei-me e comecei a correr, cambaleando pelo terreno descampado.

O medo que senti não era um medo racional, mas um pânico provocado não apenas pelos marcianos, mas também pela escuridão e quietude a meu redor. Aquele medo teve um efeito tão extraordinário sobre mim que corri chorando silenciosamente como uma criança. Depois de me virar, não ousei olhar para trás.

Lembro-me de sentir uma convicção extraordinária de que estavam brincando comigo e que, na realidade, quando eu estivesse quase em segurança, esta morte misteriosa, tão rápida quanto a luz, saltaria de dentro da cratera perto do cilindro para vir atrás de mim e me derrubaria.

CAPÍTULO VI
O raio da morte na estrada de chobham

CONTINUA A SER INACREDITÁVEL COMO OS MARCIANOS SÃO CAPAZES de matar homens de modo tão rápido e silencioso. Muitos pensam que, de alguma forma, eles são capazes de gerar um calor intenso em uma câmara de condutividade praticamente nula. Projetam esse calor intenso em um feixe paralelo contra qualquer objeto que escolherem, por meio de um espelho parabólico polido de composição desconhecida, da mesma maneira que o espelho parabólico de um farol projeta um feixe de luz. Mas ninguém provou a veracidade desses detalhes. No entanto, é certo que um raio da morte é a essência da questão. Calor e luz invisível, em vez de visível.

O que quer que seja combustível, incendeia-se a seu toque, o chumbo corre como água, amolece o ferro, racha e derrete o vidro e, quando cai sobre a água, incontinentemente explode em vapor.

Naquela noite, quase quarenta pessoas jaziam sob a luz das estrelas ao redor da cova, carbonizadas e distorcidas de tal modo que era impossível reconhecê-las, e, durante toda a noite, o terreno descampado de Horsell a Maybury ficou deserto e coberto em chamas.

Provavelmente, a notícia do massacre chegou a Chobham, Woking e Ottershaw quase ao mesmo tempo. Em Woking, as lojas haviam fechado quando a tragédia aconteceu, e várias pessoas, vendedores, lojistas etc., atraídas pelas histórias que ouviram, caminharam sobre a Ponte Horsell e ao longo da estrada, entre as sebes, que desembocava finalmente no descampado. Imagine os jovens cansados depois do trabalho do dia, transformando essa novidade, como fariam com qualquer outra, em desculpa para caminharem juntos e desfrutarem de um namorico trivial. Imagine o zumbido das vozes ao longo da estrada ao crepúsculo... Até aquele momento, é claro, poucas pessoas em Woking sequer sabiam que o cilindro tinha sido aberto, embora o pobre Henderson tivesse enviado um mensageiro de bicicleta ao correio com um telegrama especial para um jornal da tarde.

Quando essas pessoas chegaram ao descampado em grupos de duas ou três pessoas, encontraram pequenos grupos de pessoas conversando animadamente e olhando para o espelho giratório sobre os poços de areia, e os recém-chegados, sem dúvida, foram logo contagiados pela animação do momento.

Por volta das oito e meia, quando o comitê foi destruído, deveria haver uma multidão de trezentas ou mais pessoas neste local, além das que haviam saído da estrada para se aproximar dos marcianos. Também havia três policiais, um dos quais estava a cavalo, fazendo o possível, de acordo com as instruções de Stent, para manter as pessoas afastadas e impedi-las de se aproximar do cilindro. Houve algumas vaias daquelas pessoas mais impensadas e agitadas, para quem uma multidão é sempre uma ocasião de barulho e grosserias.

Stent e Ogilvy, prevendo possíveis brigas, telegrafaram de Horsell para o quartel assim que os marcianos surgiram, pedindo a ajuda de uma companhia de soldados para proteger essas estranhas criaturas da violência. Depois disso, eles voltaram para liderar aquele avanço malfadado. A descrição da morte deles, tal como relatada pela multidão, coincide muito com minhas próprias impressões: as três baforadas de fumaça verde, a nota de zumbido profundo e os relâmpagos de chamas.

Mas as possibilidades de fuga para aquela multidão eram muito menores do que as minhas. O que salvou a todos foi somente o fato de estarem separados do raio da morte por uma elevação de areia coberta de urze. Se a elevação do espelho parabólico estivesse alguns metros acima, ninguém teria sobrevivido para contar história. Eles viram os relâmpagos e os homens caindo e algo que parecia ser uma mão invisível incendiando os arbustos enquanto corria em direção a eles no crepúsculo. Então, com uma nota sibilante que sobressaiu do zumbido proveniente da cratera, a haste ziguezagueou perto de suas cabeças, incendiando as copas das árvores na beira da estrada e quebrando os tijolos, as janelas e suas molduras e transformando em ruínas uma parte da empena da casa mais próxima.

Após o súbito estrondo, o sibilo e a claridade das árvores em chamas, a multidão entrou em pânico hesitando por alguns momentos. Faíscas e galhos em chamas começaram a cair na estrada, além de folhas soltas como nuvens de fogo. Chapéus e vestidos pegaram fogo. Então, todos começaram a gritar e chorar. De repente, em meio aos gritos, surgiu um policial galopando em meio à confusão, com as mãos cruzadas sobre a cabeça, gritando.

– Eles estão vindo! – gritou uma mulher e, imediatamente, todos se viraram e empurraram os que estavam atrás, a fim de abrir caminho para Woking. Devem ter fugido cegamente como um rebanho de ovelhas. Onde a estrada fica estreita e escura entre as margens altas, a multidão se aglomerou e lutou com desespero. Nem todos escaparam; pelo menos três pessoas, duas mulheres e um menino, foram esmagadas e pisoteadas, e morreram em meio ao terror e à escuridão.

CAPÍTULO VII

$$l_{pl} = \frac{l_u}{\sqrt{D_0 \alpha}} = 1{,}6160\ldots \cdot 10$$

CAPÍTULO VII
Como cheguei em casa

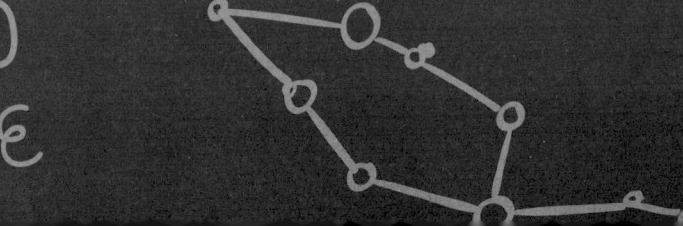

$= 270°$

$-90° + \varepsilon$

DE MINHA PARTE, NÃO ME LEMBRO DE NADA DA MINHA FUGA, COM exceção da violência com que batia nas árvores e dos tropeções na urze. Tudo a meu redor sugeria os terrores invisíveis dos marcianos; aquela espada impiedosa de calor parecia girar de um lado para o outro, florescendo no alto antes de descer e me aniquilar. Entrei na estrada em um ponto entre a encruzilhada e o Horsell, e corri em direção à encruzilhada.

Por fim, não pude ir mais longe. Estava exausto com a violência da minha emoção e da minha fuga, cambaleei e caí na beira da estrada. Isso aconteceu próximo à ponte que atravessa o canal, perto das fábricas de gás. Caí e fiquei imóvel.

Devo ter ficado lá um bom tempo.

Levantei-me um tanto perplexo. Por um momento, talvez, não consegui entender claramente como cheguei ali. Eliminei o terror de mim como se estivesse tirando uma peça de roupa. Meu chapéu havia sumido e meu colarinho se desprendera do botão. Poucos minutos antes, havia apenas três coisas reais para mim: a imensidão da noite, do espaço e da natureza, minha própria fraqueza e a angústia e a proximidade da morte. Agora era como se algo tivesse mudado e meu ponto de vista tivesse sido alterado abruptamente. Não houve uma transição sensata de um estado de espírito para outro.

Voltei imediatamente a ser o mesmo de todos os dias, um cidadão decente e comum. O silêncio no terreno descampado, o impulso da minha fuga e o início das chamas, tudo parecia ter sido um sonho. Perguntei a mim mesmo: essas coisas realmente aconteceram? Não conseguia acreditar.

Levantei-me e caminhei cambaleando pela ponte inclinada. Minha mente estava livre de preocupações, mas meus músculos e nervos estavam exaustos. Cambaleava como se estivesse bêbado. Uma cabeça surgiu sobre o arco e vi a figura de um trabalhador carregando uma cesta. Ao lado dele, corria um menino. Passou por mim, desejando-me boa noite. Tive vontade de falar com ele, mas não o fiz. Respondi sua saudação com um murmúrio sem sentido e continuei cruzando a ponte.

Sobre o arco de Maybury, passou um trem, um tumulto ondulante de fumaça branca e uma longa lagarta de janelas iluminadas, rodando para o sul...soltando um som estridente, que vinha do contato com os trilhos, e desapareceu. Um grupo indistinto de pessoas conversava no portão de uma das casas na pequena e linda rua que se chamava Oriental Terrace. Era tudo tão real e tão familiar. E aquilo que estava atrás de mim! Algo frenético, fantástico! Essas coisas, disse a mim mesmo, não podiam existir de verdade.

Talvez eu seja um homem de caráter excepcional. Não sei até que ponto minha experiência é comum. Às vezes, sofro da mais estranha sensação de desapego de mim mesmo e do mundo a meu redor; parece que observo tudo de fora, de algum lugar inconcebivelmente remoto, fora do tempo, do espaço, do estresse e da tragédia de tudo isso. Esse sentimento foi muito forte em mim naquela noite. Esse era o outro lado do meu sonho.

Mas o problema era a incongruência entre essa serenidade e a morte rápida voando além, a menos de três quilômetros de distância. Ouvia-se um ruído que vinha das fábricas de gás, e as lâmpadas elétricas estavam todas acesas. Parei perto do grupo de pessoas.

– Quais são as notícias sobre o terreno descampado? – perguntei.

Havia dois homens e uma mulher no portão.

– O quê? – disse um dos homens, virando-se.

– Quais são as notícias sobre o terreno descampado? – repeti.

– O senhor não estava lá? – perguntaram os homens.

– As pessoas que vêm do descampado parecem estar doidas – disse a mulher do outro lado do portão. – O que está acontecendo?

– Você não ouviu falar dos homens de Marte? – perguntei. – As criaturas de Marte?

– Já ouvi o bastante – disse a mulher por cima do portão. – Obrigada – E todos os três começaram a rir.

Senti-me ridículo e fiquei com raiva. Tentei contar a eles o que tinha visto, mas percebi que era impossível. Eles riram novamente das minhas frases quebradas.

– Vocês vão ouvir ainda mais – eu disse, e segui o caminho para minha casa.

Minha esposa ficou assustada com minha aparência porque eu estava tremendamente abatido. Entrei na sala de jantar, sentei-me, bebi um pouco de vinho e, assim que me recuperei um pouco, contei-lhe as coisas que tinha visto. O jantar, que estava frio, já havia sido servido e ficou esquecido na mesa enquanto contava minha história.

– Há uma coisa interessante – disse eu, para acalmar os temores que havia despertado; – Eles são as coisas mais lentas que já vi rastejar. Podem ficar no fosso e matar as pessoas que se aproximam deles, mas não conseguem sair dali... Porém, são realmente horríveis!

– Chega, meu querido, não fale mais nisso! – disse minha esposa, franzindo as sobrancelhas e colocando sua mão sobre a minha.

– Pobre Ogilvy! – eu disse. – E pensar que ele pode estar morto lá!

Minha esposa, pelo menos, acreditou no que eu havia contado. Quando vi como seu rosto estava mortalmente branco, parei abruptamente.

– Eles podem vir aqui – ela dizia sem parar.

Insisti para que ela tomasse o vinho e tentei tranquilizá-la.

– Eles mal podem se mover – eu disse.

Comecei a confortá-la e a mim mesmo, repetindo tudo o que Ogilvy me contara sobre a impossibilidade dos marcianos se estabelecerem na Terra. Em particular, dei ênfase à dificuldade gravitacional. Na superfície da Terra, a força da gravidade é três vezes maior que a superfície de Marte. Um marciano, portanto, pesaria três vezes mais do que em Marte, embora sua força muscular fosse a mesma. Portanto, seu próprio corpo seria um manto de chumbo para ele. Essa, de fato, era a opinião geral. Tanto o *The Times* quanto o *Daily Telegraph*, por exemplo, insistiram nisso na manhã seguinte, e ambos negligenciaram, assim como eu, duas influências óbvias que poderiam causar mudanças.

A atmosfera da Terra, como já sabemos, tem muito mais oxigênio ou muito menos argônio (como preferir dizer) do que Marte. As influências revigorantes desse excesso de oxigênio sobre os marcianos indiscutivelmente contribuem muito para contrabalançar o aumento do peso de seus corpos. E, em segundo lugar, todos esquecemos o fato de que a inteligência mecânica que o marciano tem é perfeitamente capaz de dispensar o esforço muscular, se necessário.

Mas, naquele momento, não considerei esses pontos, e meu raciocínio só colocava obstáculos contra as chances dos invasores. Com vinho e comida, a confiança de estar sentado à minha própria mesa e a necessidade de tranquilizar minha esposa, criou em mim mais coragem e segurança.

– Eles agiram como tolos – eu disse, segurando minha taça de vinho. – São perigosos porque, sem dúvida, estão loucos de terror. Talvez eles não esperassem encontrar coisas vivas... certamente não esperam encontrar coisas vivas e inteligentes.

– Se o pior acontecer, uma bomba no fosso matará todos eles – comentei.

A intensa excitação dos eventos sem dúvida deixou minhas faculdades perceptivas em estado de eretismo. Lembro-me daquela mesa de jantar com extraordinária nitidez até agora. O rosto doce e ansioso de minha querida esposa, olhando para mim por baixo do abajur rosa, a toalha de pano branco com a louça de prata e vidro, pois naquela época até mesmo os escritores filosóficos tinham pequenos luxos, e o vinho de cor púrpura carmesim em meu copo eram nítidos como se estivessem em uma fotografia. No final, sentei-me, pensando e fumando um cigarro, lamentando a imprudência de Ogilvy e ridicularizando a timidez míope dos marcianos.

Deve ter sido da mesma maneira que aconteceu com algum dodô respeitável nas Ilhas Maurício, senhor do seu ninho, discutindo a chegada daquele navio cheio de marinheiros impiedosos à procura de comida animal: – Vamos bicá-los até a morte amanhã, minha querida.

Eu não sabia, mas aquele era o último jantar civilizado que eu comeria durante muitos dias estranhos e terríveis.

CAPÍTULO VIII
Noite de sexta-feira

$$= t_u \frac{\alpha^2}{4\pi D_0} = 9,5600\ldots \cdot 10^{-72} s$$

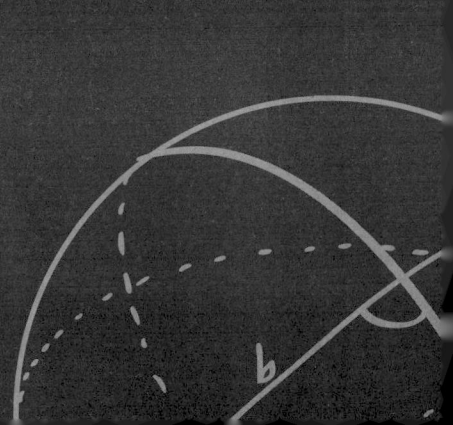

$$\frac{\sin a}{\sin A} =$$

A COISA MAIS EXTRAORDINÁRIA PARA MIM, DE TODAS AS COISAS estranhas e maravilhosas que aconteceram naquela sexta-feira, foi o encaixe dos hábitos corriqueiros de nossa ordem social com os primeiros começos da série de eventos que viriam a derrubar essa ordem social. Se na sexta-feira à noite você tivesse usado um compasso e desenhado um círculo com um raio de oito quilômetros ao redor dos poços de areia de Woking, duvido que teria um ser humano fora dele, a menos que fosse algum parente de Stent ou os três ou quatro ciclistas ou londrinos mortos no parque, cujas emoções ou hábitos haviam sido afetados pelos recém-chegados. É claro que muitas pessoas tinham ouvido falar do cilindro e falavam sobre ele durante seus momentos de lazer, mas certamente nada causou a mesma sensação que um ultimato à Alemanha teria provocado.

Em Londres, naquela noite, o telegrama do pobre Henderson descrevendo o desenroscamento gradual do projétil foi considerado um boato; o jornal vespertino no qual ele trabalhava, depois de telegrafar para ele pedindo que confirmasse a informação e não receber resposta, pois o homem estava morto, decidiu não publicar a edição especial.

Mesmo no círculo de oito quilômetros, a grande maioria das pessoas estava apática. Já descrevi o comportamento dos homens e das mulheres com quem conversei. Em todo o distrito, as pessoas estavam comendo um lanche ou jantando, os trabalhadores estavam cuidando de seus jardins depois do dia de trabalho, as crianças estavam sendo colocadas em suas camas, os jovens namoravam enquanto passeavam pelas ruas e os estudantes sentavam-se diante de seus livros.

Talvez houvesse um murmúrio nas ruas da cidade, um assunto novo e dominante nos bares e um mensageiro, aqui e ali, ou mesmo uma testemunha ocular dos últimos acontecimentos, causava um turbilhão de excitação, uma gritaria e corridas de um lado para outro; mas, na maior parte do dia, a rotina de trabalhar, comer, beber e dormir continuava como se nada tivesse acontecido por incontáveis anos... como se não existisse o planeta Marte. As coisas também eram assim na estação de Woking, em Horsell e em Chobham.

No cruzamento de Woking, até muito tarde, os trens chegavam e partiam, outros manobravam nos desvios, os passageiros desembarcavam e esperaram, e tudo transcorria da maneira mais comum. Um menino da cidade, passando pelo monopólio dos Smith, estava vendendo jornais com as notícias da tarde. O impacto dos vagões e o apito agudo dos motores no cruzamento misturados aos gritos de "Homens de Marte!". Alguns homens eufóricos entraram na estação, por volta das nove horas, com notícias incríveis, e não causaram mais perturbação do que um grupo de bêbados. Algumas pessoas que estavam no trem em direção a Londres espiaram na escuridão do lado de fora das janelas do vagão e viram apenas um clarão bruxuleante desaparecendo na direção de Horsell, um clarão vermelho e um fino véu de fumaça subindo até as estrelas, e pensaram que não estava acontecendo nada mais sério do que um incêndio no urzal. Era possível notar algum distúrbio apenas nas imediações do terreno descampado. Havia meia dúzia de vilas em chamas na fronteira de Woking. Todas as luzes das casas das três cidades próximas ao descampado estavam acessas e as pessoas lá mantiveram-se acordadas até o amanhecer.

Uma multidão curiosa estava totalmente inquieta, pessoas iam e vinham, mas a multidão permanecia nas pontes Chobham e Horsell. Descobriu-se depois que uma ou duas pessoas aventureiras entraram na escuridão e aproximaram-se dos marcianos; mas eles nunca mais voltaram. De vez em quando, um raio de luz, como o feixe de um holofote de navio de guerra, varria o descampado, e o raio da morte vinha logo em seguida. Com exceção daqueles raios, aquela grande área do descampado estava silenciosa e desolada, e os corpos carbonizados ficaram ali a noite toda, sob as estrelas, e durante todo o dia seguinte. Muitas pessoas ouviam um barulho de marteladas vindo do fosso.

Esse era o estado das coisas na noite de sexta-feira. No centro, cravado na pele de nosso velho planeta Terra como um dardo envenenado, estava aquele cilindro. Mas o veneno ainda mal produzira efeito. Ao redor do cilindro, havia um pedaço do silencioso descampado, fumegando em alguns lugares, com alguns objetos indistintos e contorcidos, que podiam ser vagamente vistos. Em alguns trechos, era possível ver uma árvore em chamas. Mais além, havia uma ponta de excitação, e, mais distante ainda, a agitação ainda não havia tomado conta das pessoas. No resto do mundo, o fluxo da vida ainda fluía como havia fluído por anos imemoriais. A febre da guerra, que deveria obstruir veias e artérias, amortecer os nervos e destruir o cérebro, ainda não havia se propagado.

Durante toda a noite, os marcianos martelaram e movimentaram-se, sem dormir, incansáveis, trabalhando nas máquinas que estavam construindo, e constantemente uma nuvem de fumaça branco-esverdeada subia até o céu estrelado.

Por volta das onze horas, uma companhia de soldados passou por Horsell e se posicionou ao longo da orla do descampado para formar um cordão de isolamento. Mais tarde, uma segunda companhia marchou por Chobham para se posicionar no lado norte do terreno descampado. Vários oficiais do quartel Inkerman estiveram lá no início do dia, e um deles, o Major Eden, foi dado como desaparecido. Por volta da meia-noite, o coronel do regimento chegou à ponte Chobham e fez perguntas à multidão. As autoridades militares certamente estavam atentas à seriedade do acontecimento. Aproximadamente às onze horas, os jornais da manhã já informavam que um esquadrão de cavaleiros, dois Maxim e cerca de quatrocentos homens do regimento de Cardigan tinham partido de Aldershot.

Poucos segundos depois da meia-noite, a multidão na estrada Chertsey, Woking, viu uma estrela caindo do céu na floresta de pinheiros a noroeste. Tinha uma cor esverdeada e causava um brilho silencioso, como um relâmpago de verão. Este era o segundo cilindro.

CAPÍTULO IX
O início da batalha

CAPÍTULO IX
O início da batalha

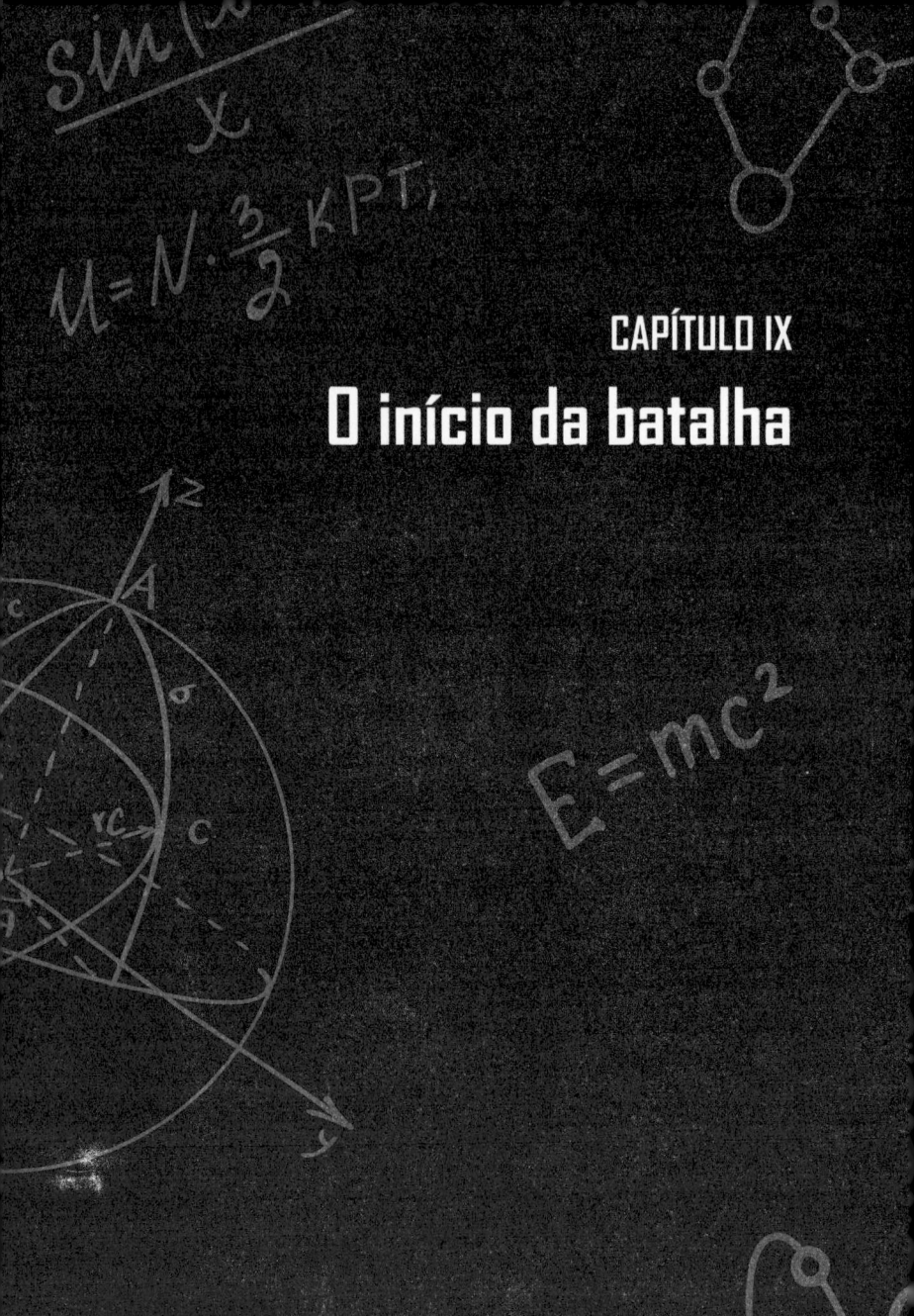

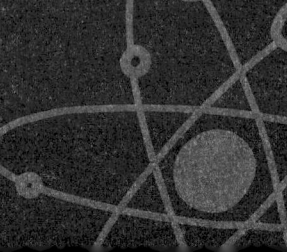

O SÁBADO VIVE NA MINHA MEMÓRIA COMO UM DIA DE SUSPENSE. Foi um dia de lassidão também, quente e abafado, e, segundo me disseram, o barômetro oscilava rapidamente. Dormi pouco, embora minha esposa tivesse conseguido dormir, então levantei-me cedo. Fui para o meu jardim antes do café da manhã e fiquei ouvindo, mas nada se movia em direção ao terreno descampado, além de uma cotovia.

O leiteiro veio como de costume. Ouvi o barulho de sua carroça e fui até o portão lateral para saber as últimas notícias. Ele me disse que, durante a noite, os marcianos foram cercados por tropas, e que estavam esperando a chegada de armas. Em seguida, ouvi uma nota familiar e reconfortante: era um trem passando em direção a Woking.

– Eles não serão mortos – disse o leiteiro – se for possível evitar.

Vi meu vizinho cuidando do jardim, conversei com ele por um tempo e depois fui tomar o café da manhã. Foi uma manhã bastante comum. A opinião do meu vizinho era de que as tropas poderiam capturar ou destruir os marcianos durante o dia.

– É uma pena que sejam tão inacessíveis – disse ele. – Seria curioso saber como vivem em outro planeta; poderíamos aprender algumas coisas.

Ele aproximou-se da cerca e estendeu-me um punhado de morangos, pois era tão generoso quanto entusiástico. Ao mesmo tempo, contou-me sobre o incêndio no bosque de pinheiros em Byfleet Golf Links.

— Dizem — ele continuou — que caiu outra dessas coisas malditas lá... o número dois. Mas um é o suficiente, com certeza. Este lote vai custar caro para a companhia de seguro até que tudo esteja resolvido.

Ele riu com um ar de muito bom humor ao dizer isso. Depois, continuou: — A floresta ainda está queimando — e apontou uma névoa de fumaça para mim. — Vai ficar muito quente sob os pés durante dias, por causa da espessa camada de agulhas de pinheiro e turfa — disse ele. E então ficou sério ao falar do "pobre Ogilvy".

Depois do café da manhã, em vez de trabalhar, resolvi descer em direção ao descampado. Debaixo da ponte ferroviária, encontrei um grupo de soldados, eram bombeiros, eu acho, homens usando pequenos bonés redondos, jaquetas vermelhas sujas e desabotoadas, debaixo das quais era possível ver suas camisas azuis, calças escuras e botas que chegavam até a panturrilha. Disseram-me que ninguém tinha permissão para atravessar o canal e, olhando ao longo da estrada em direção à ponte, vi um dos homens de Cardigan parado ali, como sentinela. Conversei com os bombeiros por um tempo; contei-lhes que tinha visto os marcianos na noite anterior. Nenhum deles viram os marcianos ainda, então tinham apenas vagas ideias sobre eles, de modo que me encheram de perguntas. Disseram que não sabiam quem havia autorizado os movimentos das tropas; parece que houvera uma discussão entre os sentinelas da Cavalaria. O bombeiro comum é muito mais educado do que um soldado, e eles discutiram as condições peculiares da possível luta com certa acuidade. Descrevi então como era o raio da morte e eles começaram a discutir entre si.

– Vamos nos aproximar usando uma proteção e pegá-los de surpresa – disse um deles.

– Entendi! – disse outro. – Mas de que adianta qualquer proteção contra esse calor imenso? Vamos todos virar lenha! O que temos que fazer é chegar o mais perto que o solo nos permitir e, em seguida, cavar uma trincheira.

– Vá para o inferno com suas trincheiras! Você só pensa em trincheiras; deveria ter nascido coelho, Snippy.

– Eles não têm pescoço, então? – perguntou um terceiro, abruptamente. Era um homem baixinho, contemplativo e moreno, que estava fumando um cachimbo.

Repeti minha descrição.

– Polvos – disse ele –, é assim que eu os chamo. Trata-se de pescadores de homens... vamos ter que lutar contra peixes desta vez!

– Não há animais mais ferozes do que estes – disse o primeiro homem.

— Por que não bombardeiam essas coisas horríveis e acabam logo com elas? – disse o homem baixinho. – Não se sabe o que essas criaturas podem fazer.

— Você tem alguma bomba? – perguntou o primeiro homem.
— Não temos tempo. Temos que atacar de surpresa e agora.

Então eles continuaram a discutir sobre o assunto e, depois de um tempo, deixei-os e fui à estação ferroviária para pegar o máximo de jornais matutinos que pude.

Mas não vou lhe aborrecer com uma descrição daquela longa manhã e longa tarde. Não consegui observar o descampado, pois até mesmo as torres das igrejas de Horsell e Chobham estavam nas mãos das autoridades militares. Os soldados a quem me dirigi não sabiam de nada, os oficiais eram misteriosos e estavam ocupados. Encontrei as pessoas na cidade novamente bastante seguras na presença dos militares, e ouvi pela primeira vez de Marshall, o vendedor de tabaco, que seu filho estava entre os mortos no campo. Os soldados obrigaram as pessoas da periferia de Horsell a trancar as portas e sair de suas casas.

Voltei para almoçar por volta das duas, muito cansado porque, como já disse, o dia estava extremamente quente e abafado. Para me refrescar, tomei um banho frio à tarde. Por volta das quatro e meia, fui até a estação ferroviária para pegar um jornal vespertino, pois os jornais matutinos continham apenas uma descrição muito imprecisa da morte de Stent, Henderson, Ogilvy e dos outros. Mas havia pouca coisa que eu não sabia. Os marcianos não mostraram um centímetro de si mesmos. Eles pareciam ocupados em seu fosso, e havia um som de marteladas e uma serpentina quase contínua de fumaça. Aparentemente, eles estavam ocupados, preparando-se para uma luta. "Novas tentativas de comunicação foram feitas, mas sem sucesso", essa era a fórmula estereotipada dos jornais. Um bombeiro me contou que um homem entrou em uma vala com uma bandeira com haste bem longa para tentar falar com eles. Os marcianos davam tanta importância a essas manifestações quanto daríamos aos mugidos de uma vaca.

Devo confessar que a visão de todo esse armamento, toda essa preparação, deixou-me muito animado. Imaginei-me lutando e derrotando os invasores de uma dezena de maneiras impressionantes, como se as batalhas e os atos heroicos dos meus sonhos de estudante estivessem de volta. Não parecia uma luta justa para mim naquele momento. Os marcianos pareciam muito desamparados naquele fosso.

Por volta das três horas, começou o disparo de uma arma em intervalos regulares de Chertsey ou Addlestone. Fiquei sabendo que o pinhal, ainda repleto de fumaça, no qual o segundo cilindro havia caído, estava sendo bombardeado, na esperança de destruir aquele objeto antes que ele se abrisse. Eram aproximadamente cinco horas quando um canhão de campanha chegou a Chobham para ser usado contra o primeiro grupo de marcianos.

Por volta das seis da tarde, enquanto me sentava na varanda para tomar chá com minha esposa, conversando animadamente sobre a batalha que se abatia sobre nós, ouvi uma detonação abafada no descampado e, logo em seguida, uma rajada de fogos. Logo depois, veio um barulho violento, bem perto de nós, que estremeceu o chão; acima do gramado, vi as copas das árvores ao redor do Oriental College explodirem em uma chama vermelha esfumaçada, e a torre da igrejinha ao lado dela desabou em pedaços. O pináculo da mesquita havia desaparecido e o telhado da faculdade parecia ter sido atingido por uma arma de cem toneladas. Uma de nossas chaminés rachou, como se um tiro a tivesse atingido, e os fragmentos caíram despedaçando as telhas e formando uma pilha de pedaços vermelhos quebrados no canteiro de flores perto da janela do meu escritório.

Eu e minha esposa ficamos apavorados e, então, percebi que a crista de Maybury Hill deveria estar dentro do alcance do raio da morte dos marcianos, agora que o prédio da faculdade desaparecera.

Neste instante, agarrei o braço da minha esposa e, sem cerimônia, empurrei-a para a estrada. Então fui buscar a criada, dizendo-lhe que eu mesmo buscaria no andar de cima a caixa que ela queria.

—Não podemos ficar aqui – disse eu. E, enquanto eu falava, o disparo recomeçou por um momento no descampado.

– Mas para onde vamos? – perguntou minha esposa aterrorizada.

Refleti por um momento, perplexo. Então lembrei-me dos primos dela em Leatherhead.

– Leatherhead! – gritei mais alto do que o barulho repentino.

Ela desviou o olhar para o morro abaixo. As pessoas estavam saindo de suas casas, atônitas.

– Como vamos chegar a Leatherhead? – ela disse.

Lá no pé da colina, vi um grupo de soldados cavalgando sob a ponte ferroviária; três galoparam pelos portões abertos do Oriental College; outros dois desmontaram e começaram a correr de casa em casa. O Sol, brilhando através da fumaça que subia do topo das árvores, parecia vermelho-sangue e lançava uma luz estranha e lúgubre sobre todas as coisas.

– Fique aqui – eu disse – você está segura aqui – e parti para Spotted Dog porque sabia que o proprietário tinha uma carroça com cavalos. Corri porque percebi que em instantes todos deste lado da colina estariam correndo para fugir. Eu o encontrei em seu bar, sem saber o que estava acontecendo atrás de sua casa. Um homem estava de costas para mim, conversando com ele.

– Preciso de uma libra – disse o proprietário – e não tenho ninguém para conduzir essa carroça.

– Dou-lhe duas – eu disse, olhando por cima do ombro do estranho.

– Para fazer o quê?

— E eu lhe devolvo a carroça e o cavalo à meia-noite — respondi.

— Meu Deus! — disse o proprietário — qual é a pressa? Vou ganhar duas libras e o senhor ainda o trará de volta? O que está acontecendo?

Expliquei apressadamente que precisava sair de casa e, portanto, necessitava da carroça com o cavalo. Naquele momento, não me pareceu que ele tinha pressa em deixar sua casa. Peguei a carroça com cuidado e levei-a pela estrada, deixando-a aos cuidados de minha esposa e da nossa criada, corri até minha casa e empacotei alguns objetos de valor, a baixela de prata que tínhamos e outras coisas mais. As faias abaixo da casa estavam queimando enquanto eu fazia isso, e as estacas acima da estrada brilhavam vermelhas de fogo. Enquanto eu estava ocupado pegando os objetos, um dos soldados desceu do cavalo e veio correndo. Ele estava indo de casa em casa, avisando as pessoas para irem embora. Ele já estava partindo quando saí pela porta da frente, carregando meus tesouros enrolados em uma toalha de mesa, e gritei:

— Quais são as novidades?

Ele virou-se, olhou fixamente, gritou qualquer coisa sobre "sair rastejando em algo que parecia uma tampa de metal" e correu para o portão da casa, no topo da colina. Um turbilhão repentino de fumaça negra atravessando a estrada o escondeu por um momento. Corri para a porta do meu vizinho e bati para me certificar do que já sabia: ele e sua esposa tinham ido para Londres e trancado a casa. Entrei novamente na minha casa para cumprir a promessa de pegar a caixa da minha criada e puxei-a para fora, coloquei-a ao lado dela na parte de trás da carroça e, em seguida, peguei as rédeas e pulei para o banco da frente, ao lado de minha esposa. No momento seguinte, estávamos livres da fumaça e do barulho, e descemos a encosta oposta da colina Maybury, em direção a Old Woking.

Logo em frente, havia uma paisagem tranquila e ensolarada, um campo de trigo de cada lado da estrada e a Hospedaria Maybury com seu letreiro colorido. Vi a carroça do médico à minha frente. No sopé da colina, virei a cabeça para olhar a encosta que estávamos deixando. Faixas espessas de fumaça preta subiam como fios de fogo vermelho no ar parado e lançavam sombras escuras sobre as copas das árvores verdes ao leste. A fumaça já se estendia para leste e oeste – até o bosque de pinheiros de Byfleet a leste e para Woking a oeste. A estrada estava repleta de pessoas correndo em nossa direção. E muito fraco, mas muito distinto através do ar quente e silencioso, ouviu-se o zumbido de uma metralhadora, que logo ficava silenciado, e o estalo intermitente de espingardas. Aparentemente, os marcianos estavam colocando fogo em tudo que estivesse dentro do alcance de seu raio da morte.

Não sou um condutor experiente, por isso tive de voltar imediatamente minha atenção para o cavalo. Quando olhei para trás novamente, a segunda colina havia escondido a fumaça preta. Açoitei o cavalo com o chicote e soltei a rédea até que Woking e Send se interpusessem entre nós e aquele tumulto tenebroso. Alcancei e ultrapassei o médico entre Woking e Send.

CAPÍTULO X
Em meio a tempestade

LEATHERHEAD FICA A CERCA DE 20 QUILÔMETROS DE MAYBURY Hill. O aroma de feno pairava no ar através dos prados exuberantes perto de Pyrford, e as sebes de ambos os lados eram doces e alegres, com multidões de rosas bravas. O forte tiroteio que havia começado enquanto descíamos para Maybury Hill cessou tão abruptamente quanto começou, deixando a noite muito calma. Chegamos a Leatherhead sem infortúnio, por volta das nove horas, e o cavalo teve uma hora de descanso enquanto eu jantava com meus primos e deixava minha esposa aos cuidados deles.

Minha esposa ficou curiosamente silenciosa durante todo o trajeto e parecia oprimida por maus presságios. Conversei com ela para tentar acalmá-la, dizendo que os marcianos estavam presos ao fosso devido ao próprio peso e que, no máximo, só conseguiam sair rastejando por uma pequena distância; mas ela respondeu apenas com monossílabos. Se não fosse pela minha promessa ao hospedeiro, acho que ela teria insistido para que eu ficasse em Leatherhead naquela noite. Antes tivesse ficado! Seu rosto, eu me lembro, estava muito pálido quando nos separamos.

De minha parte, fiquei muito animado o dia todo. Algo muito parecido com a febre da guerra, que ocasionalmente atinge uma comunidade civilizada, entrara em meu sangue e no meu coração. Não estava muito triste por ter que voltar para Maybury naquela noite. Tive até medo de que aquela última fuzilaria que ouvira pudesse significar o extermínio de nossos invasores de Marte. Só posso expressar melhor meu estado de espírito dizendo que gostaria de estar presente quando os marcianos morressem.

Eram quase onze horas quando parti de volta a Maybury. A noite estava inesperadamente escura; para mim, saindo da passagem iluminada da casa dos meus primos, parecia mesmo negra, e estava tão quente e abafada quanto o dia. Acima, as nuvens se moviam rapidamente, embora nem um sopro agitasse os arbustos a nosso redor. O criado dos meus primos acendeu as duas luzes da carroça. Felizmente, eu conhecia a estrada muito bem. Minha esposa ficou parada à luz da porta, e me observou até que pulei para dentro da carroça. Então, abruptamente, ela virou-se e entrou, enquanto meus primos me desejavam boa sorte.

A princípio, fiquei um pouco deprimido, contagiado pelos receios de minha esposa, mas logo meus pensamentos se voltaram aos marcianos. Naquele momento, desconhecia totalmente o curso da luta no fim da tarde. Não sabia nem mesmo as circunstâncias que precipitaram o conflito. Ao passar por Ockham (pois foi por esse caminho que voltei, e não por Send e Old Woking), vi ao longo do horizonte, a oeste, um brilho vermelho-sangue que, à medida que me aproximava, subia lentamente pelo céu. As nuvens fortes da tempestade que se acumulava se misturavam ali com massas de fumaça preta e vermelha.

A Ripley Street estava deserta e, exceto por uma janela ou outra iluminada, a cidade não apresentava nenhum sinal de vida; mas escapei por pouco de um acidente na esquina da estrada para Pyrford, onde um grupo de pessoas estava de costas para mim. Eles não me disseram nada quando passei. Não sei o que eles sabiam sobre o que tinha acontecido do outro lado da colina; nem sei se as casas silenciosas pelas quais passei no meu caminho estavam dormindo tranquilamente ou estavam abandonadas e vazias, ou ainda se seus moradores estavam perturbados e vigilantes contra o terror da noite.

Desde Ripley até Pyrford, atravessei o vale de Wey e deixei o brilho vermelho atrás de mim. Enquanto subia a pequena colina da Igreja de Pyrford, o clarão apareceu novamente, e as árvores a meu redor estremeceram com a primeira insinuação da tempestade que estava chegando. Ouvi o bater da meia-noite na Igreja de Pyrford atrás de mim, e então veio a silhueta de Maybury Hill, com suas copas de árvores e telhados pretos e nítidos no fundo vermelho.

No momento em que vi isso, um clarão verde-claro iluminou a estrada a meu redor e mostrou os bosques distantes em direção a Addlestone. Senti um puxão nas rédeas. Vi que as nuvens fortes haviam sido perfuradas por um fio de chamas verdes, de repente iluminando a confusão de nuvens e caindo no campo à minha esquerda. Era a terceira estrela cadente!

Logo em seguida a sua aparição, e de um violeta ofuscante em contraste, luziu o primeiro relâmpago da tempestade que se aproximava, e o trovão explodiu como um foguete acima da minha cabeça. O cavalo mordeu o freio entre os dentes e disparou.

Descemos o declive moderado que segue em direção ao sopé de Maybury Hill. Assim que começou a relampejar, os relâmpagos continuaram em uma sucessão tão rápida que jamais havia visto. Os trovões, um seguido do outro e com um estranho acompanhamento de estrondos, mais pareciam uma gigantesca máquina elétrica em funcionamento do que as habituais reverberações detonantes. A luz fulgurante ofuscava e confundia a visão; um granizo fino atingiu meu rosto enquanto eu descia pela encosta.

A princípio, olhei apenas para a estrada à minha frente e, então, de repente, minha atenção foi atraída por algo que estava descendo rapidamente a encosta oposta de Maybury Hill. No início, pensei que fosse o telhado molhado de uma casa, mas um relâmpago após o outro mostrou que o objeto estava em um movimento rápido de rotação. Foi uma visão ilusória... um momento de escuridão desconcertante e, em seguida, sob um relâmpago claro como a luz do dia, as massas vermelhas do Orfanato perto do topo da colina e as copas verdes dos pinheiros, este objeto questionável ficou claro, nítido e brilhante.

E, então, vi essa Coisa! Como posso descrevê-la? Um tripé monstruoso, mais alto do que muitas casas, avançando sobre os pinheiros jovens e despedaçando-os em seu caminho; um motor móvel de metal cintilante, avançando agora pelo urzal; havia cabos articulados de aço pendurados nele, e o alvoroço estridente de sua passagem misturava-se com o barulho dos trovões. Ele apareceu nitidamente sob um relâmpago, inclinando-se para um lado com os dois pés no ar; depois, desapareceu e reapareceu quase instantaneamente com o próximo relâmpago, cem metros mais perto. Você consegue imaginar um banquinho de ordenha balançando e rolando violentamente no chão? Essa foi a impressão que aqueles relâmpagos instantâneos deram. Mas, em vez de um banco de ordenha, imagine um grande corpo mecânico em cima de um tripé.

Então, de repente, as árvores na floresta de pinheiros à minha frente se separaram, como os juncos quebradiços se partem quando um homem passa por eles; de cabeça para baixo, eles foram arrancados e empurrados, e um segundo tripé enorme apareceu, correndo, ao que parecia, em minha direção. Eu estava galopando com toda velocidade para enfrentá-lo! Ao ver o segundo monstro, minha coragem acabou. Sem parar para olhar de novo, girei a cabeça do cavalo com força para a direita e, no momento seguinte, a carroça saltou sobre o cavalo; os eixos das rodas quebraram-se ruidosamente e fui atirado para o lado, caindo com toda força em uma poça de água rasa.

Arrastei-me para fora quase imediatamente e me agachei, com meus pés ainda na água, atrás de uma moita de tojo. O cavalo estava imóvel (seu pescoço estava quebrado, pobre animal!), e através dos relâmpagos vi a massa escura da carroça virada e a silhueta da roda ainda girando lentamente. Neste instante, o mecanismo colossal passou por mim a passos largos e subiu a colina em direção a Pyrford.

Visto de perto, o Objeto era incrivelmente estranho, pois não era uma simples máquina insensata seguindo seu caminho. Era uma máquina com um ritmo metálico retumbante e tentáculos longos, flexíveis e brilhantes (um dos quais havia agarrado um jovem pinheiro), balançando e chacoalhando ao redor de seu corpo estranho. A máquina escolhia seu caminho à medida que avançava, e o capuz de bronze na parte de cima movia-se de um lado para outro, sugerindo inevitavelmente uma cabeça olhando ao redor. Atrás do corpo principal, havia uma enorme massa de metal branco, semelhante a um gigantesco cesto de pescador; baforadas de fumaça verde jorraram das juntas dos membros quando o monstro passou por mim. E, em um instante, ele desapareceu.

E foi essa visão que tive dele, vagamente iluminado pelo clarão dos relâmpagos, em intervalos ofuscantes e densas sombras negras.

Ao passar, o objeto soltou um uivo ensurdecedor e exultante que abafou o trovão – Aloo! Aloo! –, e um minuto depois ele estava com seu companheiro, que estava a um quilômetro de distância, inclinando-se sobre algo no descampado. Não tenho dúvidas que essa Coisa no descampado era o terceiro dos dez cilindros que dispararam de Marte contra nós.

Por alguns minutos, fiquei ali deitado, na chuva e na escuridão, observando, sob a luz intermitente, esses monstruosos de metal movendo-se ao longe por cima das cercas. Um fino granizo começava a cair agora, e como eles iam e vinham, seus vultos ficavam nebulosos e depois voltavam a brilhar. De vez em quando, os relâmpagos paravam e eles desapareciam na noite.

Eu estava encharcado de granizo por cima e poças d'água em baixo. Demorou algum tempo até que meu pavor me permitisse subir até a margem para ficar em uma posição mais seca, ou pensar em meu perigo iminente.

Não muito longe de mim estava uma pequena cabana de madeira com um único cômodo, cercada por um canteiro de batatas. Por fim, consegui ficar de pé com dificuldade e, agachando-me para aproveitar todas as possibilidades de proteção, corri até lá. Bati na porta, mas não consegui fazer as pessoas ouvirem (se é que havia alguém lá dentro), e depois de um tempo desisti, e, aproveitando-me de uma vala na maior parte do caminho, consegui me rastejar, sem ser observado por essas máquinas monstruosas, até chegar à floresta de pinheiros em direção a Maybury.

Sob a proteção dos pinheiros, continuei, molhado e tremendo de frio, em direção à minha própria casa. Caminhei entre as árvores tentando encontrar a trilha. Estava realmente muito escuro na floresta, pois os relâmpagos agora estavam se tornando raros, e o granizo, que caía como uma torrente, vinha em colunas pelas fendas na folhagem densa.

Se eu tivesse compreendido totalmente o significado de todas as coisas que vira, teria imediatamente passado em Byfleet, indo até a Street Cobham e voltado para juntar-me a minha esposa em Leatherhead. Mas, naquela noite, a estranheza das coisas sobre mim e minha péssima condição física me impediram, pois eu estava machucado, cansado, molhado até os ossos, ensurdecido e cego pela tempestade.

Tinha uma vaga ideia de ir até minha casa, e esse era o meu objetivo. Cambaleei por entre as árvores, caí em uma vala, machuquei os joelhos em uma tábua e, finalmente, deslizei para a estrada que descia de College Arms. Digo "deslizei" porque a água da chuva estava varrendo a areia colina abaixo, em uma torrente lamacenta. No meio da escuridão, um homem tropeçou em mim e me fez cambalear.

Ele deu um grito de terror, saltou para o lado e correu antes que eu pudesse me recompor o suficiente para falar com ele. A tempestade estava tão forte naquele lugar que tive muita dificuldade em subir a colina. Aproximei-me da cerca à esquerda e fui abrindo caminho ao longo de suas estacas.

Perto do topo, tropecei em algo macio e, com a ajuda da luz de um relâmpago, consegui ver entre meus pés um amontoado de tecido preto e um par de botas. Antes que eu pudesse distinguir claramente em que estado estava o homem, o lampejo de luz desapareceu. Fiquei parado perto dele esperando o próximo lampejo. Sob a luz do outro relâmpago, vi que era um homem robusto, vestido com roupas baratas, mas que estavam em bom estado; a cabeça dele estava embaixo do corpo, e ele jazia encolhido perto da cerca, como se tivesse sido jogado violentamente contra ela.

Vencendo a repugnância natural de quem nunca havia tocado em um cadáver, abaixei-me e virei-o para sentir seu coração. Ele estava morto. Aparentemente, seu pescoço estava quebrado. O relâmpago brilhou pela terceira vez e seu rosto saltou sobre mim. Dei um pulo para trás. Era o dono do Spotted Dog, cujo meio de transporte eu havia comprado.

Passei por cima dele com cautela e continuei subindo a colina. Passei pela delegacia de polícia e pelo College Arms em direção à minha casa. Nada mais estava queimando na encosta, embora do descampado ainda viesse um clarão vermelho e um alvoroço de fumaça avermelhada batendo contra a chuva de granizo. Pelo que pude ver sob a luz dos relâmpagos, as casas a meu redor estavam praticamente ilesas. Perto do College Arms havia um vulto escuro na estrada.

Na estrada em direção à ponte de Maybury, ouvi vozes e ruído de pés caminhando, mas não tive coragem de gritar ou ir até eles. Entrei em casa com a minha chave, abri, fechei e tranquei a porta, cambaleei até o pé da escada e sentei-me. Minha imaginação estava cheia daqueles monstros metálicos andando a passos largos e do cadáver esmagado contra a cerca.

Fiquei agachado ao pé da escada, de costas para a parede, tremendo violentamente.

CAPÍTULO XI
A janela

$$tuh = \frac{10^{20}1_u}{\sqrt{D_o\alpha}} = 1{,}6160\ldots 10^{-15} m$$

JÁ DISSE QUE MINHAS TEMPESTADES DE EMOÇÃO COSTUMAM SE acalmar sozinhas. Depois de um tempo, descobri que estava com frio e molhado, e com pequenas poças de água a meu redor no tapete da escada. Levantei-me quase mecanicamente, fui para a sala de jantar e bebi um pouco de uísque, e então resolvi trocar de roupa.

Em seguida, subi para meu escritório, mas não sei o motivo pelo qual o fiz. A janela do escritório dá para as árvores e para a ferrovia em direção a Horsell Common. Na pressa de nossa partida, essa janela foi deixada aberta. O corredor estava escuro e, em contraste com a imagem que a moldura da janela criava, o quarto parecia impenetravelmente escuro. Fiquei parado no batente da porta.

A tempestade havia passado. As torres da Oriental College e os pinheiros ao redor haviam desaparecido e, muito mais além, iluminado por um intenso clarão vermelho, era possível ver o descampado nas imediações dos poços de areia. Através da luz, enormes formas pretas, grotescas e estranhas moviam-se ativamente de um lado para outro.

Na realidade, parecia que a cidade toda naquela direção estava em chamas. Sobre uma ampla extensão da colina, havia minúsculas línguas de fogo, balançando e contorcendo-se com as rajadas da tempestade que já estava no fim, projetando um reflexo vermelho sobre a nuvem de fumaça acima. De vez em quando, uma névoa de fumaça de algum incêndio mais próximo atravessava a janela e ocultava as formas marcianas. Não conseguia ver o que eles estavam fazendo nem sua forma nítida, tampouco reconhecer os objetos pretos com os quais estavam ocupados. Também não podia ver o incêndio mais próximo, embora seus reflexos dançassem na parede e no teto do escritório. Um cheiro forte e resinoso de queimado pairava no ar.

Fechei a porta silenciosamente e me rastejei em direção à janela. Ao fazer isso, minha visão ficou mais ampla e pude ver, de um lado, as casas ao redor da estação de Woking e, do outro lado, os pinheiros carbonizados e enegrecidos de Byfleet. Havia uma luz abaixo da colina, na ferrovia, perto do arco, e várias das casas ao longo da estrada Maybury e as ruas perto da estação viraram ruínas brilhantes. A princípio, a luz na ferrovia deixou-me intrigado; havia um vulto negro e um clarão vívido, e a sua direita uma fileira de quadriláteros amarelos. Então percebi que se tratava de um trem destruído: a parte dianteira despedaçada e em chamas e os vagões traseiros ainda sobre os trilhos.

Entre esses três principais pontos de luz – as casas, o trem e o incêndio em direção a Chobham –, estendiam-se porções irregulares de descampado escuro, interrompido aqui e ali por pedaços de chão fumegante com um brilho fraco. Era um espetáculo muito estranho aquela extensão negra incendiada. Isso me lembrava, mais do que qualquer outra coisa, as olarias à noite. A princípio, não consegui reconhecer nenhuma pessoa, embora essa fosse minha intenção. Mais tarde, com a luz da estação de Woking, vi várias figuras negras correndo uma após a outra para atravessar a linha.

E este era o pequeno mundo em que vivi com segurança durante anos, este caos ardente! Eu ainda não sabia o que havia acontecido nas últimas sete horas, embora estivesse começando a adivinhar a relação entre esses colossos mecânicos e as massas vagarosas que vira emergir do cilindro. Com um sentimento estranho de interesse impessoal, virei a cadeira da minha escrivaninha para a janela, sentei-me e olhei para a região enegrecida, e particularmente para as três coisas negras gigantescas que iam e vinham sob a luz dos poços de areia.

Elas pareciam incrivelmente ocupadas. Comecei a me perguntar o que poderiam ser. Seriam mecanismos inteligentes? Senti que era impossível. Ou haveria um marciano sentado dentro de cada uma delas, controlando, dirigindo, usando tanto quanto o cérebro de um homem ocupa e controla seu corpo? Comecei a comparar essas coisas com máquinas construídas por seres humanos e perguntei-me, pela primeira vez na vida, como um couraçado ou uma máquina a vapor pareceria para um animal de inteligência inferior.

A tempestade deixara o céu claro e, acima da fumaça da terra em chamas, o pequeno ponto do tamanho da cabeça de um alfinete, Marte, desviara-se para o oeste, quando um soldado entrou em meu jardim. Ouvi uma leve raspagem na cerca e, despertando da letargia que caíra sobre mim, olhei para baixo e o vi vagamente escalando as estacas. Ao ver outro ser humano, meu torpor passou e me inclinei para fora da janela ansiosamente.

– Psiu! – disse eu, sussurrando.

Ele parou escarranchado na cerca, hesitante. Então, aproximou-se e atravessou o gramado até o canto da casa. Abaixou-se e começou a caminhar bem devagar.

– Quem está aí? – ele perguntou, também sussurrando, parado sob a janela e olhando para cima.

– Aonde você está indo? – perguntei.

– Só Deus sabe.

– Você está tentando se esconder?

– Isso mesmo.

– Entre – eu disse.

Desci, abri a porta, deixei-o entrar e tranquei a porta novamente. Não pude ver seu rosto. Ele estava sem chapéu e seu casaco estava desabotoado.

– Meu Deus! – ele disse, enquanto eu mostrava-lhe o caminho.

– O que aconteceu? – perguntei.

– O que é que não aconteceu? – Na obscuridade, pude ver que ele fez um gesto de desespero. – Eles acabaram conosco... simplesmente nos derrotaram – ele repetiu várias vezes.

Ele me seguiu, quase mecanicamente, até a sala de jantar.

– Beba um pouco de uísque – disse eu, colocando uma boa dose no copo.

Ele bebeu. Então, abruptamente, sentou-se diante da mesa, apoiou a cabeça nos braços e começou a soluçar e chorar como um garotinho, totalmente emocionado, enquanto eu, curiosamente esquecendo meu próprio desespero recente, fiquei ao lado dele, surpreendido.

Demorou muito até que ele pudesse se acalmar para responder às minhas perguntas, e então respondeu de maneira perplexa e interrompida. Ele era um motorista da artilharia, e só entrou em ação por volta das sete. Nessa altura, os disparos estavam acontecendo no descampado e diziam que o primeiro grupo de marcianos estava rastejando lentamente em direção ao segundo cilindro, protegido por um escudo de metal.

Mais tarde, esse escudo foi montado sobre um tripé, e se tornou a primeira das máquinas de combate que eu tinha visto. A arma dentro do carro que ele dirigia havia sido descarregada perto de Horsell, com o objetivo de dominar os poços de areia, e sua chegada foi o que precipitou a ação. Enquanto os artilheiros iam para a retaguarda, o cavalo pisou em uma toca de coelho e caiu, jogando-os em uma depressão no solo.

No mesmo momento, a arma e a munição explodiram e havia fogo por toda parte, e ele se viu deitado embaixo de uma pilha de homens e cavalos carbonizados.

– Fiquei imóvel – disse ele – morrendo de medo, com a parte dianteira de um cavalo em cima de mim. Fomos dizimados. E o cheiro... meu Deus! Era de carne queimada! Fui ferido nas costas com a queda do cavalo e tive de ficar deitado até me sentir melhor. Apenas um minuto antes, parecia até um desfile e... em seguida... um passo em falso, o estrondo, a explosão! Liquidados! – ele disse.

Ele havia se escondido embaixo do cavalo morto por um longo tempo, espiando furtivamente o terreno descampado. Os homens de Cardigan haviam tentado uma investida ao fosso, em ordem de ataque, mas foram simplesmente derrotados. Então o monstro se pôs de pé e começou a andar vagarosamente de um lado para o outro entre os poucos fugitivos, com seu capuz em forma de cabeça, girando exatamente como a cabeça de um ser humano encapuzado. Uma espécie de braço carregava uma caixa metálica complicada, ao redor da qual cintilavam relâmpagos verdes, e o raio da morte fumegante era expelido do seu funil.

De acordo com o que o soldado podia ver, em poucos minutos não havia nenhum ser vivo no descampado, e cada arbusto e árvore ali, que não fosse um esqueleto enegrecido, ainda estava queimando. Os soldados da cavalaria estavam na estrada do outro lado da curvatura do solo e ele não os viu. Ele ouviu o barulho das "Maxims" por um tempo e depois tudo ficou em silêncio. O gigante salvou a estação Woking e seu aglomerado de casas até o último instante; então, em um instante, o raio da morte foi acionado, e a cidade tornou-se um monte de ruínas em chamas. Em seguida, a Coisa desligou o raio da morte e, virando-se as costas para o artilheiro, começou a andar, cambaleando, em direção aos pinheiros fumegantes que abrigavam o segundo cilindro. Foi quando um segundo Titã cintilante se ergueu do fosso.

O segundo monstro seguiu o primeiro, e, com isso, o artilheiro começou a rastejar muito cautelosamente pelas cinzas do urzal quente em direção a Horsell. Ele conseguiu entrar com vida na vala ao lado da estrada e, assim, escapou para Woking. Ali sua história tornou-se um milagre. Era impossível sair daquele lugar. Parece que havia algumas pessoas vivas lá, a maioria delas estava exaltada e muitas estavam queimadas e escaldadas. Ele foi desviado pelo fogo e se escondeu entre alguns restos de paredes derrubadas ainda escaldantes enquanto um dos gigantes marcianos retornava. Ele viu a máquina perseguir um homem, pegá-lo com um de seus tentáculos de aço e bater sua cabeça contra o tronco de um pinheiro. Por fim, após o cair da noite, o artilheiro saiu correndo e atravessou o aterro da ferrovia.

Desde então, ele vinha se esgueirando em direção a Maybury, na esperança de escapar do perigo em direção a Londres. As pessoas estavam se escondendo em trincheiras e porões, e muitos dos sobreviventes fugiram para a aldeia de

Woking e Send. O soldado foi consumido pela sede até que encontrou um cano furado perto do arco da ferrovia, com a água borbulhando como uma nascente na estrada.

Essa foi a história que ouvi dele, pouco a pouco. Ele foi se acalmando enquanto falava e tentou me fazer compreender as coisas que tinha visto. No começo de sua narrativa, o soldado me disse que não comia nada desde o meio-dia, então encontrei um pouco de carneiro e pão na despensa e levei para ele. Não acendíamos nenhuma lamparina por medo de atrair os marcianos, e de vez em quando nossas mãos tocavam o pão ou a carne. Enquanto ele falava, as coisas a nosso redor se destacavam na escuridão, e os arbustos pisoteados e as roseiras quebradas fora da janela se tornaram distintos. Parece que vários homens ou animais correram pelo gramado. Comecei a ver seu rosto, enegrecido e abatido, como sem dúvida o meu também estava.

Quando terminamos de comer, subimos vagarosamente para meu escritório, e olhei novamente pela janela aberta. Em uma única noite, o vale havia se transformado em vale de cinzas. Os incêndios haviam diminuído agora. Onde antes havia chamas, agora havia nuvens de fumaça; mas as incontáveis ruínas de casas destruídas e arruinadas, árvores queimadas e enegrecidas, que a noite havia escondido, destacavam-se agora esqueléticas e terríveis na luz impiedosa do amanhecer. No entanto, aqui e ali, algum objeto teve a sorte de escapar... um sinal branco de ferrovia aqui, a extremidade de uma estufa ali, branca e fresca em meio aos destroços. Nunca na história da guerra a destruição fora tão indiscriminada e universal. E brilhando com a luz crescente que vinha do leste, três dos gigantes metálicos estavam em volta do fosso, seus capuzes girando como se estivessem inspecionando a desolação que haviam causado.

Pareceu-me que o fosso tinha sido alargado e a todo momento nuvens de vapor verde vívido fluíam para cima e para fora em direção ao amanhecer luminoso... fluíam, rodopiavam, dispersavam-se e desapareciam.

Bem distante estavam as colunas de fogo ao redor de Chobham. Eles se tornaram colunas de fumaça vermelha ao primeiro contato da luz do dia.

CAPÍTULO XII
A destruição de Weybridge e Shepperton

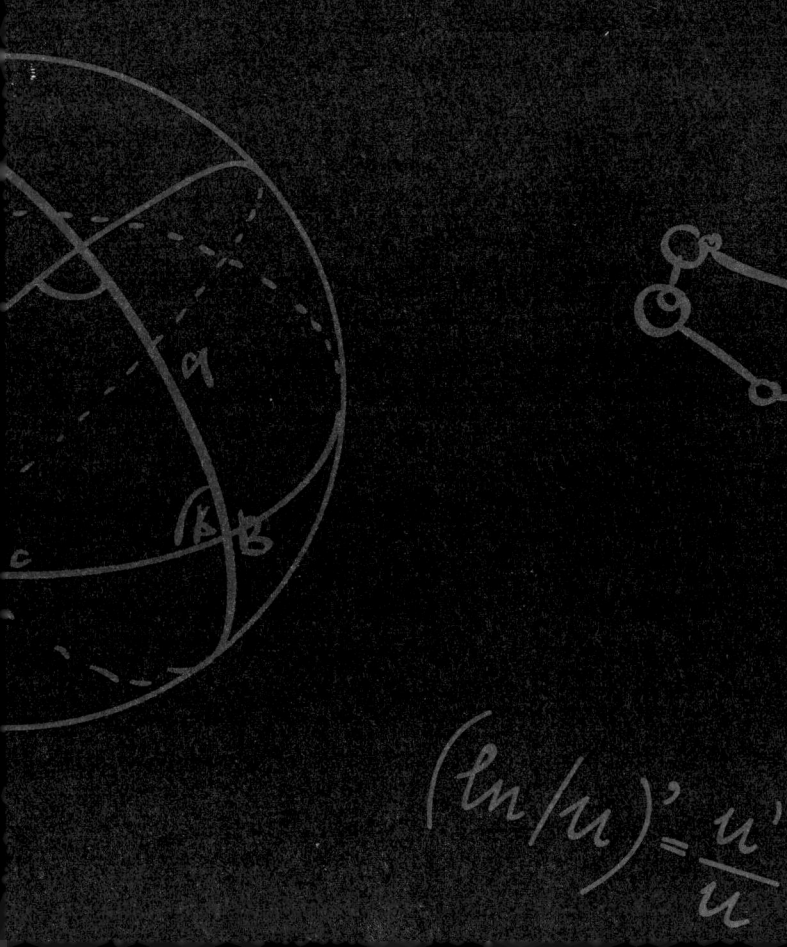

Quando amanheceu, saímos de perto da janela de onde estávamos observando os marcianos e descemos as escadas em silêncio.

O artilheiro concordou comigo que a casa não era um lugar para ficarmos. Ele propôs seguirmos para Londres e depois juntar-nos a sua bateria, a Nº 12, da Artilharia Montada. Meu plano era retornar imediatamente a Leatherhead. A força dos marcianos me deixou tão impressionado que decidi levar minha esposa para Newhaven e sair do país imediatamente. Já havia percebido claramente que a região ao redor de Londres inevitavelmente seria o palco de uma luta desastrosa antes que essas criaturas pudessem ser destruídas.

Contudo, entre nós e Leatherhead, estava o terceiro cilindro, com seus gigantes guardiões. Se eu estivesse sozinho, acho que aproveitaria minha chance e atravessaria a região. Mas o artilheiro dissuadiu-me:

– Não será gentil com sua esposa – disse ele – deixá-la viúva – e no final concordei em acompanhá-lo, sob a proteção do bosque, para o norte, até a rua Cobham, antes de me separar dele. A partir de lá, faria um grande desvio por Epsom para chegar a Leatherhead.

Eu queria sair imediatamente, mas meu companheiro, que havia estado em serviço ativo, pensou melhor sobre a situação. Ele me fez vasculhar a casa em busca de um recipiente, que encheu de uísque; depois, forramos todos os bolsos disponíveis com pacotes de biscoitos e fatias de carne. Em seguida, saímos de casa e corremos o mais rápido que pudemos pela estrada ruim por onde eu havia passado durante a noite. As casas pareciam abandonadas. Na estrada, havia um grupo de três corpos carbonizados pelo raio da morte, próximos uns dos outros; e aqui e ali estavam coisas que as pessoas haviam deixado cair... um relógio, um chinelo, uma colher de prata e outros objetos de pouco valor. Na esquina, virando em direção aos correios, estava uma pequena carroça, cheia de caixas e móveis, e sem cavalos, tombada sobre uma roda quebrada. Debaixo dos destroços, havia um cofre que fora aberto às pressas.

Com exceção do pavilhão do Orfanato, que ainda ardia em chamas, nenhuma das casas tinha sido muito danificada. O raio da morte havia cortado o topo da chaminé e passara. No entanto, salvo a nós mesmos, não parecia haver uma alma viva em Maybury Hill. A maioria dos habitantes tinha fugido, suponho, pela estrada de Old Woking... a estrada que peguei quando fui para Leatherhead... ou estavam escondidos.

Descemos a alameda, perto do corpo do homem de preto, agora encharcado com o granizo que caíra durante a noite, e entramos no bosque ao pé da colina. Avançamos em direção à ferrovia sem encontrar ninguém. Os bosques do outro lado da linha eram apenas ruínas carbonizadas e enegrecidas; a maioria das árvores havia caído, mas algumas ainda permaneciam de pé, com troncos cinzentos e sombrios e folhagem marrom-escura em vez de verde.

Do nosso lado, o fogo não fez mais do que chamuscar as árvores mais próximas, e não havia conseguido avançar. Em um lugar, os lenhadores tinham trabalhado no sábado; as árvores, derrubadas e aparadas recentemente, foram colocadas em uma clareira, juntamente aos montes de serragem causados pela serra mecânica. Bem perto, existia uma cabana provisória, abandonada. Não havia um sopro de vento esta manhã, e tudo estava estranhamente imóvel. Até os pássaros estavam em silêncio, e enquanto caminhávamos, eu e o artilheiro conversávamos em sussurros e olhávamos ao redor constantemente. Uma ou duas vezes paramos para escutar.

Depois de um tempo, aproximamo-nos da estrada e, ao fazê-lo, ouvimos o barulho de cascos e vimos, por entre os caules das árvores, três soldados da cavalaria galopando lentamente em direção a Woking. Nós os saudamos e eles pararam enquanto corríamos em sua direção. Eram um tenente e dois soldados rasos do 8º Batalhão da Cavalaria, com um aparelho semelhante a um teodolito [1], porém o artilheiro nos informou que era um heliógrafo [2].

— Vocês são os primeiros homens que encontrei por aqui esta manhã – disse o tenente. – O que estão pensando em fazer?

---

(1) Instrumento de precisão para medir ângulos horizontais e verticais, muito usado em trabalhos geodésicos e topográficos.
(2) Instrumento que se destina à observação fotográfica do Sol.

Sua voz e seu rosto estavam ansiosos. Os homens atrás dele olharam com curiosidade. O artilheiro saltou da margem para a estrada e fez uma continência.

– Arma destruída ontem à noite, senhor. Estava escondido. Tentando voltar à bateria, senhor. Suponho que o senhor encontrará os marcianos cerca de um quilômetro à frente nesta estrada.

– Qual é a aparência desses demônios? – perguntou o tenente.

– Gigantes de armadura, senhor. Com trinta metros de altura. Três pernas e um corpo que parece ser de alumínio, com uma cabeça enorme e poderosa dentro de um capuz, senhor.

– Suma daqui! – disse o tenente. – Que absurdo!

– O senhor verá. Eles carregam uma espécie de caixa, senhor, que atira fogo e mata.

– O que você quer dizer... uma espingarda?

– Não, senhor – e o artilheiro começou um relato vívido do raio da morte. No meio do relato, o tenente o interrompeu e olhou para mim. Eu ainda estava de pé na margem ao lado da estrada.

– É absolutamente verdade – eu disse.

– Bem – disse o tenente –, suponho que não terei escolha a não ser vê-los também. Ouça com atenção – disse ele para o artilheiro –, fomos destacados para trabalhar aqui e tirar as pessoas de suas casas. É melhor que você siga seu caminho, apresente-se ao Brigadeiro-General Marvin e conte a ele tudo o que sabe. Ele está em Weybridge. Conhece o caminho?

– Sim – respondi; e ele virou seu cavalo novamente para o sul.

– Aproximadamente um quilômetro o senhor disse? – perguntou ele.

– No máximo – respondi, e apontei para as copas das árvores ao sul. Ele me agradeceu seguindo em frente e nunca mais os vimos.

Mais adiante, encontramos um grupo de três mulheres e duas crianças na estrada, ocupadas tirando todas as coisas da cabana de um trabalhador. Elas tinham um carrinho de mão e estavam o enchendo com embrulhos de aspecto sujo e móveis velhos. Estavam todas ocupadas demais para falar conosco enquanto passávamos.

Emergimos dos pinheiros na estação de Byfleet e encontramos a região calma e tranquila sob o Sol da manhã. Estávamos muito além do alcance do raio da morte, e não fosse pelo abandono silencioso de algumas das casas, o movimento agitado da evacuação de outras e o grupo de soldados na ponte sobre a ferrovia olhando a linha em direção a Woking, o dia seria parecido com qualquer outro domingo.

Várias carroças e vários carros de fazendas moviam-se ruidosamente ao longo da estrada para Addlestone, e de repente, através do portão de um campo, vimos, em um trecho da pradaria, seis atiradores posicionados em distâncias iguais apontando para Woking. Os artilheiros aguardavam junto aos canhões, e os carros de munição estavam a uma distância conveniente. Parecia até que os soldados seriam inspecionados.

— Isso é bom! — eu disse. — De qualquer maneira, eles estão bem-posicionados para atirar.

O artilheiro hesitou no portão.

— Tenho que continuar — disse ele.

Mais adiante, em direção a Weybridge, logo depois da ponte, havia vários homens, usando uniformes de combate brancos, abrindo uma longa trincheira, e mais atrás era possível ver algumas espingardas.

— De qualquer modo, são arcos e flechas contra o raio — disse o artilheiro. — Eles ainda não viram aquele feixe de fogo.

Os oficiais que não estavam ativamente envolvidos na escavação ficavam de pé e olhavam por cima das copas das árvores a sudoeste, e os homens que estavam cavando paravam de vez em quando para olhar na mesma direção.

Byfleet estava em tumulto; as pessoas estavam pegando suas coisas e vários soldados, alguns montados a cavalo; outros, a pé, os apressavam. Três ou quatro carros negros do governo, com cruzes dentro de círculos brancos, e um velho ônibus, entre outros veículos, estavam sendo carregados com as bagagens na rua. Havia muitas pessoas, a maioria delas bastante sabática para vestir suas melhores roupas. Os soldados estavam tendo a maior dificuldade em fazê-los compreender a gravidade da situação. Vimos um senhor bem velhinho, com uma caixa enorme e vinte ou mais vasos de orquídeas, protestando furiosamente com o cabo que estava ameaçando abandoná-los. Parei e agarrei o braço dele.

– O senhor sabe o que está bem ali? – disse eu, apontando para as copas dos pinheiros que escondiam os marcianos.

– Hein? – disse ele, virando-se. – Eu estava explicando que minhas plantas são valiosas.

– Morte! – eu gritei. – A morte está vindo! Morte! – e deixando-o digerir isto, se é que podia, corri atrás do artilheiro. Na esquina, olhei para trás. O soldado havia deixado o velhinho lá, e ele ainda estava de pé ao lado de sua caixa, com os vasos de orquídeas na tampa, olhando vagamente sobre as árvores.

Ninguém em Weybridge poderia nos dizer onde era o quartel-general; todo o lugar estava mergulhado em uma confusão como eu nunca vira antes em nenhuma outra cidade. Carroças e carruagens em todos os lugares, a miscelânea mais surpreendente de meios de transporte e cavalos. Os respeitáveis habitantes do lugar, homens em trajes para jogos de golfe e passeios de barco, esposas lindamente vestidas, faziam as malas, ajudados energicamente pelos vadios que ficavam à beira do rio. As crianças estavam animadas e, na sua maioria, muito satisfeitas com essa variação surpreendente de suas experiências de domingo. No meio de tudo isso, o digno vigário conduzia com muita coragem uma celebração precoce, e seu sino ressoava acima de toda aquela agitação.

Eu e o artilheiro, sentados no degrau de uma fonte, fizemos uma refeição muito agradável com o que havíamos trazido conosco. Patrulhas de soldados – aqui não havia mais soldados da cavalaria, mas granadeiros de branco – alertavam as pessoas para que mudassem de lugar ou se refugiassem em seus porões antes que o lançamento de granadas começasse. Ao cruzarmos a ponte ferroviária, vimos que uma multidão cada vez maior de pessoas se reunia dentro e ao redor da estação ferroviária, e a plataforma fervilhante estava cheia de caixas e pacotes. O tráfego normal fora interrompido, creio eu, para permitir a passagem de tropas e armas para Chertsey, e ouvi dizer que houve uma disputa selvagem por lugares nos trens especiais que foram colocados em uma hora mais tarde.

Tínhamos permanecido em Weybridge até o meio-dia, e nessa hora nos encontrávamos perto de Shepperton Lock, onde o Wey e o Tâmisa se juntam. Passamos parte do tempo ajudando duas mulheres idosas a carregar uma pequena carroça. O Wey tem uma foz tripla onde há barcos para alugar e uma balsa que faz a travessia do rio. Do lado de Shepperton, havia uma pousada com gramado e, mais adiante, a torre da Igreja Shepperton – que foi substituída por um pináculo – erguia-se acima das árvores.

Aqui encontramos uma multidão animada e barulhenta de fugitivos. O pânico ainda não tinha tomado conta de todos, mas já havia muito mais pessoas do que todos os barcos poderiam transportar. As pessoas vinham ofegando porque carregavam cargas pesadas; um casal estava até carregando uma pequena porta com alguns de seus utensílios domésticos empilhados sobre ela. Um homem nos disse que pretendia fugir da estação de Shepperton.

Era possível ouvir muitos gritos e um homem estava até fazendo piadas. A ideia que as pessoas pareciam ter aqui era de que os marcianos eram simplesmente seres humanos formidáveis, que poderiam atacar e saquear a cidade, mas com certeza seriam destruídos no final. De vez em quando, as pessoas olhavam nervosamente para o outro lado do Rio Wey, para os prados na direção de Chertsey, mas tudo ali estava quieto.

Do outro lado do Tamisa, exceto no local onde os barcos paravam para carregar, tudo estava quieto, em nítido contraste com o lado de Surrey. As pessoas que lá desembarcaram dos barcos saíram vagando pela estrada. A grande balsa acabara de fazer uma viagem. Três ou quatro soldados estavam no gramado da pousada, observando e ridicularizando os fugitivos, sem oferecer ajuda. A pousada estava fechada, como se já fosse a hora do toque de recolher.

— O que é aquilo? — gritou um barqueiro.

— Cale a boca, seu idiota! — disse um homem perto de mim para um cachorro que estava latindo.

Então, ouvimos o som novamente, desta vez vinha da direção de Chertsey, um estrondo abafado... o disparo de uma arma.

A luta estava começando. Quase imediatamente, baterias invisíveis do outro lado do rio a nossa direita, invisíveis por causa das árvores, começaram a disparar pesadamente uma após a outra. Uma mulher gritou. Todos ficaram petrificados pelo tumulto repentino da batalha, perto de nós e, no entanto, invisível. Não se via nada, exceto os prados planos, as vacas alimentando-se despreocupadamente, em sua maioria, e salgueiros prateados imóveis ao Sol quente.

—Os soldados vão impedi-los de passar – disse uma mulher a meu lado, em tom de dúvida. Uma névoa erguia-se sobre as copas das árvores.

Então, de repente, vimos uma nuvem de fumaça bem longe, rio acima, que se ergueu no ar e ficou suspensa; e, logo em seguida, o solo estremeceu sob nossos pés e uma forte explosão sacudiu o ar, quebrando duas ou três janelas nas casas próximas e nos deixando atônitos.

– Ali estão eles! – gritou um homem que vestia uma camisa azul. – Lá! Vocês não estão vendo? Bem ali!

Rapidamente, um após o outro, um, dois, três, quatro dos marcianos blindados apareceram, bem longe, sobre as pequenas árvores, atravessando as planícies que se estendiam até Chertsey, e caminhando apressadamente em direção ao rio. A princípio, pareciam pequenas figuras encapuzadas caminhando com um movimento giratório e tão rápido quanto o voo dos pássaros.

Então, avançando obliquamente em nossa direção, veio um quinto marciano. Seus corpos blindados brilhavam ao Sol enquanto avançavam rapidamente em direção às armas, ficando cada vez maiores à medida em que se aproximavam. Um na extrema esquerda, isto é, o mais remoto, agitou uma enorme caixa, bem alto no ar, e o fantasmagórico e terrível raio da morte, que eu já tinha visto na noite de sexta-feira, foi direcionado para Chertsey e atingiu a cidade.

Ao ver essas criaturas estranhas, rápidas e terríveis, a multidão perto da beira da água me pareceu ficar emudecida por um momento. Não houve gritos ou berros, mas um silêncio total. Em seguida, um murmúrio rouco e um movimento dos pés... um respingo da água. Um homem, assustado demais para largar a mala que carregava no ombro, deu meia-volta e me deixou cambaleando com um golpe da sua carga. Uma mulher empurrou-me com a mão e passou correndo. Fui golpeado devido à pressa das pessoas, mas não estava tão apavorado que não pudesse pensar. O terrível raio da morte estava em minha mente. Mergulhar na água! Era só isso!

– Mergulhem na água! – gritei, mas ninguém ouviu.

Olhei em volta de novo e corri em direção ao marciano que se aproximava, corri direto para a praia coberta de cascalhos e mergulhei de cabeça na água. Outros fizeram o mesmo. Um barco carregado de pessoas estava voltando e passou por mim aos solavancos. As pedras sob meus pés estavam cheias de lodo e escorregadias, e o rio estava tão baixo que devo ter corrido uns seis metros com água apenas na altura da cintura. Então, quando o marciano estava a apenas uns duzentos metros de distância, atirei-me sob a superfície da água. Os respingos das pessoas nos barcos saltando no rio soavam como trovões em meus ouvidos. Elas estavam desembarcando às pressas em ambos os lados do rio. Mas a máquina marciana não prestava mais atenção àquelas pessoas correndo de um lado para o outro do que um homem o faria diante da confusão de formigas que estivessem fugindo de uma toca que havia sido pisada. Quando, meio sufocado, levantei minha cabeça acima da água, o capuz do marciano apontou para as baterias que ainda estavam disparando do outro lado do rio e, à medida que avançava, soltou o que deve ter sido o gerador do raio da morte.

No momento seguinte, ele estava na margem, e com uma passada bem larga, atravessou metade do caminho. Os joelhos de suas pernas dianteiras dobraram-se na outra margem e, em seguida, ergueu-se completamente de novo, perto de Shepperton. Nesse instante, as seis baterias, cuja existência era desconhecida na margem direita e que estavam escondidas nos arredores daquela cidade, dispararam ao mesmo tempo. O disparo repentino, o último logo após o primeiro, fez meu coração pular. O monstro já estava erguendo o gerador do raio da morte quando a primeira bomba explodiu seis metros acima do capuz.

Soltei um grito de espanto. Não vi e não pensei nada sobre os outros quatro monstros marcianos; minha atenção estava voltada para o incidente mais próximo. Simultaneamente, duas outras bombas explodiram no ar perto do corpo quando o capuz girou a tempo de ser atingido pela quarta bomba.

A bomba explodiu totalmente o rosto da Coisa. O capuz ficou dilatado e despedaçou-se em uma dúzia de fragmentos de carne vermelha e metal cintilante.

– Acertamos! – gritei, em tom de terror e felicidade. Ouvi gritos em resposta das pessoas na água a meu redor. Poderia ter saltado de alegria para fora da água com aquela comemoração momentânea.

O colosso decapitado cambaleou como um gigante bêbado, mas não caiu. Ele recuperou o equilíbrio por um milagre e, não mais seguindo seus passos e com a câmera que disparava o raio da morte agora rigidamente erguida, ele cambaleou rapidamente sobre Shepperton. A inteligência viva, o marciano dentro do capuz, estava morto e espalhado para os quatro ventos, e a Coisa agora era apenas um dispositivo complexo de metal rodopiando para a destruição. Ele caminhava em linha reta, incapaz de orientar-se. Atingiu a torre da Igreja Shepperton, derrubando-a tal como teria feito o impacto de um aríete [3], virou-se de lado, tropeçou e tombou no rio com uma tremenda violência, fora da minha vista.

Uma violenta explosão sacudiu o ar e um jato de água, vapor, lama e metal estilhaçado foi disparado para o alto. Quando a câmera do raio da morte atingiu a água, ela imediatamente transformou-se em vapor. No momento seguinte, uma

---

(3)Máquina de guerra com que se derrubavam as muralhas ou as portas das cidades sitiadas

onda enorme, como uma maré lamacenta, mas escaldante, veio contornando a curva rio acima. Vi pessoas se arrastando para a praia e ouvi seus gritos e berros fracos, mas que se destacavam da agitação e do estrondo do colapso do marciano.

Por um momento, não dei atenção ao calor e esqueci a necessidade óbvia de preservar minha vida. Patinei na água tumultuada, empurrando para o lado um homem de preto, até que pudesse ver além da curva. Meia dúzia de barcos abandonados lançados sem rumo na confusão das ondas. O marciano caído aparecia rio abaixo, atravessado do outro lado, e quase todo submerso.

Grossas nuvens de vapor saíam dos destroços e pude ver, através de remoinhos turbulentos, de modo intermitente e vago, os membros gigantescos agitando a água e lançando respingos e borrifos de lama e espuma no ar. Os tentáculos balançavam e agitavam-se como braços vivos e, a não ser pela impotência desses movimentos, era como se alguma coisa ferida lutasse por sua vida em meio às ondas. Imensas quantidades de um fluido marrom-avermelhado jorravam em jatos barulhentos da máquina.

Minha atenção foi desviada desse turbilhão da morte por um grito furioso, como se fosse uma sirene de uma de nossas fábricas. Um homem, com a água até os joelhos e próximo ao caminho de acesso aos barcos, gritava inaudivelmente para mim e apontava. Quando olhei para trás, vi os outros marcianos, que avançavam com passos gigantescos, descendo a margem do rio, vindos de Chertsey. As armas de Shepperton dispararam, desta vez sem sucesso.

Com isso, mergulhei imediatamente na água e, prendendo a respiração o máximo que podia, movimentei-me penosamente sob a superfície da água. A água estava tumultuada a meu redor e ficando cada vez mais quente.

Quando, por um momento, levantei a cabeça para respirar e tirar o cabelo e a água dos olhos, o vapor estava subindo em uma névoa branca que a princípio escondia os marcianos por completo. O barulho era ensurdecedor. Então eu os vi vagamente, figuras colossais cinza, ampliadas pela névoa. Eles haviam passado por mim, e dois estavam curvados sobre as ruínas espumosas e tumultuadas de seu camarada.

O terceiro e o quarto estavam na água ao lado dele, um dos marcianos a aproximadamente duzentos metros de mim; o outro, na direção de Laleham. Os geradores dos raios da morte estavam balançando no alto, e os feixes sibilantes golpeavam de um lado para o outro.

O ar estava repleto de sons, um conflito ensurdecedor e confuso de ruídos... o barulho dos marcianos, o estrondo provocado pelo desabamento das casas, o baque de árvores, cercas, galpões queimando em chamas e o crepitar e rugir do fogo. Uma densa fumaça negra subia para misturar-se com o vapor do rio, e enquanto o raio da morte ia e voltava sobre Weybridge, seu impacto foi marcado por relâmpagos de um branco intenso, que dava lugar imediatamente a uma dança fumegante de chamas tenebrosas. As casas mais próximas ainda estavam intactas, esperando seu destino, sombrias, desbotadas e lívidas no vapor, com o fogo atrás delas indo e voltando.

Durante um momento, eu fiquei lá, com água quase fervendo na altura do peito, estupefato com a situação em que me encontrava, sem esperança de escapar. Através da fumaça, pude ver as pessoas que estavam comigo saindo do rio pelos juncos, como pequenos sapos correndo pela grama fugindo de um homem, ou correndo de lá para cá, com total pavor, a caminho de acesso aos barcos.

Então, de repente, os relâmpagos brancos do raio da morte vieram saltando em minha direção. As casas desabavam à medida que eram tocadas pelo raio e lançavam chamas; as árvores eram incendiadas com um rugido. O raio oscilava para cima e para baixo no caminho de acesso aos barcos, lambendo as pessoas que corriam para um lado e para o outro, e desceu até a beira da água, a menos de cinquenta metros de onde eu estava. Ele rastejou pelo rio até Shepperton, e a água em sua trilha subia fervendo cheia de vapor. Virei-me para a margem.

No instante seguinte, a onda enorme, quase no ponto de ebulição, avançou sobre mim. Soltei um grito alto e, escaldado, meio cego, agoniado, cambaleei pela água em redemoinho e sibilante em direção à praia. Se tivesse tropeçado, seria o fim. Caí desamparado, à vista dos marcianos, sobre a larga ponta de terra coberta de cascalho na junção entre o Wey e o Tamisa. Não esperava nada além da morte.

Tenho uma vaga lembrança do pé de um marciano descendo a poucos metros da minha cabeça, dirigindo-se direto para o cascalho solto, girando de um lado para o outro e se levantando novamente; lembro-me também de um longo período de suspense, e depois de quatro marcianos carregando os destroços de um de seus camaradas, ora claros, ora indistintos, através de um véu de fumaça, recuando interminavelmente, ao que me parecia, por meio de um vasto espaço de rio e planície. E então, muito lentamente, percebi que havia escapado por um milagre.

CAPÍTULO XIII
Como conheci o vigário

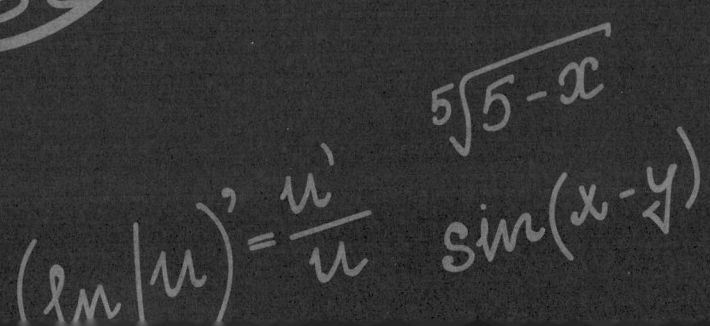

DEPOIS DE RECEBER ESSA LIÇÃO REPENTINA SOBRE O PODER DAS armas terrestres, os marcianos recuaram para sua posição original no descampado em Horsell; e, em sua pressa, sobrecarregados com os destroços de seu companheiro despedaçado, eles sem dúvida passaram por cima de tantas vítimas perdidas e insignificantes como eu. Se eles tivessem deixado seu camarada e continuado imediatamente, não havia nada naquele instante entre eles e Londres, a não ser as baterias de canhões, e eles certamente teriam alcançado a capital antes da notícia de sua aproximação; sua chegada seria tão repentina, terrível e destrutiva quanto o terremoto que destruiu Lisboa dois séculos atrás.

Mas eles não tinham pressa. Era um cilindro após outro em seu voo interplanetário; recebiam reforços durante vinte e quatro horas todos os dias. E, enquanto isso, as autoridades militares e navais, agora plenamente conscientes do tremendo poder de seus adversários, trabalhavam com furiosa energia. A cada minuto, uma nova arma entrava em posição, até que, antes do crepúsculo, cada bosque, cada fileira de vilas suburbanas nas encostas montanhosas de Kingston e Richmond, mascarava os canos negros das armas à espera. Devotados batedores com heliógrafos, que serviam para alertar os artilheiros da aproximação marciana, rastejavam através da área desolada (cerca de 50 quilômetros quadrados no total) que rodeava a base marciana no descampado em Horsell; através das vilas carbonizadas e em ruínas rodeadas por árvores verdes; e através das arcadas enegrecidas e fumegantes do que tinha sido, há apenas um dia antes, um bosque de pinheiros. Porém, os marcianos agora entendiam nosso comando de artilharia e o perigo da proximidade humana, e nenhum homem sequer chegou a um quilômetro de distância de qualquer um dos cilindros, exceto pelo preço de sua vida.

Parece que esses gigantes passaram a primeira parte da tarde indo e voltando, e transferindo tudo do segundo e terceiro cilindros (o segundo em Addlestone Golf Links; e o terceiro em Pyrford) para seu fosso original no terreno descampado em Horsell. Além disso, um deles ficava de sentinela no urzal enegrecido e nos edifícios em ruínas que se estendiam por toda a parte, enquanto os outros abandonavam suas imensas máquinas de combate e desciam para o fosso. Eles trabalharam arduamente noite adentro e a coluna imponente de densa fumaça verde que se erguia podia ser vista das colinas ao redor de Merrow, e dizem que até de Banstead e Epsom Downs.

Enquanto os marcianos atrás de mim estavam se preparando para sua próxima investida e na minha frente a humanidade se reunia para a batalha, segui meu caminho, penosamente e cheio de dores, para me afastar do fogo e da fumaça, em direção à Londres.

Vi um barco abandonado à deriva, muito pequeno e distante, rio abaixo; livrei-me da maior parte das minhas roupas encharcadas, nadei até ele, alcancei-o e assim escapei daquela destruição. Não havia remos no barco, mas consegui remar rio abaixo, tão bem quanto minhas mãos queimadas permitiam, em direção a Halliford e Walton. Sempre devagar e continuamente olhando para trás, como é possível compreender. Segui o rio, porque considerava que a água me dava a melhor chance de escapar caso aqueles gigantes voltassem.

A água quente da queda do marciano me levava rio abaixo, de modo que por quase um quilômetro pude ver muito pouco das margens. No entanto, vi um grupo de figuras negras correndo pelos prados, eles vinham de Weybridge. Parecia que Halliford fora abandonada e várias casas de frente para o rio estavam em chamas. Era estranho ver este lugar bastante tranquilo desolado sob o céu azul escaldante, com a fumaça e os pequenos fios de chamas subindo direto no calor da tarde. Nunca tinha visto casas queimando sem o acompanhamento de uma multidão que tentava apagar as chamas. Um pouco mais adiante, os canaviais secos na margem fumegavam e ardiam em chamas e uma linha de fogo ganhava terreno rapidamente através de um campo de feno.

Por muito tempo fiquei navegando à deriva, pois estava com muitas dores e cansado depois de todo esforço que fizera, e o calor da água era intenso. Então, meus medos voltaram a me dominar e comecei a remar de novo. O Sol queimava minhas costas nuas. Finalmente, quando a ponte de Walton estava aparecendo na curva, minha febre e fraqueza superaram meus medos, e desci na margem do Middlesex;

deitei-me, sentindo-me mortalmente doente, sobre a grama alta. Suponho que eram quatro ou cinco horas. Pouco tempo depois, levantei e caminhei talvez meio quilômetro sem encontrar uma alma e, então, deitei-me novamente à sombra de uma cerca viva. Creio que falei sozinho durante aquela última caminhada. Também estava com muita sede, e amargamente arrependido de não ter bebido mais água. É curioso dizer que sentia raiva de minha esposa; não posso explicar, mas meu desejo impotente de chegar a Leatherhead me preocupava excessivamente.

Não me lembro com clareza da chegada do vigário porque provavelmente estava cochilando. Percebi que ele estava ali quando o vi sentado com as mangas de camisa sujas de fuligem e com o rosto, barbeado, olhando para cima, fitando uma luz bruxuleante que dançava no céu. Aquele céu parecia "encarneirado", com nuvens em forma de bolas de algodão que se assemelham a lã de carneiros, apenas tingidas com o pôr do sol do verão.

Sentei-me e, com o ruído do meu movimento, ele imediatamente olhou para mim.

– Você tem água? – perguntei abruptamente.

Ele balançou a cabeça.

– Você está pedindo água há uma hora – disse ele.

Por um momento ficamos em silêncio, avaliando um ao outro. Ouso dizer que ele me achou bastante estranho: nu, exceto pelas minhas calças e meias encharcadas de água, queimado e com o rosto e os ombros enegrecidos pela fumaça. O semblante dele mostrava nítida fraqueza, tinha o queixo retraído e o cabelo enrolado e cheio de cachos, quase loiros, caindo sobre sua testa; seus olhos eram bem grandes, azuis-claros e inexpressivos. De repente, com o olhar vago, ele perguntou:

– O que isto significa? O que são essas coisas?

Fiquei olhando para ele e não respondi.

Ele estendeu a mão fina e branca e falou quase em um tom de reclamação.

– Por que essas coisas são permitidas? Que pecados cometemos? O serviço da manhã já tinha acabado, eu estava andando para descansar minha mente para a tarde e então... fogo, terremoto, morte! Como se fosse Sodoma e Gomorra! Todo nosso trabalho desfeito, todo o trabalho...O que são esses marcianos?

– O que somos nós? – respondi, limpando minha garganta.

Ele colocou as mãos sobre os joelhos e olhou novamente para mim. O vigário ficou em silêncio olhando para mim, talvez por meio minuto.

– Eu estava andando pela estrada para descansar minha mente – ele disse. – E de repente... fogo, terremoto, morte!

Ficou em silêncio de novo, com o queixo quase afundado entre os joelhos.

Em seguida, começou a fazer movimentos com a mão.

— Todo o trabalho... todas as escolas dominicais... o que fizemos... o que Weybridge fez? Tudo se foi... tudo destruído. A Igreja! Nós a reconstruímos há apenas três anos. Desapareceu! Não existe mais! Por quê?

Fez outra pausa e irrompeu novamente como um louco.

— A fumaça do incêndio da nossa Igreja sobe para todo o sempre! — ele gritou.

Seus olhos brilhavam e ele apontou um dedo magro na direção de Weybridge.

A essa altura, eu estava começando a entender o que havia acontecido com ele. A tremenda tragédia na qual estivera envolvido. Era evidente que ele era um fugitivo de Weybridge e estava quase enlouquecendo.

— Estamos longe de Sunbury? — perguntei, em um tom casual.

— O que podemos fazer? — ele perguntou. — Essas criaturas estão em todos os lugares? A terra foi entregue a eles?

— Estamos longe de Sunbury?

— Ainda esta manhã celebrei a missa...

— As coisas mudaram — eu disse baixinho. — Você deve manter sua cabeça no lugar. Ainda há esperança.

— Esperança!

— Sim. Muita esperança... apesar de toda essa destruição!

Comecei a explicar meu ponto de vista da situação. Ele ouviu a princípio, mas, depois de algum tempo, o interesse que surgia em seus olhos deu lugar ao sentimento anterior, e sua atenção afastou-se de mim.

– Deve ser o começo do fim – disse ele, interrompendo-me. – É o fim! O grande e terrível dia do Senhor! Quando os homens pedirão às montanhas e às rochas para caírem sobre eles e escondê-los... escondê-los da face d'Aquele que está assentado no trono!

Comecei a entender a situação. Parei de elaborar argumentos, fiz grande esforço para ficar em pé e coloquei minha mão sobre o ombro dele.

– Seja um homem! – disse eu. – Você está fora de seu juízo! De que adianta a religião se fraqueja nas calamidades? Pense no que terremotos, inundações, guerras e vulcões já fizeram aos homens! Você achou que Deus livraria Weybridge? Ele não é um agente de seguros.

Por um tempo ele ficou em silêncio absoluto.

–Mas como podemos escapar? – ele perguntou, de repente. – Eles são invulneráveis, impiedosos.

– Nem uma coisa nem talvez outra – respondi. – E quanto mais poderosos eles forem, mais sensatos e cautelosos devemos ser. Um deles foi morto lá há menos de três horas.

– Morto! – ele disse, olhando ao redor. – Como os ministros de Deus podem ser mortos?

— Eu vi isso acontecer — comecei a contar a ele. — Tivemos a chance de matá-lo no meio do combate — eu disse, — e isso é tudo.

— Que oscilação é essa no céu? — ele perguntou abruptamente.

Expliquei a ele que era o sinal do heliógrafo... que era o sinal da ajuda humana e do esforço no céu.

— Estamos no meio disso — eu disse, — embora tudo pareça estar tranquilo. Essa luz bruxuleante no céu fala sobre a tempestade que se aproxima. Creio que os marcianos estão lá e para os lados de Londres, onde aquelas colinas se erguem ao redor de Richmond e Kingston e as árvores dão cobertura, estão erguendo fortificações e colocando armas. Em breve, os marcianos virão para cá novamente.

E, enquanto eu falava, ele levantou-se em um pulo e me deteve com um gesto.

— Ouça! — ele disse.

Do lado das colinas baixas da outra margem do rio, veio a ressonância da descarga de armas e um grito estranho e distante. Então tudo ficou quieto. Um besouro veio zumbindo sobre a sebe e passou por nós. Podíamos ver a lua crescente, alta no oeste, pairando tênue e pálida acima da fumaça de Weybridge e Shepperton e o esplendor quente e calmo do pôr do sol.

— É melhor seguirmos este caminho em direção ao norte — eu disse.

CAPÍTULO XIV
Em Londres

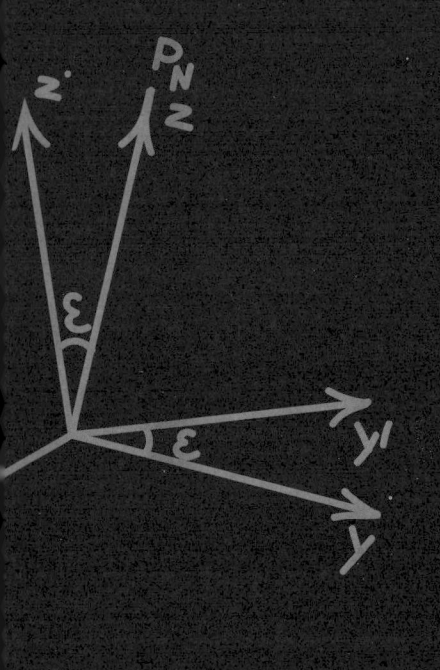

Meu irmão mais novo estava em Londres quando os marcianos caíram em Woking. Ele era um estudante de medicina, estava se preparando para um exame próximo e não soube nada sobre a chegada deles até sábado de manhã. Os jornais matutinos do dia continham, além de longos artigos especiais sobre o planeta Marte, a vida nos planetas e assim por diante, um telegrama curto e vagamente redigido, ainda mais notável por sua brevidade.

Os marcianos, alarmados com a aproximação de uma multidão, mataram várias pessoas com uma arma de fogo rápido. Essa era a versão da história. O telegrama concluía com as seguintes palavras: "Por mais formidáveis que pareçam, os marcianos não saíram da cratera em que caíram e, de fato, parecem incapazes de fazê-lo. Provavelmente, isso se deve à força relativa da energia gravitacional da Terra". Nesse último texto, seu redator-chefe mostrava-se muito otimista.

É claro que todos os alunos da aula de biologia preparatória para o exame, a qual meu irmão assistira naquele dia, estavam muito interessados, mas não havia sinais de qualquer agitação incomum nas ruas. Os jornais da tarde espalharam notícias com grandes manchetes. Eles não tinham nada a dizer além dos movimentos das tropas sobre o parque e a queima dos pinheiros entre Woking e Weybridge, até às oito. Então, o *St.James Gaze-*

tte, em edição extra-especial, anunciou o simples fato da interrupção da comunicação telegráfica. Acredita-se que isso tenha acontecido devido à queda dos pinheiros em chamas em cima da linha. Nada mais se soube da batalha naquela noite em que fiz a viagem de ida e volta para Leatherhead.

Meu irmão não ficou preocupado conosco, pois sabia, pela descrição nos jornais, que o cilindro estava a uns bons três quilômetros de minha casa. Ele decidiu que iria até lá a fim de, como ele mesmo disse, ver as Coisas antes que fossem mortas. Enviou um telegrama, que nunca chegou a mim, por volta das quatro horas da tarde e passou a noite em um salão de música.

Também em Londres, no sábado à noite, houve uma tempestade, e meu irmão chegou a Waterloo de táxi. Na plataforma de onde geralmente parte o trem da meia-noite, ele soube, depois de alguma espera, que um acidente estava impedindo os trens de chegarem a Woking naquela noite. A natureza do acidente não havia sido determinada; na verdade, as autoridades ferroviárias não sabiam claramente o que estava acontecendo naquele momento. Houve pouca agitação na estação, pois os funcionários, sem perceber que algo mais do que um colapso entre Byfleet e o entroncamento de Woking ocorrera, desviaram os trens do teatro, que geralmente passavam por Woking, para Virginia Water ou Guildford. Eles estavam ocupados fazendo os arranjos necessários para alterar a rota das excursões da Liga do Domingo de Southampton e Portsmouth. Um repórter de um jornal noturno, que confundiu meu irmão com o gerente de tráfego, com quem ele tem uma ligeira semelhança, tentou entrevistá-lo. Poucas pessoas, exceto os funcionários da ferrovia, relacionaram o colapso com os marcianos.

Em outro relato desses eventos, li que na manhã de domingo "toda Londres ficou eletrizada com as notícias de Woking". Na verdade, nada justificava aquela frase tão extravagante. Muitos londrinos não ouviram falar sobre os marcianos até o pânico da segunda-feira manhã. Eles realmente levaram algum tempo para compreender tudo o que transmitiam os telegramas redigidos apressadamente nos jornais de domingo. A maioria das pessoas em Londres não lê jornais aos domingos.

Além disso, o hábito da segurança pessoal está tão profundamente enraizado na mente do londrino, e a inteligência surpreendente é tão comum nos jornais, que eles poderiam ler sem qualquer receio pessoal:

"Por volta das sete horas da noite passada, os marcianos saíram do cilindro e, movendo-se sob uma armadura de escudos metálicos, destruíram completamente a estação Woking e as casas vizinhas e massacraram um batalhão inteiro do regimento de Cardigan. Não temos mais detalhes a fornecer. As Maxims foram absolutamente inúteis contra sua armadura; os canhões de campanha foram desativados por eles. Os soldados da cavalaria estão galopando em direção a Chertsey. Os marcianos parecem estar se movendo lentamente em direção a Chertsey ou Windsor. Há grande ansiedade em West Surrey, e barreiras estão sendo construídas para impedir o avanço em direção à Londres". Foi assim que o *Sunday Sun* relatou a situação, e um breve artigo, inteligente e notável, no *Referee* comparava o acontecimento às consequências de um grupo de animais selvagens soltos em uma pequena cidade.

Em Londres, ninguém sabia ao certo a natureza dos marcianos blindados, e ainda havia uma ideia fixa de que esses monstros eram lentos: "rastejando", "arrastando-se penosamente"... eram expressões usadas em quase todos os relatórios anteriores. Nenhum dos telegramas poderia ter sido escrito por uma testemunha ocular do avanço dos marcianos. Os jornais de domingo imprimiram edições separadas à medida em que novas notícias chegavam, algumas vezes até sem novas notícias. Mas não havia praticamente nada mais a contar até o final da tarde, quando as autoridades deram às agências de informações as notícias que estavam em seu poder. Foi declarado que o povo de Walton e Weybridge, e de todo o distrito, estava se espalhando pelas estradas em direção à Londres, e isso era tudo. Meu irmão foi à igreja no Foundling Hospital pela manhã, ainda sem saber o que acontecera na noite anterior. Lá ele ouviu alusões feitas à invasão e uma oração especial pela paz. Ao sair, comprou um exemplar do *Referee*. Ele ficou alarmado com a notícia e foi novamente à estação de Waterloo para descobrir se a comunicação havia sido restabelecida. Ônibus, carruagens, ciclistas e inúmeras pessoas andando em suas melhores roupas pareciam pouco afetados pela estranha informação que os jornalistas estavam divulgando. As pessoas ficavam interessadas, ou, se alarmadas, apenas por causa dos residentes. Na estação, ele ouviu pela primeira vez que as linhas Windsor e Chertsey haviam sido interrompidas. Os carregadores disseram-lhe que vários telegramas impressionantes haviam sido recebidos pela manhã das estações de Byfleet e Chertsey, mas que o envio fora interrompido abruptamente. Meu irmão conseguiu obter poucos detalhes precisos deles.

"Há uma batalha acontecendo em Weybridge" foi tudo que conseguiu descobrir. O serviço de trem agora estava muito desorganizado. Na estação estavam várias pessoas em pé, esperando amigos que chegariam da rede sudoeste. Um senhor de cabelos grisalhos veio e queixou-se amargamente da Companhia do Sudoeste com meu irmão. – Eles querem chamar a atenção – disse ele.

Um ou dois trens chegaram de Richmond, Putney e Kingston, transportando pessoas que haviam saído para um dia de passeio de barco e encontraram as eclusas fechadas e uma sensação de pânico no ar. Um homem com um *blazer* azul e branco se dirigiu a meu irmão, cheio de notícias estranhas.

– Há uma multidão chegando em Kingston em carroças e outros veículos, com caixas, objetos de valor e coisas do gênero – disse ele. – Eles vêm de Molesey, Weybridge e Walton, e dizem que é possível ouvir o disparo de armas em Chertsey, tiros pesados, e que soldados montados lhes disseram para sair de lá imediatamente porque os marcianos estão chegando. Ouvimos tiros disparando na estação de Hampton Court, mas pensamos que fossem trovões. O que diabos isso tudo significa? Os marcianos não podem sair da cratera, podem?

Meu irmão não podia responder.

Mais tarde, ele descobriu que a vaga sensação de alarme espalhara-se entre os usuários do metrô, e que os excursionistas de domingo começaram a retornar de todo o "pulmão" do sudoeste... Barnes, Wimbledon, Richmond Park, Kew etc... mais cedo do que o habitual; mas nenhuma alma tinha mais do que um vago boato para contar. Todos os que tinham pessoas conhecidas no terminal pareciam mal-humorados.

Por volta das cinco horas, a multidão reunida na estação estava imensamente animada com a abertura da linha de comunicação, que fica invariavelmente fechada, entre as estações do sudeste e sudoeste, por onde passavam vagões transportando enormes armas e carruagens abarrotadas de soldados. Eram as armas que chegaram de Woolwich e Chatham para proteger Kingston. Houve uma troca de brincadeiras: – Vocês vão ser comidos! Somos os domadores das bestas! – e coisas do gênero. Pouco depois, chegou um esquadrão da polícia e começou a tirar o público das plataformas, e meu irmão saiu para a rua novamente.

Os sinos da igreja tocavam um hino, e um esquadrão de moças do Exército de Salvação veio cantando pela estrada de Waterloo. Na ponte, um grupo de vagabundos observava uma curiosa espuma marrom que descia o riacho. O Sol estava se pondo, e a Torre do Relógio e as Casas do Parlamento erguiam-se contra um dos céus mais calmos que se pode imaginar, um céu dourado, barrado por longas faixas transversais de nuvens de cor púrpura avermelhada. Falava-se de um corpo que estava flutuando. Um dos homens que estava ali e dizia ser um reservista informou meu irmão que tinha visto o heliógrafo tremeluzindo a oeste.

Na Wellington Street, meu irmão encontrou dois homens robustos, que tinham acabado de sair correndo da Fleet Street, com jornais e cartazes ainda com tinta fresca. "Terrível catástrofe!", eles gritavam um para o outro na Wellington Street. "Combate em Weybridge! Descrição completa! Revés dos marcianos! Londres em perigo!". Meu irmão teve que pagar três libras por uma cópia daquele jornal.

Foi então, e só então, que ele compreendeu algo sobre todo o poder e terror que esses monstros estavam causando. Ficou sabendo de que eles não eram apenas um punhado de pequenas criaturas preguiçosas, mas mentes balançando em vastos corpos mecânicos; e que podiam mover-se rapidamente e golpear com tal poder que mesmo os canhões mais poderosos não poderiam enfrentá-los.

Os marcianos foram descritos como "enormes máquinas semelhantes a aranhas, com quase trinta metros de altura, capazes de atingir a velocidade de um trem expresso e disparar um feixe de calor intenso". Baterias camufladas, principalmente de canhões de campanha, foram colocadas próximas aos terrenos descampados de Horsell, e especialmente entre o distrito de Woking e Londres. Cinco das máquinas foram vistas movendo-se em direção ao Tamisa, e uma, por um feliz acaso, foi destruída. Nos outros casos, os projéteis falharam e as baterias foram imediatamente aniquiladas por raios da morte. Foram mencionadas grandes perdas de soldados, mas o tom da informação era otimista.

Os marcianos foram repelidos, portanto, não eram invulneráveis. Eles haviam recuado para seu triângulo de cilindros novamente, no círculo próximo a Woking. Os sinaleiros com heliógrafos os cercavam de todos os lados. As armas moviam-se rapidamente vindo de Windsor, Portsmouth, Aldershot, Woolwich, até mesmo do norte; havia, entre outras armas, canhões enormes de noventa e cinco toneladas vindos de Woolwich. Ao todo, cento e dezesseis estavam em posição ou sendo colocados às pressas, para proteger principalmente Londres. Nunca a Inglaterra teve uma concentração tão vasta ou rápida de material militar.

Esperava-se que quaisquer outros cilindros que caíssem pudessem ser destruídos imediatamente por explosivos potentes, que estavam sendo rapidamente fabricados e distribuídos. Não havia dúvidas, dizia o relatório, que a situação era a mais estranha e grave, mas o público estava sendo orientado a evitar e desencorajar o pânico. Com certeza os marcianos eram estranhos e extremamente terríveis, mas supunha-se que não passavam de vinte deles contra nossos milhões.

As autoridades tinham motivos para supor, devido ao tamanho dos cilindros, que não poderia haver mais de cinco marcianos em cada cilindro... quinze no total. E um fora eliminado, pelo menos... talvez mais. O público seria devidamente avisado da aproximação do perigo, e as medidas necessárias estavam sendo tomadas para a proteção das pessoas nos subúrbios ameaçados do sudoeste. E assim, com garantias reiteradas da segurança de Londres e da capacidade das autoridades em lidar com a dificuldade, terminava esta quase proclamação.

O material fora impresso em caracteres enormes, as letras ainda estavam molhadas e não houve tempo para acrescentar uma palavra de comentário. Meu irmão disse que era curioso ver como o conteúdo habitual do jornal fora excluído para dar lugar aos relatos. Ao longo da Wellington Street, as pessoas podiam ser vistas balançando as folhas cor-de-rosa e lendo-as, e a rua Strand de repente ficou barulhenta, por conta das vozes de um exército de vendedores ambulantes seguindo esses pioneiros. Homens saíram correndo dos ônibus para comprar os exemplares. Certamente esta notícia excitou as pessoas de modo muito intenso, independentemente de sua apatia anterior. Meu irmão disse que estavam abrindo as venezianas de uma loja de mapas na rua Strand, e um homem com sua roupa de domingo, usando luvas amarelo-limão, podia ser visto do lado de dentro da janela, fixando mapas de Surrey no vidro, apressadamente.

Seguindo pela Strand até Trafalgar Square, com o jornal na mão, meu irmão viu alguns dos fugitivos de West Surrey. Havia um homem com a esposa, os dois filhos e alguns móveis em uma carroça parecida com aquela usada pelos verdureiros. Eles vinham da Ponte de Westminster, e logo atrás havia uma carroça de feno, com cinco ou seis pessoas de aparência respeitável e algumas caixas e pacotes. Os rostos dessas pessoas estavam abatidos, e a aparência delas contrastava visivelmente com a das pessoas bem-vestidas nos ônibus. Pessoas com roupas elegantes os espiavam pelas janelas dos táxis. Pararam em Trafalgar Square como se estivessem indecisos sobre o caminho a seguir e, finalmente, viraram para o leste, seguindo a rua Strand. Um pouco atrás deles vinha um homem com roupas de trabalho, andando em um daqueles triciclos antiquados com uma pequena roda dianteira. Ele estava sujo e com o rosto pálido.

Meu irmão seguiu em direção ao bar Victoria e encontrou várias dessas pessoas. Ele tinha uma vaga ideia de que poderia saber algo de mim por lá. Observou que havia um número incomum de policiais controlando o tráfego. Alguns dos refugiados trocavam notícias com as pessoas nos ônibus. Um estava declarando ter visto os marcianos: – Parecem caldeiras em cima de pernas de pau e caminham como homens.

Quase todos estavam animados e entusiasmados por ter vivido essa estranha experiência.

Além do Victoria, os bares estavam fazendo um bom negócio com essas pessoas recém-chegadas. Em todas as esquinas, grupos de pessoas liam jornais, conversavam animadamente ou olhavam para esses visitantes incomuns de domingo.

Pareciam aumentar à medida que a noite avançava, até que, finalmente, disse meu irmão, as estradas ficaram como a Epsom High Street em um dia de Corrida de Cavalos. Ele se dirigiu a vários desses fugitivos e obteve respostas insatisfatórias da maioria.

Nenhum deles poderia dar-lhe notícias de Woking, exceto um homem, que lhe garantiu que a cidade fora totalmente destruída na noite anterior.

– Venho de Byfleet – disse ele – um homem de bicicleta passou por ali no início da manhã e correu de porta em porta avisando-nos para irmos embora. Então vieram os soldados. Saímos para olhar e havia nuvens de fumaça ao sul... nada além de fumaça, e nenhuma alma vindo daquela direção. Nesse momento, ouvimos as armas em Chertsey e pessoas vindas de Weybridge. Então, tranquei minha casa e vim embora.

Nessa altura, havia nas ruas um sentimento forte de que as autoridades eram as culpadas pela incapacidade de livrar-se dos invasores sem provocar todo esse transtorno.

Por volta das oito horas da noite, ouviu-se nitidamente um barulho pesado de tiros em todo o sul de Londres. Meu irmão não percebeu por causa do tráfego nas vias principais, mas, ao avançar pelas silenciosas ruas secundárias até o rio, conseguiu distingui-lo claramente.

Ele caminhou de Westminster até seu apartamento perto de Regent's Park, cerca de duas horas. Meu irmão estava agora muito ansioso para ter notícias minhas e perturbado com a magnitude evidente do problema. Sua mente procurava explicações, assim como aconteceu comigo no sábado, com detalhes militares. Pensava em todas aquelas armas silenciosas, à espera, na região subitamente deserta; tentava imaginar "caldeiras sobre pernas de pau" com trinta metros de altura.

Havia um ou dois carros cheios de refugiados passando ao longo da Oxford Street e vários na Marylebone Road, mas as notícias se espalhavam tão lentamente que a Regent Street e a Portland Place estavam cheias de pessoas em seus passeios habituais de domingo à noite, embora conversassem em grupos, e ao longo da orla do Regent›s Park havia muitos casais silenciosos "caminhando" juntos sob as lâmpadas de gás espalhadas como de costume. A noite estava quente, tranquila e um pouco opressiva; o som dos canhões continuava intermitentemente e, depois da meia-noite, parecia haver relâmpagos no sul.

Meu irmão leu e releu o jornal, temendo que o pior tivesse acontecido comigo. Ele estava inquieto e, depois do jantar, saiu novamente sem rumo. Voltou e tentou em vão desviar sua atenção para suas notas do exame. Deitou-se um pouco depois da meia-noite e foi despertado de sonhos lúgubres na madrugada de segunda-feira com o ruído de pancadas na porta, pés correndo na rua, batidas distantes e um repicar de sinos. Reflexos vermelhos dançavam no teto. Por um momento, ele ficou atônito, perguntando-se se o dia havia chegado ou se o mundo enlouquecera. Então ele pulou da cama e correu para a janela.

Seu quarto ficava no sótão e, quando colocou a cabeça para fora, ouviu uma dúzia de ecos que subiam e desciam a rua com o barulho do caixilho de sua janela, e viu pessoas vestidas saindo das casas com suas roupas de dormir e fazendo perguntas aos gritos.
– Eles estão vindo! –berrava um policial, batendo em uma porta;
– Os marcianos estão chegando! – e corria para a próxima porta.

O som de tambores e trombetas vinha dos quartéis da Albany Street, e todas as igrejas ao alcance trabalhavam arduamente para acordar a todos com um toque veemente e desordenado dos sinos. Ouvia-se um barulho de portas se abrindo, e janela após janela saía da escuridão para a iluminação amarelada.

Uma carruagem fechada subia a rua em galopes, fazendo um barulho abrupto na esquina, passando sob a janela e silenciando lentamente ao longe. Bem atrás dessa carruagem vinham dois táxis, os precursores de uma longa procissão de veículos que se aproximavam quase que voando, a maioria deles em direção à estação Chalk Farm, onde os trens especiais para o noroeste estavam carregando, em vez de descer a rampa para Euston.

Por um longo tempo, meu irmão ficou olhando pela janela, totalmente surpreso, observando os policiais batendo de porta em porta e transmitindo sua mensagem incompreensível. Então a porta atrás dele se abriu, e o homem que morava no outro patamar entrou, vestindo apenas uma camisa, calça e chinelos, o suspensório solto na cintura e o cabelo todo bagunçado.

– Que diabos é isso? – perguntou ele. – Um incêndio? Que droga de algazarra!

Os dois esticaram a cabeça para fora da janela, esforçando-se para ouvir o que os policiais gritavam. As pessoas estavam saindo das ruas laterais e conversando em grupos nas esquinas.

– Que diabos é isso? – perguntou um colega.

Meu irmão respondeu-lhe vagamente e começou a vestir-se, correndo com cada peça de roupa até a janela para não perder a excitação crescente. E, logo em seguida, alguns homens vendendo jornais apareceram, demasiadamente cedo, e gritavam pela rua:

– Londres em risco de sufocamento! As defesas de Kingston e Richmond foram forçadas! Massacres terríveis no vale do Tamisa!

E, por toda parte, nos quartos abaixo, nas casas de ambos os lados, na parte de trás, no Park Terrace e nas centenas de outras ruas daquela parte de Marylebone, no distrito de Westbourne Park e St. Pancras, para o oeste e para o norte em Kilburn, St. John's Wood e Hampstead, e para o leste em Shoreditch, Highbury, Haggerston e Hoxton, e, de fato, por toda a extensão de Londres, de Ealing a East Ham, as pessoas esfregavam os olhos e abriam as janelas para olhar e fazer perguntas sem objetivo, vestindo-se apressadamente quando o primeiro sopro da tempestade de medo aproximava-se fluindo pelas ruas. Era o amanhecer de um grande pânico. Londres, que fora para a cama no domingo à noite alheia e inerte, despertou, nas primeiras horas da manhã de segunda-feira, com uma vívida sensação de perigo.

Incapaz de saber de sua janela o que estava acontecendo, meu irmão desceu e saiu para a rua, quando o céu entre os parapeitos das casas ficava rosado com o amanhecer. As pessoas correndo e em veículos eram mais numerosas a cada momento. – Fumaça negra! – ele ouviu pessoas chorando e novamente – Fumaça negra! – o contágio de um medo tão unânime era inevitável. Quando meu irmão hesitou na soleira da porta, viu outro jornaleiro se aproximando e imediatamente pegou um jornal. O homem estava fugindo com o resto e vendendo seus jornais por cinquenta centavos cada um enquanto corria... uma mistura grotesca de lucro e pânico.

E neste jornal meu irmão leu a seguinte informação catastrófica do comandante chefe:

"Os marcianos são capazes de descarregar enormes nuvens de um vapor negro e venenoso por meio de foguetes. Eles sufocaram nossas baterias, destruíram Richmond, Kingston e Wimbledon e estão avançando lentamente em direção à Londres, destruindo tudo pelo caminho. É impossível detê-los. Não há proteção contra a fumaça negra, a não ser a fuga imediata".

Isso foi o suficiente. Toda a população da grande cidade de seis milhões de habitantes estava se mexendo, escorregando, correndo; logo estaria fluindo "em massa" para o norte.

— Fumaça negra! — as vozes gritaram. — Incêndio!

Os sinos da igreja vizinha faziam um barulho estridente, uma carroça conduzida descuidadamente espatifou-se, em meio a gritos e xingamentos, contra a calha d'água rua acima. Luzes amarelas fracas iam e vinham nas casas, e alguns dos táxis ainda passavam com os faróis acesos. E no céu, o amanhecer ganhava mais brilho, ficando mais claro, firme e calmo.

Ele ouviu passos correndo de um lado para outro nos quartos, e subindo e descendo escadas atrás dele. A proprietária da pensão atendeu a porta, mal envolta em um roupão e um xale; o maridoa seguiu gritando.

Quando meu irmão começou a perceber a importância de todas essas coisas, voltou-se apressadamente para seu próprio quarto, colocou todo o dinheiro disponível... cerca de dez libras no total... nos bolsos e saiu novamente para a rua.

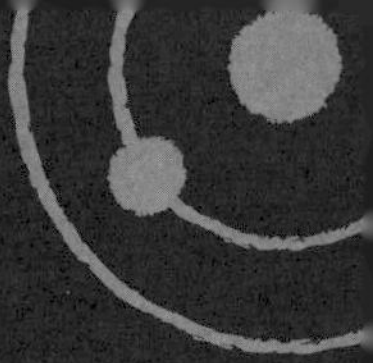

CAPÍTULO XV
O que acontece em Surrey

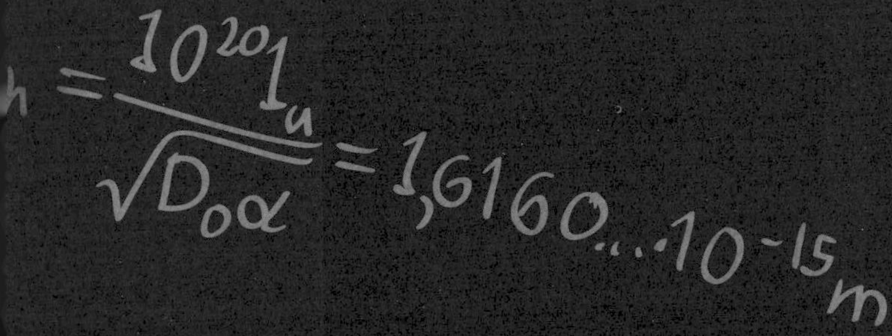

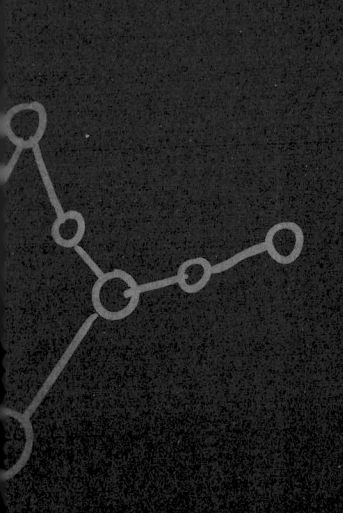

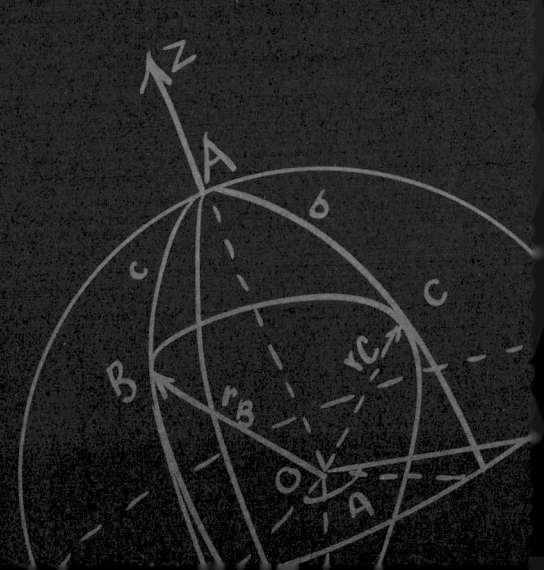

$$h = \frac{10^{20} 1_u}{\sqrt{D_o \alpha}} = 1{,}6160\ldots \cdot 10^{-15} m$$

FOI ENQUANTO O VIGÁRIO SE SENTAVA E FALAVA TÃO DESCONTROLAdamente comigo sob a sebe nos prados perto de Halliford, e enquanto meu irmão observava os fugitivos passarem pela ponte de Westminster, que os marcianos retomaram a ofensiva. Pelo que se pode verificar dos relatos conflitantes apresentados, a maioria deles permaneceu ocupada com os preparativos no fosso em Horsell até às nove da noite, apressando-se em alguma operação que liberava enormes quantidades de fumaça verde.

Mas três marcianos certamente saíram por volta das oito horas e, avançando lenta e cautelosamente, abriram caminho por Byfleet e Pyrford em direção a Ripley e Weybridge, sendo avistados pelas baterias à espera contra o Sol poente. Esses marcianos não avançaram em corpo, mas em linha, cada um a cerca de três quilômetros de distância de seu companheiro mais próximo. Comunicavam-se entre si por meio de uivos semelhantes aos de uma sereia, subindo e descendo a escala de uma nota a outra.

Foram esses uivos e os disparos de armas em Ripley e St. George's Hill que tínhamos ouvido em Upper Halliford. Os atiradores de Ripley, voluntários sem experiência em artilharia, que nunca deveriam ter sido colocados em tal posição, dispararam uma rajada prematura e ineficaz e fugiram a cavalo e a pé através da vila deserta, enquanto o marciano, sem usar seu raio da morte, caminhou serenamente sobre suas armas, andando cautelosamente entre elas, passou na frente e então deparou-se inesperadamente com as armas no Parque Painshill, as quais foram destruídas por ele.

Os homens de St. George's Hill, no entanto, eram mais bem-comandados ou mais corajosos. Escondidos por um bosque de pinheiros, eles passaram despercebidos pelo marciano mais próximo. Lançaram suas armas tão deliberadamente, como se estivessem em uma parada, e atiraram a cerca de mil metros de alcance.

As bombas explodiram ao redor do marciano, e ele foi visto avançando alguns passos, cambaleando e caindo. Todos deram um só grito e as armas foram recarregadas com uma pressa frenética. O marciano derrubado deu um longo uivo e imediatamente um segundo gigante brilhante, respondendo a ele, apareceu sobre as árvores ao sul. Parece que uma perna do tripé fora esmagada por uma das bombas. Toda a segunda rajada voou longe do marciano que estava no chão, e, simultaneamente, seus dois companheiros dispararam seus raios da morte para atacar a bateria. A munição explodiu, os pinheiros ao redor dos canhões pegaram fogo e apenas um ou dois dos homens que já estavam correndo pelo topo da colina escaparam.

Depois disso, parece que os três marcianos se consultaram e ficaram imóveis, e os batedores que os observavam relataram que eles permaneceram absolutamente parados pela meia hora seguinte. O marciano que havia sido derrubado rastejou tediosamente para fora de seu capuz, era uma pequena figura marrom, que mais parecia uma mancha àquela distância, e aparentemente empenhado em reparar seu suporte. Ele terminou por volta das nove horas, pois seu capuz foi visto novamente acima das árvores.

Alguns minutos depois das nove da noite, essas três sentinelas se juntaram a outros quatro marcianos, cada um carregando um tubo negro e espesso. Um tubo semelhante foi entregue a cada um dos três, e os sete passaram a se distribuir em distâncias iguais ao longo de uma linha curva entre St. George's Hill, Weybridge e a vila de Send, a sudoeste de Ripley.

Uma dúzia de foguetes saltou das colinas diante deles assim que começaram a se mover, avisando as baterias que aguardavam nas imediações de Ditton e Esher. Ao mesmo tempo, quatro de suas máquinas de combate, igualmente armadas com tubos, cruzaram o rio, e duas delas, negras contra o céu ocidental, avistaram-nos enquanto corríamos cansados e dolorosamente ao longo da estrada que sai de Halliford em direção ao norte. Ao que parecia, eles moviam-se sobre uma nuvem, pois uma névoa leitosa cobria os campos e se elevava a um terço da altura deles.

Quando o vigário viu os marcianos, começou a gritar e correr; mas eu sabia que não adiantava fugir desses seres, virei-me para o lado e rastejei por entre urtigas e arbustos orvalhados até a ampla vala ao lado da estrada. Ele olhou para trás, viu o que eu estava fazendo e veio juntar-se a mim.

Os dois pararam. O mais próximo de nós estava em pé e de frente para Sunbury; o mais afastado tinha uma coloração cinza, indistinta e estava virado para a estrela da tarde, em direção a Staines.

Os uivos ocasionais dos marcianos cessaram; eles assumiram suas posições no enorme crescente em torno de seus cilindros, em silêncio absoluto. Era um crescente com 12 quilômetros de extensão entre suas extremidades. Nunca, desde o surgimento da pólvora, o início de uma batalha fora tão silencioso. O efeito era o mesmo para nós e para um observador nas imediações de Ripley. Os marcianos pareciam ter a posse exclusiva da noite escura, iluminada apenas pela lua esguia, as estrelas, o clarão avermelhado do fim de tarde que se via em St. George's Hill e nos bosques de Painshill.

Mas as armas estavam esperando para enfrentar aquele crescente em todos os lugares... em Staines, Hounslow, Ditton, Esher, Ockham, atrás de colinas e bosques, ao sul do rio, e através dos prados de grama plana ao norte dele, onde quer que um aglomerado de árvores ou as casas da vila permitissem uma cobertura suficiente. Os foguetes de sinalização estouravam e faziam chover suas faíscas durante a noite, desaparecendo em seguida, e o espírito de todas as baterias que assistiam se elevava a uma tensa expectativa. Os marcianos tinham apenas que avançar para a linha de fogo, e instantaneamente aquelas formas negras imóveis de homens, aquelas armas brilhando tão sombriamente no início da noite, explodiriam em uma fúria tempestuosa de batalha.

Sem dúvida, o pensamento que prevalecia em milhares daquelas mentes vigilantes, assim como na minha, era o enigma – o quanto eles entendiam de nós. Eles entenderiam que nós, em nossos milhões, éramos organizados, disciplinados e trabalhávamos juntos? Ou interpretariam nossos jorros de fogo, a ferroada repentina de nossas bombas, nosso firme ataque a seu acampamento, da mesma forma que interpretaríamos um ataque violento de uma colmeia de abelhas sobre nós? Será que achavam que poderiam nos exterminar? (Naquele momento, ninguém sabia de que comida eles precisavam). Uma centena de perguntas desse tipo lutava em minha mente enquanto eu observava aquela vasta forma de sentinela. E no fundo da minha mente estava a sensação de todas as enormes forças desconhecidas e ocultas que estavam nas imediações de Londres. Será que tinham preparado as armadilhas? Será que as fábricas de pólvora em Hounslow estavam devidamente preparadas? Teriam os londrinos o coração e a coragem de transformar sua poderosa província de casas em uma Moscou maior?

Então, depois de um tempo interminável, ao que nos parecia, agachados e espiando pela sebe, veio um som, como o ruído distante de uma arma. Outro mais próximo e depois outro. E, então, o marciano a nosso lado ergueu seu tubo bem alto e disparou, na direção de uma arma, com um estardalhaço pesado que fez estremecer o solo. O que estava em direção a Staines respondeu-lhe. Não houve nenhum relâmpago, nenhuma fumaça, simplesmente aquela detonação pesada.

Fiquei tão agitado com essas pesadas metralhadoras que se sucederam, que esqueci minha segurança pessoal e minhas mãos escaldadas e escalei a cerca viva para olhar em direção a Sunbury. Enquanto eu fazia isso, um segundo estampido seguiu-se, e uma grande bomba foi arremessada em direção a Hounslow. Eu esperava pelo menos ver fumaça ou fogo, ou alguma evidência de seu trabalho. Mas tudo que vi foi o céu azul profundo acima, com uma estrela solitária, e a névoa branca que espalhava-se em baixa altura e grande extensão. E não houve nenhum estalido, nenhuma explosão em resposta. O silêncio foi restaurado e o minuto alongou-se para três.

— O que aconteceu? — perguntou o vigário, levantando-se a meu lado.

— Só Deus sabe! — eu disse.

Um morcego voou próximo a nós e desapareceu. Um tumulto distante com vários gritos começou e cessou. Olhei novamente para o marciano e vi que ele agora movia-se para o leste, ao longo da margem do rio, com um movimento rápido e giratório.

A cada momento, eu esperava que o fogo de alguma bateria oculta saltasse sobre ele; mas a calmaria da noite não foi interrompida. A figura do marciano ficou menor à medida que ele recuava, e logo a névoa e a noite que se aproximava o engoliram. Por um impulso comum, subimos mais alto. Em direção a Sunbury, havia uma aparência sombria, como se uma colina cônica tivesse surgido repentinamente ali, ocultando nossa visão da região distante; e então, do outro lado do rio, sobre Walton, vimos outra elevação do mesmo tipo. Essas formas, parecidas com colinas, ficavam mais baixas e largas, mesmo enquanto as olhávamos.

Movido por um pensamento repentino, olhei para o norte e percebi que se erguera uma terceira destas pequenas colinas de nuvens negras.

De repente, tudo ficou muito tranquilo. Bem longe, a sudeste, quebrando o silêncio, ouvimos os marcianos gritando uns para os outros, e então o ar estremeceu novamente com o estrondo longínquo de suas armas. Mas a artilharia da Terra não respondeu.

Naquele momento, não conseguíamos compreender o que estava acontecendo, mas mais tarde iríamos entender o significado dessas colinas sinistras que se formavam no crepúsculo. Cada um dos marcianos, de pé na grande crescente que descrevi, havia descarregado, por meio do tubo semelhante a uma arma, um enorme projétil sobre qualquer colina, bosque, aglomerado de casas ou outra cobertura possível para armas que por acaso estivesse em frente a ele. Alguns dispararam apenas um destes projéteis, outros soltaram dois, como no caso do marciano que estávamos observando; segundo o relato de algumas pessoas, o de Ripley teria disparado nada menos do que cinco de uma vez.

Esses projéteis se espatifavam ao atingir o solo, não explodiam, e soltavam imediatamente um enorme volume de vapor pesado e escuro, que serpenteava e fluía para cima em uma enorme nuvem de cúmulos da cor de ébano, uma colina gasosa que afundava tudo e espalhava-se lentamente sobre a região ao redor. O contato com este vapor ou a inalação do odor pungente significava a morte certa para tudo que respirasse.

Esse vapor era pesado, mais pesado do que a fumaça mais densa, de modo que, após a primeira erupção tumultuada e o vazamento de seus jatos, baixava e fluía sobre o solo de uma forma mais líquida do que gasosa, abandonando as colinas, e escorrendo para os vales, valas e cursos de água, assim como ouvi dizer que acontece com o gás carbônico que jorra das fendas vulcânicas. E quando se deparava com a água, ocorria uma ação química e a superfície era instantaneamente coberta por uma espuma pulverulenta, que afundava lentamente e abria caminho para mais. A espuma era absolutamente insolúvel, e é estranho, considerando o efeito instantâneo do gás, que se pudesse beber, sem causar dano, a água na qual havia sido filtrada. O vapor não se difundia como um gás verdadeiro. Aglomerava-se junto nas margens, fluindo lentamente pela encosta da terra e movendo-se relutantemente quando o vento o empurrava. Misturava-se pouco a pouco com a névoa e a umidade do ar e descia sobre a terra em forma de poeira. Ainda somos totalmente ignorantes quanto à natureza dessa substância, e a única coisa que sabemos é que há um elemento desconhecido com um grupo de quatro linhas na parte azul do espectro em questão.

Assim que a agitação de sua dispersão acabou, a fumaça negra aderiu tão restritamente ao solo, mesmo antes de sua precipitação, que a quinze metros de altura, nos telhados e andares superiores de casas altas e em grandes árvores, houve uma chance de escapar totalmente de seu veneno, como ficou provado naquela mesma noite em Street Cobham e Ditton.

O homem que escapou do primeiro lugar mencionado conta uma história maravilhosa sobre a estranheza de seu fluxo em espiral, e como ele olhava para baixo da torre da igreja e via as casas da vila surgindo como fantasmas da insignificância da tinta. Ele permaneceu lá por um dia e meio, cansado, faminto e queimado pelo Sol; a terra sob o céu azul e contra a perspectiva das colinas distantes era uma extensão negra aveludada, com telhados vermelhos, árvores verdes e onde, mais tarde, erguiam-se arbustos, portões, celeiros, anexos externos e paredes velados de negro.

Mas isso aconteceu em Street Cobham, onde o vapor negro permaneceu até afundar por conta própria no solo. Em geral, os marcianos, depois que o fumo cumpria seu propósito, limpavam o ar novamente, dirigindo um jato de vapor sobre ele.

Eles fizeram isso com as aglomerações de vapor perto de nós, como vimos à luz das estrelas da janela de uma casa deserta em Upper Halliford, para onde havíamos retornado. De lá, podíamos ver os holofotes em Richmond Hill e Kingston Hill indo e voltando, e, por volta das onze horas, as janelas sacudiram e ouvimos o som das enormes armas de cerco colocadas ali. Os disparos continuaram intermitentemente pelo espaço de um quarto de hora, disparando projéteis fortuitos nos marcianos invisíveis em Hampton e Ditton, e então os raios pálidos da luz elétrica desapareceram e foram substituídos por um clarão vermelho brilhante.

Depois disso, o quarto cilindro caiu – um meteoro verde brilhante – no Bushey Park, como descobri mais tarde. Antes do início dos disparos de canhões nas colinas de Richmond e Kingston, ouviu-se um canhão intermitente bem longe, a sudoeste, devido, creio eu, aos canhões disparados ao acaso antes que o vapor negro pudesse dominar os atiradores.

Então, assumindo uma postura tão metódica quanto os homens fariam em um ninho de vespas, os marcianos espalharam esse estranho vapor sufocante nos arredores de Londres. As extremidades do crescente separaram-se lentamente, até que, finalmente, formaram uma linha de Hanwell até Coombe e Malden. Durante toda a noite, seus tubos destrutivos avançaram. Nunca mais, depois da queda do marciano em St. George's Hill, deram à artilharia uma sombra de oportunidade de lutar contra eles. Onde quer que houvesse a possibilidade de armas serem colocadas sem serem vistas, uma nova caixa de vapor negro era descarregada, e onde as armas eram exibidas abertamente, o raio da morte era usado.

Por volta da meia-noite, as árvores em chamas ao longo das encostas de Richmond Park e o clarão que saia de Kingston Hill projetavam sua luz sobre uma rede de fumaça negra, obscurecendo todo o vale do Tamisa e estendendo-se até onde o olho podia alcançar. E, além disso, dois marcianos caminhavam lentamente soltando seus jatos de vapor sibilantes para um lado e para outro.

Eles estavam poupando o uso do raio da morte naquela noite, ou porque tinham um suprimento limitado do material para sua produção ou porque não desejavam destruir a região toda, apenas esmagar e intimidar seus adversários. No último objetivo, eles certamente foram bem-sucedidos. A noite de domingo foi o fim da oposição organizada a seus movimentos. Depois disso, nenhum grupo de homens se levantaria contra eles, pois a empreitada era muito desesperadora. Até mesmo as tripulações dos torpedeiros e *destroyers* que apontavam suas armas rápidas no Tamisa recusaram-se a ficar ali, amotinaram-se e desceram o rio novamente. A única operação ofensiva em que os homens se aventuraram depois daquela noite foi a preparação de minas e armadilhas, e mesmo assim seus esforços eram frenéticos e espasmódicos.

É preciso imaginar, tanto quanto for possível, o destino daquelas baterias nas imediações de Esher, esperando com tanta tensão ao crepúsculo. Não houve nenhum sobrevivente. Pode-se imaginar a expectativa ordenada, os oficiais alertas e vigilantes, os atiradores prontos, a munição empilhada à mão, os soldados com seus cavalos e suas carroças, os grupos de espectadores civis tão próximos quanto lhes era permitido, o silêncio noturno, as ambulâncias e as tendas do hospital com os queimados e feridos de Weybridge; em seguida, a ressonância triste dos tiros dos marcianos e os projéteis que giravam ao redor das árvores e casas e se espatifavam nos terrenos vizinhos.

Podemos também imaginar a mudança repentina de atenção, as espirais e os inchaços no solo espalhando-se rapidamente naquela escuridão, elevando-se em direção ao céu, transformando o crepúsculo em uma escuridão palpável, um estranho e horrível antagonista de vapor caminhando sobre suas vítimas, homens e cavalos, próximos um do outro, vistos vagamente, correndo, gritando, caindo no chão, gritos de consternação, as armas repentinamente abandonadas, homens sufocando e se contorcendo no chão, e o rápido alargamento do cone opaco de fumaça. E, depois, a noite e a aniquilação – nada além de uma massa silenciosa de vapor impenetrável escondendo seus mortos.

Antes do amanhecer, o vapor negro se derramava pelas ruas de Richmond, e as autoridades governamentais em desintegração estavam, com um último esforço vencido, despertando a população de Londres para a necessidade de fugir.

CAPÍTULO XVI
O êxodo de Londres

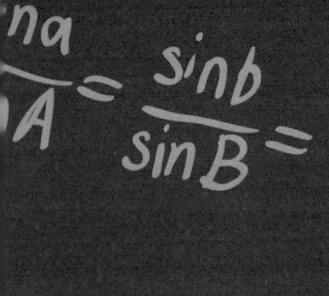

Você já deve ter imaginado a forte onda de medo que atingiu a maior cidade do mundo na madrugada da segunda-feira: a corrente de fuga rapidamente transformando-se em uma luta violenta ao redor das estações ferroviárias, uma disputa horrível pelo transporte marítimo no Tamisa e as pessoas procurando uma saída em todos os canais disponíveis para o norte e leste. Por volta das dez horas da manhã, a organização policial perdeu a coerência, e, ao meio-dia, até as autoridades responsáveis pelas linhas ferroviárias entraram em colapso total, perdendo a forma e a eficiência.

Todas as linhas ferroviárias ao norte do Tamisa e os habitantes do sudeste na Cannon Street foram avisados à meia-noite de domingo, e os trens estavam ficando lotados. As pessoas lutavam ferozmente por espaço em pé nas carruagens, mesmo às duas horas da manhã. Por volta das três, as pessoas estavam sendo pisoteadas e esmagadas até mesmo na Bishopsgate Street, a algumas centenas de metros ou mais da estação da Liverpool Street; revólveres foram disparados, pessoas esfaqueadas e os policiais que foram enviados para controlar o tráfego, exaustos e enfurecidos, estavam batendo nas pessoas que eles deveriam proteger.

E à medida que o dia avançava e os motoristas e bombeiros recusavam-se a retornar a Londres, a pressão da fuga forçava a multidão, cada vez maior, a afastar-se das estações e seguirem ao longo das estradas que levavam para o norte. Por volta do meio-dia, um marciano foi visto em Barnes, uma nuvem de vapor negro que afundava lentamente movia-se ao longo do Tamisa e através das planícies de Lambeth, impedindo qualquer fuga pelas pontes. Outra nuvem apareceu sobre Ealing e cercou uma pequena ilha de sobreviventes em Castle Hill, que não conseguiam escapar de lá.

Em Chalk Farm, onde os trens estavam lotados de pessoas gritando e uma dúzia de homens robustos lutava para evitar que a multidão empurrasse o maquinista para dentro da fornalha, meu irmão seguiu pela estrada, desviou de um formigueiro apressado de veículos e teve a sorte de ser o primeiro a saquear uma loja de bicicletas. O pneu dianteiro da máquina que ele roubara rasgou quando a arrastou pela janela, mas sem dar importância, ele subiu e saiu sem nenhum ferimento além de um corte no pulso. Era impossível passar pelo sopé íngreme de Haverstock Hill devido a vários cavalos que haviam caído, e meu irmão pegou a estrada de Belsize.

Assim, ele escapou da fúria do pânico e, pegando a estrada de Edgware, chegou à vila por volta das sete horas, em jejum e cansado, mas bem à frente da multidão. Ao longo da estrada, as pessoas estavam paradas em pé, curiosas, imaginando o que estava acontecendo. Ele foi ultrapassado por vários ciclistas, alguns cavaleiros e dois automóveis. Aproximadamente a um quilômetro e meio de Edgware, o aro da roda quebrou e a bicicleta tornou-se inutilizada. Ele a deixou na beira da estrada e caminhou penosamente até a vila. Na rua principal do local, havia lojas entreabertas e as pessoas aglomeravam-se nas calçadas, portas e janelas, olhando atônitas para aquela extraordinária procissão de fugitivos que se iniciava. Meu irmão conseguiu um pouco de comida em uma pousada.

Permaneceu durante algum tempo em Edgware sem saber o que devia fazer em seguida. O número de pessoas fugindo aumentou. Muitos deles, como meu irmão, pareciam dispostos andar pelo local. Não havia notícias novas dos invasores marcianos.

Nessa altura, a estrada estava lotada, mas ainda longe de estar congestionada. A maioria dos fugitivos estava montado em bicicletas, mas logo havia automóveis, carroças e carruagens correndo, e a poeira pairava em nuvens pesadas ao longo da estrada para St. Albans.

Talvez tenha sido uma vaga ideia de seguir para Chelmsford, onde alguns amigos seus moravam, que finalmente induziu meu irmão a entrar em uma rua tranquila que seguia para o leste. Logo chegou a uma escadaria, depois de ultrapassá-la, seguiu uma trilha para o nordeste. Passou perto de várias casas de fazenda e alguns pequenos lugares cujos nomes ele não sabia. Viu alguns fugitivos até que, em uma estrada de grama em direção a High Barnet, encontrou duas mulheres que se tornaram suas companheiras de viagem. Ele chegou bem a tempo de salvá-las.

Ele ouviu seus gritose, apressando-se ao virar a esquina, viu dois homens lutando para arrastá-las para fora da pequena carruagem onde estavam, enquanto um terceiro segurava com dificuldade a cabeça do cavalo assustado. Uma das senhoras, uma mulher baixa e vestida de branco, estava simplesmente chorando; a outra, uma figura esguia vestindo roupas escuras, batia no homem, que lhe segurava um dos braços, com um chicote que ela tinha na mão livre.

Meu irmão imediatamente percebeu a situação, gritou e correu para a luta. Um dos homens desistiu e virou-se para ele, e meu irmão, sendo um boxeador experiente, percebeu pelo rosto de seu adversário que uma luta era inevitável, foi imediatamente ao encontro dele e jogou-o contra a roda da carruagem.

Não era hora para cavalheirismo pugilístico, e meu irmão imobilizou-o com um pontapé e agarrou pelo colarinho o homem que puxava o braço da esguia senhora. Ele ouviu o barulho de cascos, o chicote feriu seu rosto, um terceiro adversário o acertou entre os olhos e o homem que ele segurava se desvencilhou e saiu correndo pela alameda na direção de onde tinha vindo.

Parcialmente atordoado, ele se viu enfrentando o homem que segurava a cabeça do cavalo e percebeu que a carruagem se afastava dele pela estrada, balançando de um lado para o outro, e com as mulheres olhando para trás. O homem à sua frente, rude e corpulento, tentou aproximar-se, e meu irmão o deteve com um golpe no rosto. Então, percebendo que estava abandonado, ele desviou e desceu a alameda atrás da carruagem, com o homem corpulento logo atrás dele, e o fugitivo, que agora havia voltado, o seguindo mais de longe.

De repente, meu irmão tropeçou e caiu; seu perseguidor mais próximo veio em sua direção, e quando ele se ergueu, encontrou os dois antagonistas de novo. Ele teria poucas chances contra os dois se a senhora esguia não tivesse levantado, com muita coragem, e vindo em seu auxílio. Parece que ela estava com um revólver o tempo todo escondido embaixo do assento quando foram atacadas. A mulher atirou a seis metros de distância e não acertou meu irmão por pouco. O menos corajoso dos ladrões fugiu, e seu companheiro o seguiu, amaldiçoando sua covardia. Os dois pararam em um ponto na estrada, onde o terceiro homem jazia inconsciente.

– Pegue isso! – disse a senhora esguia, e ela deu seu revólver para meu irmão.

– Volte para a carruagem – disse ele, limpando o sangue do lábio ferido.

Ela virou-se sem dizer uma palavra – ambos estavam ofegantes – e voltaram para onde a senhora de branco lutava para controlar o cavalo assustado.

Os ladrões evidentemente tinham desistido. Quando meu irmão olhou novamente, eles estavam recuando.

– Vou me sentar aqui, se me permitem – disse meu irmão, e sentou-se no banco da frente que estava desocupado. A senhora olhou por cima do ombro.

— Dê-me as rédeas — disse ela, e colocou o chicote ao longo do lado do cavalo. No instante seguinte, ao fazer uma curva na estrada, perderam de vista os três homens.

Então, inesperadamente, meu irmão se viu ofegante, com a boca cortada, o queixo machucado e os nós dos dedos manchados de sangue, dirigindo por uma estrada desconhecida com aquelas duas mulheres.

Ele soube que eram a esposa e a irmã mais nova de um cirurgião que morava em Stanmore, que voltara de madrugada depois de atender um caso grave em Pinner. No caminho de volta para casa, parado em alguma estação ferroviária, ele tinha ouvido falar sobre o avanço marciano. Correu para casa, despertou as mulheres (a criada os havia deixado dois dias antes), embalou algumas provisões, colocou o revólver embaixo do assento — para sorte do meu irmão — e disse a elas que fossem para Edgware, a fim de embarcarem em algum trem. Ele ficou para trás com o intuito de avisar os vizinhos. Disse que encontraria com elas por volta das quatro e meia da manhã, e agora eram quase nove e não sabiam nada dele. As mulheres não puderam parar em Edgware por causa do tráfego crescente no local, então entraram nesta via lateral.

Essa foi a história que contaram, em fragmentos, a meu irmão quando pararam novamente, mais perto de New Barnet. Ele prometeu acompanhá-las, pelo menos até que pudessem decidir o que fazer, ou até que o homem chegasse, e afirmou que sabia lidar com o revólver — uma arma que mal conhecia — para dar-lhes confiança.

Fizeram uma espécie de acampamento à beira do caminho, e o cavalo acalmou-se quando foi colocado perto da sebe. Ele contou-lhes sobre sua própria fuga de Londres e tudo o que sabia sobre esses marcianos e como agiam. O Sol subiu mais alto no céu e, depois de algum tempo, a conversa parou e deu lugar a um estado de ansiedade. Vários viajantes passavam pela estrada, e meu irmão tentava obter todas as notícias que podia. Diante de cada resposta fragmentada, ele percebia cada vez mais o grande desastre que havia caído sobre a humanidade, convencendo-se da necessidade imediata de prosseguir com a fuga. Então, insistiu no assunto com elas.

– Temos dinheiro – disse a mulher esguia, hesitante.

Os olhos dela encontraram os olhos do meu irmão, e sua hesitação terminou.

– Eu também tenho – disse meu irmão.

Ela explicou que tinham até trinta libras em ouro, além de uma nota de cinco libras, e sugeriu que com isso eles poderiam pegar um trem em St. Albans ou New Barnet. Meu irmão achou que era inútil, vendo a fúria dos londrinos se amontoando nos trens, e sugeriu de seguirem por Essex em direção a Harwich, e daí escapar completamente da região.

A sra. Elphinstone – esse era o nome da mulher de branco – não deu ouvidos a nenhum raciocínio e continuou chamando "George"; mas sua cunhada estava surpreendentemente calma e decidida, e finalmente concordou com a sugestão de meu irmão. Assim, planejando atravessar a grande estrada do norte, eles seguiram em direção a Barnet, meu irmão conduzindo o cavalo para poupá-lo o máximo possível. À medida que o Sol subia no céu, o dia ficava excessivamente quente e, sob os pés, uma areia espessa e esbranquiçada surgia, queimando e cegando, de modo que eles só conseguiam viajar muito lentamente. As sebes estavam cinzentas de poeira. E, à medida que avançavam em direção a Barnet, o barulho de tumultuo ficava mais forte.

Eles começaram a encontrar mais pessoas. Na sua maioria, elas tinham um olhar vago, murmuravam perguntas indistintas, estavam cansadas, abatidas, sujas. Um homem em traje de gala passou por eles a pé, com os olhos no chão. Eles o ouviram falando algo e, ao olharem para trás, viram que ele agarrava o cabelo com uma mão e com a outra batia em coisas invisíveis. Quando seu paroxismo de raiva terminou, ele seguiu seu caminho sem olhar para trás nem uma vez.

Enquanto o grupo de meu irmão seguia em direção ao cruzamento ao sul de Barnet, eles viram uma mulher que se aproximava da estrada vinda dos campos à esquerda, carregando uma criança no colo e seguida por outras duas; e, então, passaram por um homem vestido de preto, todo sujo, com um cajado em uma das mãos e uma pequena maleta na outra. Assim, quando dobraram a esquina da estrada, entre as vilas que a rodeavam em sua confluência com a estrada principal, veio uma pequena carroça puxada por um cavalo negro, coberto de suor e conduzida por um jovem pálido usando um chapéu de feltro, cinzento de poeira. Havia três meninas, operárias das fábricas de East End, e duas crianças pequenas apinhadas na carroça.

– *Isso aqui vai nus levá pra* Edgware? – perguntou o condutor, com os olhos arregalados e o rosto pálido; e quando meu irmão lhe disse que devia virar à esquerda, ele seguiu o caminho imediatamente, sem agradecer.

Meu irmão notou uma fumaça ou névoa cinza-claro subindo entre as casas à frente deles e velando a fachada branca de um terraço do outro lado da estrada que aparecia entre os fundos das vilas. De repente, a sra. Elphinstone deu um grito ao ver uma série de línguas de chamas vermelhas fumegantes que apareceram acima das casas na frente deles contrastando com o céu azul e quente. Naquele instante, o burburinho transformou-se na mistura desordenada de muitas vozes, no ruído de muitas rodas, no rangido de carroças e no barulho dos cascos dos cavalos. A estrada tinha uma curva brusca a menos de cinquenta metros do cruzamento.

– Meu Deus do céu! – exclamou a sra. Elphinstone. – Para onde estamos sendo levados?

Meu irmão parou.

Na estrada principal, havia um fluxo de pessoas em ebulição, uma torrente de seres humanos que corriam para o norte, uns empurrando os outros. Uma grande nuvem de poeira, branca e luminosa ao resplendor do Sol, tornava tudo, em um raio de seis metros do chão, cinza e indistinto. Essa poeira renovava-se continuamente através das passadas apressadas de uma densa multidão de cavalos e de homens e mulheres a pé, e pelas rodas de veículos de todos os tipos.

— Abram caminho! — meu irmão ouvia vozes gritando. — Abram caminho!

Era como entrar na fumaça de um incêndio para aproximar-se do ponto de encontro da via lateral com a estrada; a multidão rugia como uma fogueira e a poeira era quente e pungente. Na realidade, um pouco acima na estrada, uma vila estava queimando e enviando massas de fumaça preta pela estrada para aumentar a confusão.

Dois homens passaram por eles. Em seguida, uma mulher suja, carregando uma trouxa pesada e chorando. Um cão de caça perdido, com a língua pendurada, circulou hesitante ao redor deles, estava assustado, em péssimas condições e fugiu quando meu irmão o ameaçou.

Tanto quanto podiam ver da estrada para Londres, entre as casas à direita, havia um fluxo tumultuado de pessoas sujas e apressadas, confinadas entre as vilas de ambos os lados; as cabeças negras e as pessoas aglomeradas tornavam-se mais nítidas à medida que corriam para a curva, passavam apressados e perdiam sua individualidade novamente em uma multidão que se afastava e era finalmente engolida por uma nuvem de poeira.

— Continuem! Continuem! — gritaram as vozes. — Abram caminho! Abram caminho!

As mãos de uma pessoa pressionavam as costas de outra. Meu irmão estava em pé, próximo à cabeça do cavalo. Irresistivelmente atraído, ele avançava lentamente, passo a passo, pela via lateral.

Edgware fora um cenário de confusão, Chalk Farm um tumulto desenfreado, mas isso era toda uma população em movimento. É difícil imaginar aquela multidão. Não tinha uma característica própria. As pessoas apareciam na curva, e afastavam-se de costas para o grupo que estava na via lateral. Na beira da estrada caminhavam aqueles que estavam a pé, ameaçados pelas rodas, tropeçando nas valas, esbarrando uns nos outros.

As carroças e carruagens ficavam muito próximas umas das outras, deixando pouco espaço para aqueles veículos mais velozes e impacientes que às vezes disparavam para a frentequando surgia uma oportunidade de fazê-lo, atirando as outras pessoas contra as cercas e portões das vilas.

– Empurrem! – gritavam alguns. – Empurrem! Eles estão chegando!

Em uma das carroças estava um cego com o uniforme do Exército da Salvação, gesticulando com os dedos tortos e gritando: "Eternidade! Eternidade!". Sua voz era rouca e muito alta, e meu irmão podia ouvi-lo muito depois que ele se perdera na poeira. Algumas das pessoas que se amontoavam nas carroças chicoteavam estupidamente seus cavalos e brigavam com os outros condutores; alguns ficavam imóveis, olhando para o nada com o olhar triste; alguns mordiam suas próprias mãos de tanta sede ou se prostravam nos assentos de seus veículos. Os freios dos cavalos estavam cobertos de espuma, com os olhos injetados de sangue.

Havia táxis, carruagens, carrinhos de lojistas, carroças, em quantidade inumerável; um carro do correio, uma carroça para limpar estradas onde se lia "Sacristia de St. Pancras", uma enorme carroça de madeira apinhada de pessoas. Uma carroça de uma cervejaria passou rugindo com suas duas rodas respingadas de sangue fresco.

– Abram o caminho! – gritaram as vozes. – Abram o caminho!

– Eternidade! Eternidade! – ecoava pela estrada.

Havia mulheres tristes e abatidas andando, bem-vestidas, com crianças que choravam e tropeçavam, suas roupas delicadas sujas de poeira, seus rostos cansados e manchados de lágrimas. Com muitos delas vinham homens, às vezes prestativos, às vezes humildes ou selvagens. Lutando lado a lado com eles, viam-se alguns mendigos da rua cansados, vestidos de trapos pretos desbotados, olhos arregalados, falando alto e dizendo obscenidades. Havia trabalhadores robustos que abriam caminho, homens miseráveis e desleixados, vestidos como balconistas ou comerciantes, debatendo-se espasmodicamente; meu irmão notou um soldado ferido, homens vestidos com uniforme de carregadores das ferrovias, uma criatura miserável usando uma camisola com um casaco atirado sobre as costas.

Mas por mais variada que fosse a composição daquelas pessoas, certas coisas todos eles tinham em comum. Havia medo e dor em seus rostos, e o terror os perseguia. Um tumulto na estrada ou uma disputa por um lugar em uma carroça fazia com que todo aquele exército acelerasse o passo. Até mesmo um homem assustado e com seus joelhos muito machucados animou-se por um momento para movimentar-se. O calor e a poeira já tinham atacado a multidão. Suas peles estavam secas, seus lábios negros e cortados. Todos estavam com sede, cansados e com os pés doloridos. E, em meio aos vários gritos, era possível ouvir brigas, reprovações, gemidos de cansaço e fadiga; as vozes da maioria deles eram roucas e fracas. Porém, no meio de todos esses ruídos, sobressaía o refrão:

– Abram caminho! Abram caminho! Os marcianos estão chegando!

Alguns pararam e afastavam-se da multidão. A via lateral desembocava obliquamente na estrada principal com uma abertura estreita e dava a impressão que vinha de Londres. No entanto, uma espécie de redemoinho de pessoas entrava em sua embocadura; as fracas eram acotoveladas e atiradas para fora do fluxo, e a maioria delas descansava por um momento antes de mergulhar na corrente de novo. Um pouco mais adiante na via lateral, com dois amigos curvados sobre ele, estava um homem com uma de suas pernas enrolada em trapos ensanguentados. Ele era um homem de sorte por ter amigos.

Um velhinho de bigode grisalho, no estilo militar, vestido com uma sobrecasaca preta e imunda, saiu mancando e sentou-se ao lado da carroça, tirou a bota – a meia estava manchada de sangue –, retirou uma pedra e saiu mancando novamente; e, em seguida, veio uma garotinha de oito ou nove anos, sozinha, chorando e atirou-se no arbusto perto do meu irmão.

– Não consigo mais andar! Não consigo mais andar!

Meu irmão acordou de seu torpor de espanto e a ergueu, falando gentilmente com ela, e a levou até a senhorita Elphinstone. Assim que meu irmão a tocou, ela ficou imóvel, como se estivesse assustada.

– Ellen! – gritou uma mulher no meio da multidão, com uma voz de choro. – Ellen – e a criança de repente afastou-se do meu irmão, gritando "Mãe!"

– Estão chegando – disse um homem a cavalo, galopando na via lateral.

– Saiam do caminho, aí! – berrou um cocheiro, bem alto; e meu irmão viu uma carruagem fechada entrando na via lateral.

As pessoas se esmagaram para desviar do cavalo. Meu irmão empurrou o cavalo e a carruagem para a sebe, e o homem passou e parou na curva do caminho. Era uma carruagem preparada para dois cavalos, mas apenas um estava no tirante. Meu irmão viu vagamente, através da poeira, que dois homens tiraram algo que estava em uma maca branca e o colocaram suavemente na grama sob os arbustos.

Um dos homens aproximou-se correndo do meu irmão.

– Onde posso achar água? – ele perguntou. – Ele está morrendo e com muita sede. É Lorde Garrick.

– Lorde Garrick! – disse meu irmão – o presidente do Tribunal de Justiça?

– A água? – ele perguntou novamente.

– Pode haver uma torneira – disse meu irmão – em algumas das casas. Não temos água. Não posso deixar minha gente.

O homem empurrou a multidão em direção ao portão da casa da esquina.

– Continuem! – o povo gritava, empurrando-o. – Eles estão chegando! Continuem!

Em seguida, a atenção do meu irmão foi despertada por um homem barbudo, com rosto de águia, carregando uma pequena bolsa, que se partiu enquanto os olhos do meu irmão pousaram nela e despejou uma massa de soberanos (moedas inglesas), que pareceu dividir-se em moedas individuais ao cair no chão. Elas rolavam de um lado para o outro na confusão entre os pés de homens e cavalos. O homem parou e olhou estupidamente para o monte, e a haste de uma charrete atingiu seu ombro e o fez cambalear. Ele deu um grito e esquivou-se para trás, e a roda de uma carroça passou rente a seu corpo.

– Abram caminho! – gritaram os homens a sua volta. – Abram caminho!

Assim que a charrete passou, ele atirou-se, com as duas mãos abertas, sobre a pilha de moedas e começou a enfiar os punhados no bolso. No instante seguinte, um cavalo veio em sua direção e, quando ele tentava erguer-se, foi atirado para debaixo dos cascos do cavalo.

– Pare! – gritou meu irmão, empurrando uma mulher que atrapalhava o caminho e tentou segurar os freios do cavalo.

Antes que pudesse alcançá-lo, ele ouviu um grito sob as rodas e viu através da poeira o aro passando sobre as costas do pobre coitado. O condutor golpeou meu irmão com o chicote e ele correu para trás da carroça. O tumulto de gritos confundiu seus ouvidos. O homem estava contorcendo-se na poeira entre suas moedas espalhadas, incapaz de levantar-se, pois a roda havia quebrado suas costas e suas pernas estavam flácidas e mortas. Meu irmão levantou-se e gritou para o próximo condutor, e um homem montado em um cavalo preto veio em seu socorro.

– Vamos tirá-lo da estrada – disse ele; e, segurando o colarinho do homem com a mão livre, meu irmão o puxou para o lado. Mas ele ainda agarrou seu dinheiro e olhou para o meu irmão ferozmente, batendo em seu braço com um punhado de ouro.

– Continuem! Continuem! – gritaram vozes zangadas, atrás. – Abram caminho! Abram caminho!

Houve um estrondo quando o mastro de uma carruagem se chocou contra a carroça e o homem a cavalo parou. Meu irmão ergueu os olhos, e o homem ferido girou a cabeça e mordeu o pulso que segurava seu colarinho. Houve um choque e o cavalo preto desviou cambaleando para a beira da estrada, e o cavalo da carroça desviou-se para o lado. Por um fio de cabelo, o pé do meu irmão não foi pisado por um casco de cavalo. Ele largou o homem caído e saltou para trás. Viu a raiva transformar-se em terror no rosto do pobre desgraçado no chão, e em um momento seu rosto desapareceu. Meu irmão foi arrastado, empurrado para depois da entrada da via lateral, e teve que lutar com muita violência para voltar para trás.

Ele viu a srta. Elphinstone cobrindo os olhos, e uma criancinha, com toda a falta de imaginação compassiva de uma criança, fitando com olhos dilatados algo empoeirado que estava preto e imóvel, moído e triturado sob as rodas dos veículos.

– Vamos voltar! – ele gritou, e começou a girar o cavalo. – Não podemos atravessar este... inferno – e recuaram uns cem metros pelo caminho por onde tinham vindo, até perderem de vista a multidão que se debatia. Ao passarem pela curva da via lateral, meu irmão viu o rosto do homem moribundo na vala sob o arbusto, mortalmente branco e abatido, e brilhando de suor. As duas mulheres ficaram sentadas em silêncio, encolhidas em seus assentos e tremendo.

Um pouco mais adiante, depois da curva, meu irmão parou novamente. A srta. Elphinstone estava branca e pálida, e sua cunhada chorava; estava triste demais até para chamar "George". Meu irmão ficou horrorizado e perplexo. Assim que recuaram, ele percebeu como era urgente e inevitável fazer essa travessia. Ele virou-se para a srta. Elphinstone, repentinamente decidido.

— Precisamos seguir por aquele caminho — disse ele, e fez o cavalo virar novamente.

Pela segunda vez naquele dia, a jovem provou sua coragem. Para forçar o caminho para a torrente de pessoas, meu irmão mergulhou no tráfego e segurou o cavalo de uma charrete, enquanto ela conduzia o cavalo montada em seu pescoço. Uma carroça travou as rodas por um momento e arrancou uma grande lasca da carruagem. Em outro momento, eles foram pegos e arrastados pela torrente de pessoas. Meu irmão, com as marcas vermelhas do chicote usado pelo condutor em seu rosto e nas mãos, subiu na carruagem e tirou as rédeas dela.

— Aponte o revólver para o homem atrás — disse ele, entregando-o a ela, — se ele nos pressionar com muita força. Não! Aponte para o cavalo dele.

Então ele começou a procurar uma chance de virar à direita do outro lado da estrada. Mas uma vez no meio da torrente, pareceu perder vontade própria e tornou-se parte daquela rota de poeira. Eles foram arrastados pela torrente até Chipping Barnet; estavam quase a um quilômetro do centro da cidade. Havia um barulho e confusão indescritíveis; mas dentro e fora da cidade a estrada repetidamente faz bifurcações, e isso até certo ponto aliviou a pressão.

Eles avançaram para o leste passando por Hadley, e em cada lado da estrada, e em outro local mais adiante, encontraram uma grande multidão de pessoas bebendo no riacho, algumas lutando para chegar até a água. E mais adiante, quando pararam para descansar perto de East Barnet, eles viram dois trens correndo lentamente, um após o outro, sem sinal ou ordem... trens sobrecarregados de pessoas, com homens até no meio do carvão atrás das máquinas... rumando para o norte ao longo da Great Railway. Meu irmão supõe que devem ter carregados fora de Londres, pois, nessa altura, o terror furioso das pessoas tornara impossível a utilização do terminal central.

Perto desse lugar, eles pararam pelo resto da tarde, pois a violência do dia já havia deixado os três totalmente exaustos. Começaram a sofrer com o início da fome; a noite estava fria e nenhum deles ousou dormir. E à noite muitas pessoas vieram correndo ao longo da estrada perto de seu local de parada, fugindo de perigos desconhecidos que os perseguiam, e indo na direção de onde meu irmão viera.

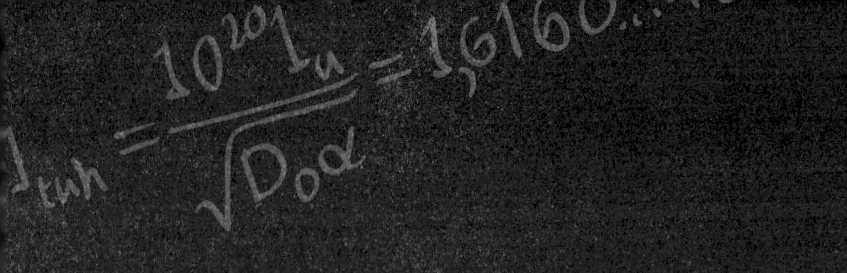

CAPÍTULO XVII
O "Thunder Child" (filho do trovão)

Se o único objetivo dos marcianos fosse a destruição, eles poderiam ter aniquilado, na segunda-feira, toda a população de Londres, à medida que esta se espalhava lentamente ao longo dos condados da nação. A mesma rota frenética fluía não apenas ao longo da estrada de Barnet, mas também através de Edgware e Waltham Abbey, e ao longo das estradas para o leste, em direção a Southend e Shoeburyness, e ao sul do Tamisa, para Deal e Broadstairs. Se, naquela manhã de junho, alguém pudesse ter voado em um balão no azul resplandecente, acima de Londres, todas as estradas para o norte e o leste que saíam do labirinto emaranhado de ruas teriam parecido pontilhadas de preto pela torrente de fugitivos; cada ponto representava um ser humano angustiado pelo terror e deprimido pelo cansaço físico. No último capítulo, demorei na descrição do relato feito pelo meu irmão sobre sua fuga pela estrada de Chipping Barnet, a fim de que meus leitores pudessem perceber como parecia aquele formigueiro de pontos pretos para um dos fugitivos. Nunca, na história do mundo, houve movimento e sofrimento em conjunto de tal massa de seres humanos. Os lendários exércitos dos Godos e Hunos, os maiores da Ásia, seriam apenas uma queda naquela corrente. Não se tratava de uma marcha disciplinada; era uma debandada gigantesca e terrível, sem ordem e sem destino.

Seis milhões de pessoas desarmadas e sem provisões, caminhando sem direção. Era o início da derrota da civilização, do massacre da humanidade.

Diretamente abaixo dele, o balonista teria visto a imensa e vazia rede de ruas, casas, igrejas, praças, largos e jardins – todos abandonados – estendendo-se como um mapa imenso, e ao sul teria visto "manchas".

Em Ealing, Richmond e Wimbledon, parecia que uma caneta monstruosa tinha jogado tinta no mapa. Constante e incessantemente, cada respingo crescia e se espalhava, disparando ramificações de um lado para o outro, ora se inclinando contra o terreno ascendente, ora derramando-se rapidamente sobre uma crista em um vale recém-descoberto, exatamente como uma gota de tinta se espalharia ao borrar um papel.

E mais além, sobre as colinas azuis que se erguem ao sul do rio, os marcianos reluzentes andavam de um lado para o outro, calma e metodicamente, espalhando sua nuvem de veneno sobre este e depois aquele trecho da região, recolhendo-a novamente com seus jatos de vapor quando já havia servido seu propósito, e tomando posse da região conquistada. Não parecia que o objetivo deles era o extermínio, mas sim a completa desmoralização e destruição de qualquer oposição. Eles explodiam todos os depósitos de pólvora que encontravam, cortavam todos os telégrafos e destruíam as ferrovias aqui e ali. Estavam prejudicando a humanidade. Pareciam não ter pressa em estender o campo de suas operações, e não foram além da parte central de Londres durante todo o dia. É possível que um número considerável de pessoas em Londres tenha permanecido em suas casas durante a manhã da segunda-feira. Com certeza muitos morreram em casa sufocados pela Fumaça Negra.

Até por volta do meio-dia, a Piscina de Londres (o Tamisa) era um cenário espantoso. Estavam ali barcos a vapor e navios de todos os tipos, cujos proprietários eram tentados pelas enormes somas de dinheiro oferecidas pelos fugitivos; dizem que muitos que nadaram em direção a esses barcos eram impedidos de entrar com golpes de croque e morriam afogados. Por volta da uma hora da tarde, a parte remanescente de uma nuvem de vapor negro apareceu entre os arcos da ponte Blackfriars. Com isso, o rio tornou-se cenário de confusão, loucura, luta e colisão e, por algum tempo, uma multidão de barcos e barcaças comprimiu-se no arco norte da Tower Bridge, e os marinheiros e fragateiros tiveram que lutar ferozmente contra as pessoas que caíam sobre eles da margem do rio. A população começou realmente a descer os pilares da ponte.

Quando, uma hora depois, um marciano apareceu ao lado da Torre do Relógio e avançou rio abaixo, nada além de destroços flutuava sobre Limehouse.

Agora devo contar sobre a queda do quinto cilindro. A sexta estrela caiu em Wimbledon. Meu irmão, que estava acompanhando as mulheres na carroça em uma planície, viu o relâmpago verde muito além das colinas. Na terça-feira, o pequeno grupo, ainda decidido a atravessar o mar, abriu caminho na multidão em direção a Colchester.

A notícia de que os marcianos agora estavam de posse de toda Londres foi confirmada. Tinham sido vistos em Highgate e diziam que até em Neasden. Mas não apareceram no campo de visão do meu irmão até o dia seguinte.

Nesse dia, as multidões dispersas começaram a perceber a necessidade urgente de provisões. À medida que ficavam com fome, os direitos de propriedade deixaram de ser respeitados. Os fazendeiros não estavam presentes para defender seus estábulos, celeiros, currais e frutos. Várias pessoas agora, como meu irmão, tinham a intenção de ir para o leste, e havia algumas almas desesperadas até mesmo voltando para Londres com o objetivo de buscar comida. Eram principalmente pessoas dos subúrbios do lado norte, que ficaram sabendo da Fumaça Negra apenas por boatos. Ele soube que cerca de metade dos membros do governo reunira-se em Birmingham, e que enormes quantidades de explosivos estavam sendo preparadas para serem usadas em minas automáticas nos condados de Midland.

Também foi informado de que a Companhia Midland Railway substituíra os desertores que abandonaram seus lugares devido ao pânico do primeiro dia, restabelecendo o tráfego e operando trens do norte em direção a St. Albans para aliviar o congestionamento dos condados nacionais. Havia também um cartaz em Chipping Ongar anunciando que grandes reservas de farinha estavam disponíveis nas cidades do norte e que em 24 horas o pão seria distribuído às pessoas famintas nas imediações. Mas essa informação não o fez abandonar o plano de fuga que havia arquitetado, e os três caminharam para o leste o dia todo, e não ouviram falar mais nada, além da promessa, sobre a distribuição do pão. Na realidade, ninguém mais ouviu falar sobre o assunto. Naquela noite, a sétima estrela caiu sobre Primrose Hill. Caiu enquanto a srta. Elphinstone estava de sentinela, pois ela alternava essa função com meu irmão. Somente ela viu.

Na quarta-feira, os três fugitivos, que haviam passado a noite em um campo de trigo verde, chegaram a Chelmsford, e lá um grupo de habitantes, que se autodenominava Comitê de Abastecimento Público, apoderou-se do cavalo como provisão e não deu nada em troca, exceto a promessa de um pouco de comida no dia seguinte. Aqui havia rumores de que os marcianos se encontravam em Epping, e notícias da destruição das fábricas de pólvoras em Waltham Abbey, em uma vã tentativa de explodir um dos invasores.

As pessoas ficavam vigiando os marcianos das torres da igreja. Meu irmão, para sorte dele, preferiu seguir em frente imediatamente até a costaesperar pela comida, embora os três estivessem com muita fome. Por volta do meio-dia, eles passaram por Tillingham, que, estranhamente, parecia estar bastante silenciosa e deserta, exceto por alguns saqueadores furtivos em busca de comida. Perto de Tillingham, eles abruptamente avistaram o mar e uma enorme e espantosa quantidade de navios que é possível imaginar.

Depois que os marinheiros não puderam mais subir o Tamisa, eles seguiram para a costa de Essex, para Harwich, Walton e Clacton, e depois para Foulness e Shoebury, a fim de desembarcar as pessoas. As embarcações formavam uma enorme curva em forma de foice que finalmente desaparecia na névoa em direção a Naze. Perto da praia, havia uma infinidade de barcos de pesca... ingleses, escoceses, franceses, holandeses e suecos; lanchas a vapor vindas do Tamisa, iates, barcos a motor elétrico; e, mais além, havia navios maiores de carga, uma multidão de navios carvoeiros, mercantes e de transporte de gado, barcos de passageiros, petroleiros, navios a vapor e até um velho transporte branco, belos transatlânticos brancos e cinza de Southampton e Hamburgo; e ao longo da costa azul, do outro lado de Blackwater, meu irmão conseguiu vagamente observar uma imensa quantidade de barcos cujos proprietários estavam negociando o preço com as pessoas na praia, um formigueiro de gente que também se estendia por Blackwater quase até Maldon.

A cerca de três quilômetros de distância da costa, era possível ver um couraçado, quase que totalmente mergulhado na água, e para meu irmão parecia um navio encharcado. Era o "Thunder Child". O único navio de guerra à vista, mas bem longe, à direita, sobre a superfície lisa do mar, pois naquele dia havia uma calmaria total. Uma serpente de fumaça negra erguia-se para mostrar a posição dos outros couraçados da Channel Fleet, que pairavam em uma linha estendida, com as máquinas trabalhando e prontos para a ação, no estuário do Tamisa, que, embora sua vigilância, foram incapazes de evitar a conquista marciana.

Ao avistar o mar, a sra. Elphinstone, apesar das garantias da cunhada, entrou em pânico. Ela nunca tinha saído da Inglaterra antes e preferia morrer a viver sem amigos em um país estrangeiro, e assim por diante. A pobre mulher parecia imaginar que franceses e marcianos eram muito semelhantes. Ela estava ficando cada vez mais histérica, apavorada e deprimida durante os dois dias de viagem. Sua ideia fixa era voltar para Stanmore. As coisas sempre tinham sido ótimas e seguras lá. Além disso, elas encontrariam George em Stanmore.

Foi com muita dificuldade que conseguiram levá-la até a praia, onde logo meu irmão conseguiu atrair a atenção de alguns homens em um barco a vapor vindo do Tamisa, que enviaram um bote à terra e fizeram uma negociação de trinta e seis libras pelo transporte dos três. Os homens informaram que o vapor estava indo para Ostend.

Perto das duas horas, depois de pagar as passagens, meu irmão encontrou-se em segurança a bordo do barco a vapor. Havia comida a bordo, embora a preços exorbitantes, e os três planejaram fazer uma refeição em um dos assentos da proa.

Já havia cerca de quarenta passageiros a bordo, alguns dos quais gastaram seu último dinheiro para garantir uma passagem, mas o capitão só deixou o Blackwater partir depois das cinco da tarde, recolhendo passageiros até que o convés ficasse superlotado. Ele provavelmente teria permanecido mais tempo se não fosse pelo som dos canhões, que começou por volta daquela hora no lado sul. Como que em resposta, o couraçado disparou uma pequena arma e içou uma série de bandeiras. Um jato de fumaça saltou de suas chaminés.

Alguns passageiros achavam que esse disparo vinha de Shoeburyness, até que se percebeu que estava ficando mais alto. Ao mesmo tempo, bem longe, no sudeste, os mastros e as partes superiores de três couraçados erguiam-se um após o outro no mar, sob nuvens de fumaça negra. Mas a atenção do meu irmão voltou rapidamente para o tiroteio distante no sul. Ele imaginou ter visto uma coluna de fumaça subindo da névoa cinza distante.

O pequeno navio a vapor já estava rumando para o leste do grande crescente de navios, e a costa baixa de Essex estava ficando azul e nebulosa, quando um marciano apareceu, pequeno e indistinto à distância, avançando ao longo da costa lamacenta na direção de Foulness. Ao vê-lo, o capitão na ponte praguejou o mais alto que pôde, de medo e raiva por seu próprio atraso, e os remos pareceram contagiados com seu terror. Todas as pessoas a bordo ficaram nos baluartes ou nos assentos, olhando para aquela forma à distância, mais alta do que as árvores ou as torres de igreja, caminhando vagarosamente, como se fosse uma imitação dos passos de um ser humano.

Foi o primeiro marciano que meu irmão viu e ficou parado, mais surpreso do que apavorado, observando esse Titã avançando deliberadamente em direção ao navio, marchando cada vez mais para a água conforme a costa se afastava. Em seguida, mais além de Crouch, veio outro, passando por cima de algumas árvores atrofiadas, e depois outro, ainda mais longe, vadeando profundamente por um lamaçal brilhante que parecia pairar a meio caminho entre o mar e o céu. Os dois avançavam rapidamente em direção ao mar, como se para interceptar a fuga das embarcações numerosas que estavam lotadas entre Foulness e Naze. Apesar dos imensos esforços dos motores do pequeno barco a vapor e da espuma que suas rodas lançavam para trás, ele se afastava com uma lentidão medonha em comparação àquele avanço sinistro.

Olhando para o noroeste, meu irmão viu o grande crescente de navios já se debatendo com o terror que se aproximava; um navio passava atrás de outro, lado a lado outro girava, os navios a vapor assobiavam e soltavam muito vapor, os veleiros soltavam os panos das velas e as lanchas aceleravam de um lado para o outro. Ele estava tão fascinado com o espetáculo e o perigo que se aproximava à esquerda, que não tinha olhos para nada na direção do mar. E, então, um movimento rápido do barco a vapor (que virou repentinamente para evitar que tombasse) atirou meu irmão para fora do assento em que estava. Ouviu-se uma gritaria a sua volta, um atropelo geral e uma animação que pareceu ter sido respondida fracamente. O barco deu uma guinada e meu irmão caiu rolando.

Ficou em pé e olhou para estibordo, e, a menos de cem metros de distância do barco inclinado e oscilante, viu um enorme vulto de ferro, como a lâmina de um arado, agitando a água de um lado para o outro em imensas ondas de espuma que saltavam em direção ao barco a vapor, lançando os remos indefesos no ar e sugando o convés quase até a linha de água.

Um banho de espuma cegou meu irmão por um momento. Quando conseguiu abrir seus olhos novamente, viu que o monstro havia passado e estava correndo em direção à margem. Uma enorme estrutura de ferro ergueu-se e suas duas chaminés projetaram e cuspiram uma rajada de fogo e fumaça. Era o navio torpedeiro "Thunder Child", navegando a toda velocidade, vindo em socorro das embarcações ameaçadas.

Mantendo o equilíbrio no convés oscilante e agarrando-se aos baluartes, meu irmão olhou para os marcianos depois da passagem do torpedeiro e viu os três novamente, juntos e parados, tão distantes no mar que seus tripés estavam quase totalmente submersos. Assim submersos e vistos de longe, pareciam muito menos formidáveis do que o enorme vulto de ferro cujo rastro o barco a vapor balançava tão desamparadamente. Parecia que eles estavam olhando para este novo adversário com espanto. Pode ser que, no seu entendimento, o gigante era até mesmo um deles. O "Thunder Child" não disparou nenhuma arma, simplesmente navegou a toda velocidade em direção a eles. Provavelmente foi o fato de não ter atirado que permitiu aproximar-se tanto do inimigo. Os marcianos não sabiam o que fazer com ele. Uma bomba e eles teriam disparado o raio da morte imediatamente para afundá-lo.

O navio torpedeiro navegava a tal velocidade que, em um minuto, pareceu estar a meio caminho entre o barco a vapor e os marcianos. Uma massa preta que diminuía contra a extensão horizontal da costa de Essex.

De repente, o primeiro marciano abaixou seu tubo e descarregou uma granada de gás preto contra o couraçado. Atingiu o navio a bombordo e explodiu em um jato escuro de tinta que rolou para o mar, uma torrente de fumaça negra, da qual o couraçado saiu. Para os observadores que estavam no barco a vapor, mergulhados na água e com o Sol nos olhos, parecia que o navio já estava entre os marcianos.

Viram as figuras magras se separando e saindo da água enquanto recuavam em direção à costa, e um deles ergueu o gerador do raio da morte semelhante a uma câmera. Ele o segurou apontando obliquamente para baixo, e uma nuvem de vapor saltou da água a seu contato. Deve ter atravessado o ferro da lateral do navio como uma barra de ferro incandescente sobre o papel.

Uma chama reluzente ergueu-se através do vapor que subia, e então o marciano girou e cambaleou. No momento seguinte, ele foi derrubado, e uma grande massa de água e vapor levantou-se bem alto no ar. As armas do "Thunder Child" dispararam através do fedor, uma após a outra, e um dos projéteis ricocheteou na direção dos outros navios ao norte e deixou um pequeno barco em estilhaços.

Mas ninguém deu muita atenção a isso. Ao ver a queda do marciano, o capitão na ponte gritou inarticuladamente, e todos os passageiros que estavam aglomerados na popa do barco a vapor gritaram juntos. E, depois, gritaram novamente porque, emergindo do tumulto branco, surgiu algo longo e negro, com as chamas fluindo de suas partes centrais, e seus ventiladores e chaminés jorrando fogo.

O navio torpedeiro ainda estava ativo; os comandos, ao que parecia, estavam intactos e seus motores funcionando. Ele foi direto para o segundo marciano, e estava a cem metros dele quando o raio da morte entrou em ação. Então, com um estrondo violento e um clarão ofuscante, seu convés e suas chaminés saltaram. O marciano cambaleou com a violência de sua explosão e, no momento seguinte, os destroços em chamas, ainda avançando com o ímpeto de sua velocidade, golpearam e amassaram o marciano como um pedaço de papelão. Meu irmão gritou involuntariamente. Um tumulto efervescente de vapor tornou a ocultar tudo de novo.

– Dois! – gritou o capitão.

Todo mundo estava gritando. O barco a vapor inteiro, de ponta a ponta, vibrava freneticamente; o que um falava primeiro era repetido por todos naquele formigueiro de navios e barcos que partiam para o mar.

O vapor pairou sobre a água por muitos minutos, escondendo o terceiro marciano e a costa por completo. E todo esse tempo o barco estava remando firmemente para o mar e para longe da batalha; e quando finalmente a confusão se dissipou, a nuvem de vapor negro tomou conta de tudo, e não foi possível ver nada do "Thunder Child" nem do terceiro marciano. Mas os couraçados estavam agora bem próximos e navegando em direção à costa.

A pequena embarcação continuou a navegar em direção ao mar, e os couraçados recuaram lentamente em direção à costa, que ainda estava oculta por uma nuvem de vapor de mármore, parte vapor de água, parte gás negro, turbilhonando e se combinando da maneira mais estranha. A frota de refugiados dispersava-se para o nordeste; várias embarcações pequenas navegavam entre couraçados e barcos a vapor. Depois de um tempo, e antes de chegarem ao grupo de nuvens, os navios de guerra voltaram para o norte e, então, abruptamente deram uma volta e ultrapassaram a névoa espessa da noite em direção ao sul. A costa ficou tênue e finalmente indistinguível em meio às nuvens baixas que se formavam ao redor do Sol poente.

Então, de repente, na neblina dourada do pôr do sol, ouviu-se a vibração de armas e surgiu uma forma de sombras negras em movimento. Todos correram para as amuradas do barco e espiaram a fornalha ofuscante a oeste, mas não conseguiam distinguir nada com clareza. Uma massa de fumaça subiu obliquamente e ocultou o Sol. O barco a vapor vibrava com intensa expectativa.

O Sol afundou-se em nuvens cinzentas, o céu ficou vermelho e escureceu, e a estrela da tarde começou a reluzir. O crepúsculo já estava bem adiantado quando o capitão soltou um gritou e apontou. Meu irmão forçou a vista. Algo se erguia no céu saindo da atmosfera acinzentada, levantava-se obliquamente e com muita rapidez para a claridade acima das nuvens no céu ao ocidente; era liso, largo e muito grande, fez uma curva imensa e ficou menor, afundando-se lentamente e desapareceu de novo no mistério cinzento da noite. Assim que sumiu, a escuridão caiu sobre a terra.

PARTE DOIS - A TERRA SOB O DOMÍNIO DOS MARCIANOS

CAPÍTULO I
ESMAGADOS

PARTE DOIS – A TERRA SOB O DOMÍNIO DOS MARCIANOS

CAPÍTULO I
Espezinhados

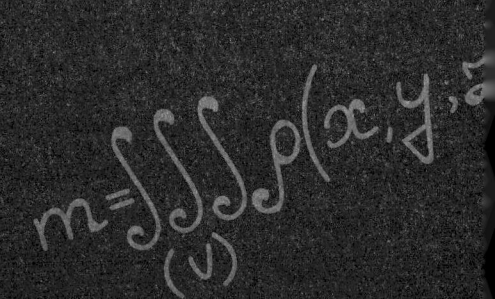

Na primeira parte, desviei-me tanto das minhas próprias aventuras para contar as experiências de meu irmão que, nos dois últimos capítulos, eu e o vigário ficamos esquecidos na casa abandonada de Halliford, para onde fugimos para escapar da fumaça negra. Vou resumir o que aconteceu. Permanecemos lá durante toda a noite de domingo e o dia seguinte – o dia do pânico –, em uma pequena ilha isolada do resto do mundo pela fumaça negra. Não podíamos fazer nada a não ser esperar, sofrendo durante aqueles dois dias cansativos.

Estava preocupado com minha esposa. Eu a imaginei em Leatherhead, apavorada, em perigo, já se lamentando como se eu fosse um homem morto. Andava de um lado para o outro pelos quartos e chorava alto ao pensar em como nos afastamos, em tudo o que poderia acontecer com ela na minha ausência. Sabia que meu primo era corajoso o suficiente para qualquer emergência, mas não era o tipo de homem que percebia o perigo rapidamente e agia prontamente. O momento não era de bravura, mas de cautela. Meu único consolo era acreditar que os marcianos estavam se movendo em direção à Londres e para longe dela. Todas essas dúvidas e ansiedade causavam-me muito sofrimento. Fiquei extremamente exausto e irritado com as constantes reclamações do vigário; cansei de ver seu desespero egoísta. Depois de uma advertência que não produzia efeito algum, afastava-me dele e ficava em algum quarto que evidentemente era uma sala de aula, pois continha globos, formulários e cadernos de exercícios. Quando ele me seguia até lá, dirigia-me a um cômodo no sótão e, para ficar sozinho com minhas angústias, trancava a porta com a chave.

Ficamos irremediavelmente encurralados pela fumaça negra durante todo aquele dia e na manhã do dia seguinte. Havia sinais de pessoas na casa vizinha na noite de domingo; um rosto em uma janela, movimento de luzes e, mais tarde, uma porta batendo. Mas não sei quem eram essas pessoas nem o que aconteceu com elas. Não os vimos no dia seguinte. A fumaça negra flutuou lentamente em direção ao rio durante toda a manhã de segunda-feira, rastejando cada vez mais perto de nós, dirigindo-se finalmente ao longo da estrada do lado de fora da casa que era nosso refúgio.

Por volta do meio-dia, um marciano cruzou os campos, espalhando a destruição com um jato de vapor superaquecido que subiu pelas paredes, quebrou todas as janelas com as quais teve contato e queimou a mão do vigário enquanto ele fugia da sala da frente. Quando finalmente atravessamos as salas encharcadas e olhamos para fora novamente, parecia que a região ao norte tinha sido assolada por uma tempestade de neve negra. Olhando em direção ao rio, ficamos surpresos ao ver uma vermelhidão inexplicável misturada com o preto dos campos queimados.

Por um tempo, não percebemos como essa mudança afetava nossa posição, exceto que nos sentíamos aliviados de nosso medo da fumaça negra. Mais tarde, porém, percebi que não estávamos mais presos, que agora poderíamos escapar. Assim que percebi que o caminho de fuga estava aberto, meu sonho de ação voltou. Mas o vigário estava em estado letárgico, irracional.

— Estamos seguros aqui — ele repetia; — Aqui estamos seguros.

Resolvi abandoná-lo... antes tivesse feito isso! Agora o mais sábio a fazer, de acordo com os ensinamentos do artilheiro, era procurar comida e água. Encontrei óleo e trapos para cobrir minhas queimaduras, também peguei um chapéu e uma camisa de flanela que encontrei em um dos quartos. Quando ficou claro que eu pretendia ir sozinho, pois ele já tinha aceitado a ideia de que iria ficar, o vigário decidiu abruptamente vir comigo. E no silêncio da tarde, começamos a caminhar, acho que aproximadamente às cinco horas, ao longo da estrada enegrecida em direção a Sunbury.

Em Sunbury, e a intervalos ao longo da estrada, havia cadáveres contorcidos, tanto cavalos quanto homens, carroças viradas e bagagens, tudo coberto por uma densa poeira negra. Essa mortalha de pó de cinzas me fez pensar no que havia lido sobre a destruição de Pompeia. Chegamos a Hampton Court sem incidentes, com nossas mentes cheias de imagens estranhas e desconhecidas, e lá nossos olhos ficaram aliviados ao encontrar um pedaço de verde que havia escapado do turbilhão sufocante. Atravessamos o Bushey Park, com seus cervos andando sob os castanheiros, e alguns homens e mulheres correndo ao longe em direção a Hampton, e assim chegamos a Twickenham. Estas foram as primeiras pessoas que avistamos.

Do outro lado da estrada, os bosques além de Ham e Petersham ainda estavam em chamas. Twickenham não fora atacada pelo raio da morte nem pela fumaça negra, e havia mais pessoas por aqui, embora ninguém pudesse nos dar notícias. A maioria deles estava como nós, aproveitando a calmaria para mudar de local de abrigo. Tenho a impressão de que muitas das casas aqui ainda estavam ocupadas por habitantes assustados demais até para fugir. Também havia evidência de uma derrota precipitada ao longo da estrada. Lembro-me de forma mais vívida de três bicicletas despedaçadas, esmagadas pelas rodas das carroças na estrada. Cruzamos a Ponte de Richmond por volta das oito e meia. É claro que corremos pela ponte, pois estava totalmente desprotegida, mas notei uma série de massas vermelhas flutuando no riacho, algumas com muitos metros de largura. Não sabia o que eram e não havia tempo para um exame minucioso, então dei uma interpretação mais horrível do que elas mereciam. Aqui, mais uma vez, do lado de Surrey, havia poeira negra que um dia fora fumaça e cadáveres... uma pilha perto da entrada da estação; mas só vimos os marcianos quando estávamos caminhando em direção a Barnes.

Avistamos à distância um grupo de três pessoas correndo por uma rua lateral em direção ao rio, mas, fora isso, parecia um deserto. No alto da colina, Richmond ardia vivamente; nas imediações da cidade não havia nenhum vestígio da fumaça negra.

Então, de repente, ao nos aproximarmos de Kew, várias pessoas correram, e o topo de uma máquina de combate marciana apareceu por cima dos telhados, a menos de cem metros de nós. Ficamos horrorizados com o perigo e, se o marciano tivesse olhado para baixo, teríamos morrido imediatamente. Ficamos tão apavorados que não ousamos continuar, mas voltamos para trás e nos escondemos em um galpão de um jardim. O vigário agachou-se, chorando silenciosamente, e recusou-se a se mover de novo.

Mas minha ideia fixa de chegar a Leatherhead não me deixava descansar e, quando o crepúsculo chegou, aventurei-me a sair novamente. Passei por alguns arbustos e entrei em uma passagem ao lado de uma casa grande e assim desemboquei na estrada em direção a Kew. Abandonei o vigário no galpão, mas ele veio correndo atrás de mim.

Esse segundo início foi a coisa mais temerária que já fiz. Era evidente que os marcianos estavam a nosso redor. Assim que o vigário me alcançou, vimos a máquina de combate que havíamos visto antes ou uma outra, bem longe, atravessando os campos em direção a Kew Lodge.

Quatro ou cinco pequenas figuras negras corriam diante dela através do verde-acinzentado do campo, e em um momento ficou evidente que este marciano os perseguia. Em três passadas, a máquina estava entre eles, e eles correram entre os tripés em todas as direções. A máquina não usou nenhum raio da morte para destruí-los, mas agarrou um por um. Aparentemente, ela os jogava no grande suporte metálico que estava na parte de trás, como se fosse uma cesta que um trabalhador carrega nas costas.

Foi a primeira vez que percebi que os marcianos tinham outro propósito além da destruição dos seres humanos. Ficamos petrificados por um momento, depois nos viramos e fugimos por um portão atrás de nós para um jardim murado e nos jogamos em uma vala que surgiu oportunamente. Ficamos ali até que as estrelas aparecessem, e mal nos atrevíamos a cochichar.

Suponho que eram quase onze horas quando reunimos coragem para começar de novo, não mais nos aventurando na estrada, mas nos esgueirando ao longo de sebes e plantações, e observando atentamente através da escuridão, ele à direita e eu à esquerda, pois os marcianos pareciam estar muito perto de nós. Em um lugar, tropeçamos em uma área queimada e enegrecida, agora fria e cinzenta, e vários cadáveres de homens espalhados, queimados horrivelmente na cabeça e no tronco, mas com suas pernas e botas quase intactas; havia também cavalos mortos, talvez uns quinze metros atrás de uma linha de quatro espingardas rachadas e carros de transporte de canhões destruídos.

Sheen, ao que parecia, havia escapado da destruição, mas a região estava silenciosa e deserta. Aqui não encontramos nenhum cadáver, embora a noite estivesse muito escura para que pudéssemos ver as estradas vicinais do lugar. Em Sheen, meu companheiro de repente reclamou de tontura e sede, e decidimos explorar uma das casas.

A primeira casa onde entramos, depois de uma certa dificuldade com a janela, era uma pequena casa de campo isolada, e não encontrei nada comestível no local, exceto um pouco de queijo cheio de bolor. Porém, havia água para beber; e peguei uma machadinha, que prometia ser útil em nossa próxima invasão de casas.

Em seguida, caminhamos para um lugar onde a estrada fazia uma curva em direção a Mortlake. Aqui havia uma casa branca cercada por um muro, e na despensa encontramos um estoque de comida, dois pães em uma panela, um bife cru e metade de um presunto. Estou dando uma descrição tão detalhada porque, como realmente aconteceu, estávamos destinados a subsistir com esta comida pelos próximos quinze dias. Havia garrafas de cerveja debaixo de uma prateleira, dois sacos de feijão e algumas alfaces murchas. Essa despensa dava para uma espécie de cozinha, e nela havia lenha; também havia um armário, no qual encontramos quase uma dúzia de vinho Borgonha, sopas em lata, salmão e duas caixas de biscoitos.

Sentamo-nos na cozinha adjacente às escuras, pois não ousamos acender a luz; comemos pão e presunto, e bebemos cerveja da mesma garrafa. O vigário, ainda tímido e inquieto, começou estranhamente a mostrar-se ativo, e eu estava insistindo para que ele comesse a fim de manter suas forças quando acontecesse algo que significaria nosso encarceramento.

– Não pode ser meia-noite ainda – eu disse, e então veio um clarão ofuscante de luz verde intensa. Todas as coisas que estavam na cozinha ficaram claramente visíveis em verde e na escuridão, e desapareceram de novo. Em seguida, ouvimos um estrondo como eu jamais havia escutado antes ou escutaria depois disso. Logo em seguida, ouvi um baque atrás de mim, um ruído de vidro estilhaçado, um estrondo e o desmoronamento de alvenaria caindo a nosso redor. O gesso do teto caiu sobre nós, despedaçando-se em uma infinidade de fragmentos sobre nossas cabeças. Fui atirado contra o fogão e fiquei atordoado. O vigário contou-me que fiquei muito tempo inconsciente; quando acordei, estávamos de novo nas trevas, e ele, com o rosto molhado por causa do sangue de um corte em sua testa, como descobri depois, estava borrifando água em mim.

Por algum tempo, não consegui me lembrar do que havia acontecido. Então as coisas tornaram-se nítidas gradualmente. Tinha um hematoma em minha têmpora.

– Você está melhor? – perguntou o vigário sussurrando.

Por fim, respondi a ele e me sentei.

– Não se mexa – disse ele. – O chão está coberto com louças quebradas que caíram do armário. Você não pode se mover sem fazer barulho, e imagino que "eles estão lá fora".

Nós dois ficamos sentados em silêncio, de modo que mal podíamos ouvir a respiração um do outro. Tudo parecia mortalmente imóvel, exceto em dado momento que algo caiu perto de nós, algum pedaço de gesso ou alvenaria quebrada, fazendo um ruído estrondoso. Do lado de fora e muito próximo de nós, era possível ouvir um ruído metálico intermitente.

– Aquilo! – disse o vigário, quando ouvimos o barulho de novo.

– Sim – disse eu – mas o que é isso?

– Um marciano! – respondeu ele.

Ouvi com atenção novamente.

– Não pareceu o ruído do raio da morte – eu disse, e por um tempo julguei que uma das grandes máquinas de combate tinha tropeçado na casa, como tinha visto uma delas tropeçar na torre da Igreja Shepperton.

Nossa situação era tão estranha e incompreensível que mal nos mexemos por três ou quatro horas, até o amanhecer. E então a luz entrou, não pela janela, que permanecia escura, mas por uma abertura triangular entre uma viga e um monte de tijolos quebrados na parede atrás de nós. Pela primeira vez, vimos o interior da cozinha todo acinzentado.

A janela fora arrebentada por uma massa de terra do jardim, que escorria sobre a mesa onde estávamos sentados e jazia debaixo de nossos pés. Lá fora, a terra estava encostada na casa. No caixilho da janela, podíamos ver um cano de esgoto arrancado. O chão estava coberto de pedaços de ferragens; o fundo da cozinha fora derrubado, e quando a luz do dia brilhou ali, ficou evidente que a maior parte da casa havia desabado. Contrastando vividamente com esta ruína estava o armário elegante, na cor da moda, verde-claro, com uma série de vasos de cobre e estanho embaixo dele, o papel de parede imitando azulejos azuis e brancos, e alguns papéis coloridos esvoaçando das paredes por cima do fogão de cozinha.

Assim que amanheceu, vimos através da fenda na parede o corpo de um marciano que estava de sentinela, suponho, sobre o cilindro ainda incandescente. Ao ver isso, rastejamos o mais cautelosamente possível, saindo do crepúsculo da cozinha para a escuridão da copa.

De repente, a interpretação correta do que acontecera surgiu em minha mente.

– O quinto cilindro – sussurrei, – o quinto disparo de Marte, atingiu esta casa e enterrou-nos sob as ruínas!

Por algum tempo, o vigário ficou em silêncio e então sussurrou:

– Deus tenha misericórdia de nós!

Eu o ouvi choramingando.

Exceto seus murmúrios, ficamos imóveis na copa; eu, por minha vez, respirava cautelosamente, e sentei-me com os olhos fixos na luz fraca que vinha da porta da cozinha.

Só podia ver o rosto do vigário, uma forma oval e escura, seu colarinho e os punhos de sua camisa. O martelar mecânico recomeçou lá fora e, depois, ouvimos o som de algo como uma buzina muito forte, que se repetiu mais uma vez; após um intervalo tranquilo, um som sibilante, como o assobio de um motor. Esses ruídos, em sua maioria difíceis de explicar, continuavam intermitentemente e pareciam aumentar em número com o passar do tempo. Neste momento, um ruído cadenciado e uma vibração, que faziam estremecer tudo a nosso redor e ressoar e deslocar os recipientes da despensa, começaram e continuaram. Quando a luz foi ofuscada, a sombria porta da cozinha ficou totalmente escura. Devemos ter ficado agachados ali por muitas horas, em silêncio e tremendo, até que não conseguimos mais resistir ao cansaço e ao sono... Por fim, acordei, e estava com muita fome. Acredito que devemos ter passado a maior parte do dia dormindo.

Minha fome tornou-se tão forte que me forçou a agir. Eu disse ao vigário que iria procurar comida e tateei até a despensa. Ele não me respondeu, mas assim que comecei a comer, o ruído fraco que eu fazia o despertou e o ouvi rastejando atrás de mim.

CAPÍTULO II
O que vimos da casa arruinada

Depois de comer, voltamos rastejando para a copa, e ali devo ter cochilado de novo, pois, quando olhei em volta, estava sozinho. O ruído de vibração continuava com persistência monótona. Sussurrei várias vezes chamando o vigário e, por fim, fui tateando meu caminho até a porta da cozinha. Ainda era dia, e eu o vi do outro lado da sala, encostado na fenda triangular de onde era possível ver os marcianos. Seus ombros estavam curvados de tal modo que sua cabeça ficava escondida.

Eu conseguia ouvir vários ruídos semelhantes aos produzidos por uma casa de máquinas, e o lugar todo balançava com aquela batida. Através da abertura na parede, eu podia ver o topo de uma árvore com toques de ouro e o azul quente de um céu tranquilo ao entardecer. Por mais ou menos um minuto, fiquei observando o vigário e depois me aproximei, agachando-me e pisando com extremo cuidado em meio às louças quebradas que se espalhavam pelo chão.

Toquei na perna do vigário e ele estremeceu com tanta violência que uma parte do gesso deslizou e caiu produzindo um forte impacto. Agarrei seu braço, temendo que ele gritasse, e ficamos agachados, imóveis por um longo tempo. Em seguida, virei-me para ver quanto restava de nossa muralha. O desprendimento do gesso havia deixado uma fenda vertical aberta nos escombros e, ao me erguer cautelosamente por cima de uma viga, pude ver, por essa lacuna, o que fora na tarde anterior uma tranquila estrada suburbana. Na realidade, era muito grande a mudança que vimos.

O quinto cilindro deve ter caído bem no meio da casa que entramos primeiro. O prédio havia desaparecido, estava completamente destruído, pulverizado e disperso pelo choque. O cilindro estava agora bem abaixo das fundações originais, enterrado em um buraco, já muito maior do que o buraco que eu tinha visto em Woking. Todo o terreno ao redor dele estava destroçado devido à enorme colisão; "destroçado" é a palavra exata, e acumulava-se em pilhas que escondiam as casas vizinhas. Parecia uma camada de lama sob o golpe violento de um martelo. A parte de trás da casa onde estávamos tinha desabado, e a fachada, mesmo no térreo, havia sido totalmente destruída; para nossa felicidade, a cozinha e a copa tinham escapado e estavam soterradas agora sob o solo e as ruínas, cercadas por toneladas de terra em todos os lados, exceto em direção ao cilindro. Além disso, estávamos agora pendurados na borda do grande fosso circular que os marcianos estavam abrindo. O ruído das fortes pancadas era evidentemente logo atrás de nós, e continuamente um vapor verde brilhante subia como um véu através de nosso "olho mágico".

O cilindro já estava aberto no centro da cratera e na margem mais distante da cova. Em meio aos arbustos esmagados e cobertos de cascalhos, estava uma das grandes máquinas de combate, abandonada por seu ocupante, firme e alta, contrastando com o céu ao anoitecer. No começo, eu mal percebi a cratera e o cilindro, embora tenha sido conveniente descrevê-los primeiro, por causa do mecanismo extraordinário e brilhante que vi trabalhando na escavação, e por causa das estranhas criaturas que rastejavam lenta e penosamente sobre a estrutura cheia de lama perto dele.

Sem dúvida, foi o mecanismo que chamou minha atenção primeiro. Era uma dessas estruturas complicadas, conhecidas como máquinas de processamento, cujo estudo já deu um impulso enorme à invenção terrestre. Quando comecei a observar, parecia uma espécie de aranha metálica com cinco pernas articuladas e ágeis e um número extraordinário de alavancas, barras e tentáculos articulados, que se estendiam e agarravam qualquer coisa ao redor de seu corpo. A maioria de seus braços estava retraída, mas com três longos tentáculos a máquina conseguia agarrar várias hastes, placas e barras que revestiam a cobertura e, aparentemente, reforçavam as paredes do cilindro. À medida que as peças eram extraídas, a máquina as retirava e depositava em uma superfície plana de terra atrás de si.

Seu movimento era tão rápido, complexo e perfeito que a princípio não achei que aquilo fosse uma máquina, apesar de seu brilho metálico. As máquinas de combate eram coordenadas e animadas a um nível extraordinário, mas nada que se comparasse a esse engenho. As pessoas que nunca viram essas estruturas, e têm apenas como base a imaginação doentia dos artistas ou as descrições imperfeitas de testemunhas oculares como eu, mal percebem essa natureza viva.

Lembro-me particularmente da ilustração de um dos primeiros panfletos a dar um relato das consequências da guerra. O artista evidentemente fizera um estudo apressado de uma das máquinas de combate e seu conhecimento se resumia a isso. Ele as representava como tripés rígidos e empinados, sem flexibilidade ou sutileza, e com um movimento monótono totalmente enganoso. O panfleto contendo essas representações teve uma voga considerável, e eu os menciono aqui simplesmente para alertar o leitor contra a impressão de que elas podem ter criado. As ilustrações não eram mais parecidas com os marcianos que eu vi em ação do que uma boneca holandesa com um ser humano. Na minha opinião, o panfleto teria sido mais útil sem tal ilustração.

A princípio, como já disse, a máquina de processamento não me impressionou como máquina, mas como uma criatura parecida com um caranguejo com um invólucro brilhante, e o controlador marciano, cujos delicados tentáculos acionavam seus movimentos, parecia ser simplesmente o equivalente à parte cerebral do caranguejo. Mas então percebi a semelhança de seu invólucro marrom-acinzentado, brilhante e rígido com o de outros corpos que rastejavam pelo fosso, e compreendi a verdadeira natureza desse hábil operário. Com essa percepção, meu interesse se voltou para as outras criaturas, os verdadeiros marcianos. Eu já os tinha visto rapidamente e não deixei que a náusea inicial tomasse conta de mim novamente. Além disso, eu estava escondido e imóvel, e sem necessidade de tomar uma atitude urgente.

Eles eram, como eu via agora, as criaturas mais sobrenaturais que se pode conceber. Corpos enormes e redondos, ou melhor, cabeças com cerca de 120 cm de diâmetro e cada corpo com um rosto na parte da frente. Esse rosto não tinha narinas. Na verdade, os marcianos não pareciam ter olfato, mas tinham um par de olhos muito grandes, de cor escura, e logo abaixo dele uma espécie de bico carnudo. Na parte de trás dessa cabeça ou desse corpo, não sei bem como falar isso, estava o único tímpano rígido, conhecido por ser anatomicamente uma orelha, embora talvez fosse quase inútil em nosso ar denso. Agrupados ao redor da boca, encontravam-se dezesseis tentáculos delgados, semelhantes a chicotes, dispostos em dois feixes de oito. Esses feixes foram nomeados de maneira bastante adequada por aquele distinto anatomista, Professor Howes, como "mãos". Mesmo quando vi esses marcianos pela primeira vez, eles pareciam esforçar-se para se erguer sobre essas mãos, mas é claro, com o aumento do peso na Terra, isso era impossível. Há razão para supor que em Marte eles caminhem sobre elas com bastante facilidade.

A anatomia interna, devo observar aqui, como a dissecção já demonstrou, era quase igualmente simples. A maior parte da estrutura era ocupada pelo cérebro, de onde partiam enormes nervos para os olhos, ouvidos e tentáculos táteis. Ao lado do cérebro, estavam os pulmões volumosos (nos quais se abria a boca), o coração e as veias. O desconforto pulmonar causado pela atmosfera mais densa e maior atração gravitacional era muito evidente nos movimentos convulsivos da pele exterior.

E estes eram os órgãos dos marcianos. Por mais estranho que possa parecer para um ser humano, todo o complexo aparelho de digestão, que constitui a maior parte de nossos corpos, não existia nos marcianos. Eles eram cabeças... apenas cabeças. Não tinham entranhas. Eles não comiam, muito menos digeriam. Em vez disso, eles ingeriam o sangue fresco e vivo de outras criaturas e injetavam em suas próprias veias. Eu mesmo vi isso sendo feito, como mencionarei no devido momento. Mas, por mais sensível que pareça, não consigo descrever o que não pude suportar nem mesmo continuar assistindo. Basta dizer que o sangue obtido de um animal ainda vivo, na maioria dos casos de um ser humano, era conduzido diretamente por meio de uma pequena pipeta para o canal receptor...

A simples ideia desse fato é, sem dúvida, terrivelmente repulsiva para nós, mas ao mesmo tempo acho que devemos nos lembrar de como nossos hábitos carnívoros pareceriam repulsivos para um coelho inteligente.

As vantagens fisiológicas da prática da injeção são inegáveis, se pensarmos na tremenda perda de tempo e energia humana ocasionada pela alimentação e pelo processo digestivo. A metade do nosso corpo é feita de glândulas, tubos e órgãos que se ocupam em transformar alimentos heterogêneos em sangue. Os processos digestivos e sua reação sobre o sistema nervoso enfraquecem nossas forças e confundem nossas mentes.

Se os homens tiverem fígados ou glândulas gástricas saudáveis serão felizes, caso contrário, serão miseráveis. Mas os marcianos estavam acima de todas essas flutuações orgânicas de humor e emoção.

Sua inegável preferência por homens como fonte de alimento é parcialmente explicada pela natureza dos restos mortais das vítimas que trouxeram como provisões de Marte. Essas criaturas, a julgar pelos restos ressequidos que caíram em mãos humanas, eram bípedes, com esqueletos frágeis e siliciosos (quase como os das esponjas siliciosas) e musculatura fraca, medindo cerca de 1,80 m de altura, com cabeças redondas e eretas e grandes olhos em órbitas rígidas. Parecem que trouxeram dois ou três deles em cada cilindro, e todos foram mortos antes de chegarem à Terra. Foi melhor para eles, pois a mera tentativa de ficar de pé em nosso planeta teria quebrado todos os ossos de seus corpos.

E enquanto estou envolvido nesta descrição, posso acrescentar alguns pormenores que, embora não fossem todos evidentes para nós naquele momento, ajudarão o leitor formar uma imagem mais clara dessas criaturas ofensivas.

Em três outros pontos, sua fisiologia era muito diferente da nossa. Seus organismos não dormiam, assim como o coração do homem não dorme. Como não tinham um extenso mecanismo muscular que precisava se recuperar, o período de descanso era desconhecido para eles. Tinham pouca ou nenhuma sensação de fadiga, ao que parece. Na Terra, eles nunca poderiam ter se movimentado sem esforço, mas, mesmo assim, mantiveram-se em ação. Em vinte e quatro horas, eles tinham vinte e quatro horas de trabalho. Talvez possamos comparar aqui na Terra com o caso das formigas.

Em segundo lugar, por mais maravilhoso que pareça no mundo sexual, os marcianos eram assexuados e, portanto, não sentiam nenhuma das emoções tumultuadas que surgem dessa diferença entre os homens. Um jovem marciano, e aqui não há como negar, de fato nasceu na Terra durante a guerra, e foi encontrado preso a seu progenitor, parcialmente "desabrochado", assim como bulbos de lírios desabrocham, ou como pequenos pólipos de água doce.

Esse método de reprodução desapareceu nos homens e em todos os animais terrestres superiores; no entanto, mesmo na Terra certamente foi o método primitivo. Entre os animais inferiores, até mesmo naqueles primos de primeiro grau dos vertebrados, os tunicados, os dois processos ocorrem lado a lado, mas o método sexual por fim superou seu concorrente. Entretanto, em Marte, parece que foi exatamente o contrário.

É digno de nota que certo escritor especulativo de reputação quase científica tenha previsto, muito antes da invasão marciana, uma estrutura final para o homem não muito diferente da condição atual marciana. Lembro-me de que sua profecia apareceu em novembro ou dezembro de 1893, em uma publicação já extinta, a revista *Pall Mall Budget*, e que sua caricatura foi publicada em um periódico pré-marciano, chamado *Punch*. Ele ressaltava, escrevendo em um tom jocoso, que a perfeição dos utensílios mecânicos deveria, em última instância, substituir os membros; a perfeição dos dispositivos químicos substituiria a digestão; que órgãos como cabelo, nariz, dentes, orelhas e queixo já não eram mais partes essenciais do ser humano, e que a tendência da seleção natural estaria na direção de sua diminuição constante ao longo das gerações futuras. O cérebro sozinho permaneceria uma necessidade fundamental. Apenas uma outra parte do corpo teria uma forte probabilidade de sobrevivência, e essa era a mão, "professora e agente do cérebro". Enquanto o resto do corpo provavelmente diminuiria, as mãos ficariam maiores.

Há muitas verdades escritas em tom de brincadeira, e os marcianos são a prova real da supressão do lado animal do organismo pela inteligência. Para mim é bastante crível que os marcianos possam ser descendentes de seres não diferentes de nós, por um desenvolvimento gradual do cérebro e das mãos (as últimas, por fim, dando origem aos dois feixes de tentáculos delicados) às custas do resto do corpo. Sem o corpo, o cérebro iria, com certeza, tornar-se uma mera inteligência egoísta, sem nenhuma essência emocional do ser humano.

O último aspecto importante pelo qual os sistemas dessas criaturas diferiam do nosso era o que poderia ser considerado um detalhe trivial. Os microrganismos, que causam tantas doenças e dores na Terra, nunca apareceram em Marte ou a ciência sanitária marciana os eliminara há muito tempo. Centenas de doenças, todas as febres e infecções da vida humana, tuberculose, cânceres, tumores e outras morbidades, nunca entraram no esquema de suas vidas. E por falar nas diferenças entre a vida em Marte e a vida terrestre, posso aludir aqui às curiosas alusões das plantas vermelhas.

Aparentemente, o reino vegetal em Marte, em vez de ter o verde como cor predominante, é de uma coloração vermelho-sangue vívido. De qualquer maneira, as sementes que os marcianos (intencionalmente ou acidentalmente) trouxeram com eles deram origem em todos os casos a plantas de cor vermelha. Entretanto, apenas aquela conhecida popularmente como erva daninha vermelha conseguiu competir com as formas terrestres. A trepadeira vermelha teve um crescimento bastante transitório, e poucas pessoas a viram crescer. Por um tempo, no entanto, esta planta cresceu com surpreendente vigor e exuberância. Ela se espalhou pelas bordas do fosso no terceiro ou quarto dia de nosso cativeiro, e seus ramos semelhantes a cactos formaram uma franja carmim ao redor de nossa janela triangular. Mais tarde, descobri que estava espalhada por toda a região, principalmente onde quer que houvesse um fluxo de água.

Os marcianos tinham o que parecia ser um órgão auditivo, um único tímpano redondo na parte de trás da cabeça-corpo, e olhos com um alcance visual não muito diferente do nosso, exceto que, de acordo com Philips, o azul e o violeta eram como o preto para eles. Geralmente admitem que eles se comunicavam por sons e gestos dos tentáculos; isso é afirmado, por exemplo, no panfleto útil, embora apressadamente compilado (escrito evidentemente por alguém que não foi uma testemunha ocular das ações dos marcianos), o qual já mencionei, e que, até agora, tem sido a principal fonte de informações a respeito deles. Agora, nenhum ser humano sobrevivente viu tanto os marcianos em ação como eu. Não mereço crédito nenhum, pois foi um acidente, mas esse é o fato. E afirmo que os observei minuciosamente vez após vez, e que vi quatro, cinco e (uma vez) seis deles realizando lentamente as operações mais complicadas juntos, sem som nem gestos. Seus sons peculiares invariavelmente precediam a alimentação; não tinha modulação e não era, creio eu, de maneira alguma, um sinal, mas apenas a expiração do ar preparatória para a operação de sucção. Tenho certa pretensão de ter pelo menos algum conhecimento elementar de psicologia e, neste assunto, estou convencido, tão firmemente quanto estou convencido de qualquer coisa, que os marcianos trocaram pensamentos sem qualquer intermediação física. Estou convencido disso, apesar de fortes preconceitos. Antes da invasão marciana, como é provável que algum leitor ocasional se lembre, eu havia escrito algo com certa veemência contra a teoria telepática.

Os marcianos não usavam roupas. Suas concepções de adorno e decoro eram necessariamente diferentes das nossas; e não apenas eram evidentemente muito menos sensíveis às mudanças de temperatura do que nós, mas as mudanças de pressão não pareciam afetar seriamente a saúde deles. No entanto, embora não usassem roupas, eram nos outros complementos artificiais dos seus recursos físicos que residia sua grande superioridade sobre os homens. Nós, homens, com nossas bicicletas e nossos carros, nossas máquinas voadoras Lilienthal, nossas armas e espingardas e assim por diante, estamos apenas no início da evolução pela qual os marcianos passaram. Eles tornaram-se praticamente meros cérebros, usando corpos diferentes de acordo com suas necessidades, assim como os homens usam ternos e pegam uma bicicleta quando estão com pressa ou um guarda-chuva quando chove. E, talvez nada seja mais maravilhoso para um homem do que o curioso fato de que a característica dominante em quase todos os dispositivos humanos, a "roda", esteja ausente entre os aparelhos usados por eles; entre todas as coisas que trouxeram à terra, não havia vestígio ou sugestão do uso de rodas. Seria de se esperar que eles pelo menos a usassem na locomoção. E, com relação a isso, é curioso observar que, mesmo na Terra, a natureza nunca descobriu a roda, ou preferiu outros recursos para seu desenvolvimento. E não apenas os marcianos não sabiam (o que é incrível) ou se abstinham da roda, mas em seus aparelhos, particularmente, pouco uso faziam do eixo fixo ou do eixo relativamente fixo, com movimentos circulares confinados a um plano.

Quase todas as articulações de suas máquinas apresentam um sistema complicado de peças deslizantes que se movem sobre pequenos rolamentos de fricção, mas admiravelmente curvos. E por falar nisso, é notável que as longas alavancas de suas máquinas sejam, na maioria dos casos, acionadas por uma espécie de musculatura simulada dos discos em um estojo elástico; esses discos se polarizam e aproximam-se fortemente quando atravessados por uma corrente elétrica. Desta forma, era possível atingir o curioso paralelismo com os movimentos dos animais, que era tão impressionante e perturbador para o observador humano. Esses quase músculos abundavam na máquina de processamento semelhante a um caranguejo que vira na primeira vez ao espiar pela fenda a abertura do cilindro. Parecia infinitamente mais viva do que os marcianos reais que rastejavam na luz do pôr do sol, ofegando, agitando os ineficazes tentáculos, e movendo-se debilmente após sua vasta jornada através do espaço.

Enquanto eu ainda estava observando seus movimentos lentos sob a luz do Sol, e cada detalhe estranho de sua forma, o vigário lembrou-me de sua presença, puxando violentamente meu braço. Virei-me para um rosto carrancudo e lábios silenciosos e eloquentes. Ele queria espiar a fenda, que permitia que apenas um de nós ficasse ali; e por isso tive de renunciar o lugar por um tempo, enquanto ele desfrutava desse privilégio.

Quando olhei de novo, a movimentada máquina de processamento já havia reunido várias das peças do aparelho, retiradas do cilindro, em uma forma que tinha uma semelhança inconfundível com a sua; e mais abaixo, à esquerda, um pequeno e movimentado mecanismo de escavação tinha aparecido, emitindo jatos de vapor verde e abrindo caminho ao redor da cratera, escavando e enterrando de maneira metódica e criteriosa. Era isso que causava o barulho regular de batidas e os choques rítmicos que mantinham nosso refúgio em ruínas tremendo. O mecanismo chiava e assobiava enquanto funcionava. Pelo que pude ver, a coisa não era controlada por nenhum marciano.

CAPÍTULO III
Os dias de cativeiro

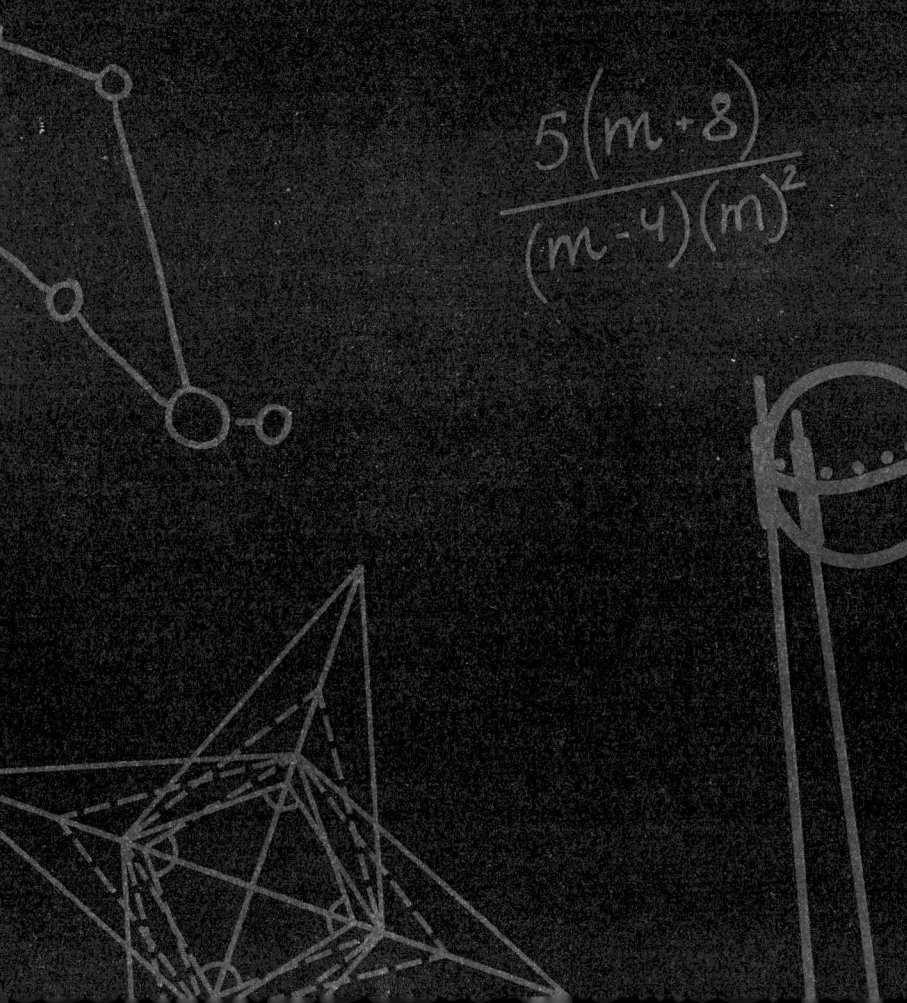

$$\frac{5(m+8)}{(m-4)(m)^2}$$

A CHEGADA DE UMA SEGUNDA MÁQUINA DE COMBATE NOS OBRIGOU a deixar nosso "olho mágico" e fugir para a copa, pois temíamos que, de sua elevação, os marcianos pudessem nos ver atrás de nossa barreira. Mais tarde, começamos a nos sentir mais tranquilos em relação aos olhares deles porque ficavam expostos constantemente à deslumbrante luz do Sol, e para eles nosso refúgio seria uma escuridão total; porém, a princípio, a mais leve sugestão de abordagem nos levava para a copa com o coração disparado. Por mais terrível que fosse o risco que corríamos, a atração de espiar era irresistível para nós dois. E recordo agora com certo espanto que, apesar do grande perigo que enfrentávamos entre morrer de fome ou morrer de algo ainda mais terrível, disputávamos amargamente aquele horrível privilégio de espreitar. Corríamos pela cozinha de uma maneira grotesca entre a ansiedade e o pavor de fazer barulho, e chegávamos ao ponto de bater, empurrar ou chutar um ao outro, no espaço de poucos metros.

O fato é que tínhamos disposições e hábitos de pensamento e ação absolutamente incompatíveis, o perigo que corríamos e nosso isolamento apenas acentuavam essa incompatibilidade. Em Halliford, eu já odiava as vãs exclamações do padre e sua estúpida rigidez mental. Seu monólogo murmurante e interminável atrapalhava todos os meus esforços para pensar em uma linha de ação e, às vezes, levava-me quase à beira da loucura, pois me sentia reprimido. Ele era insensato como uma pessoa tola. Conseguia chorar por horas seguidas, e eu realmente acredito que até o fim essa criança mimada pela vida acreditou que suas fracas lágrimas ajudavam de alguma forma. Eu ficava sentado na escuridão, mas não tinha sossego por causa de suas importunações. Ele comia mais do que eu, e era em vão mostrar-lhe que nossa única chance de vida era permanecer naquela casa até que os marcianos abandonassem a cratera, que precisávamos manter a paciência porque chegaria a hora que nos faltaria comida. Ele comia e bebia impulsivamente em refeições pesadas, separadas por intervalos longos. Dormia pouco.

Com o passar dos dias, sua total negligência intensificou tanto nossa angústia e perigo que eu tive, por mais que detestasse fazê-lo, recorrer a ameaças e, por fim, a bater nele. Isso o fez raciocinar por algum tempo. Mas o vigário era uma daquelas criaturas fracas, manhosas, sem amor-próprio, almas cheias de medo e de ódio, que não enfrentam Deus nem o homem e que não enfrentam nem a si mesmas.

É desagradável recordar e escrever essas coisas, mas as anoto para que não falte nada à minha história. Deve ser fácil para aqueles que escaparam dos aspectos sombrios e terríveis da vida condenar minha brutalidade, meu lampejo de cólera no fim de nossa tragédia, pois eles sabem o que é errado tanto quanto qualquer outra pessoa, mas não aquilo que uma pessoa torturada pode fazer. Mas aqueles que passaram por situações sombrias, que finalmente atingiram as coisas elementares da via, terão uma compreensão mais ampla.

Enquanto lutávamos contra o desconhecido e sussurrávamos discussões vagas, brigando por comida e bebida, agarrando-se e se esbofeteando, sob a impiedosa luz do Sol daquele terrível junho, lá estava a estranha e extraordinária rotina dos marcianos no fosso. Deixe-me voltar às minhas novas experiências. Depois de um longo tempo, arrisquei-me a espiar novamente pela fresta e descobri que os recém-chegados tinham sido reforçados por ocupantes de nada menos do que três das máquinas de combate. Estes últimos trouxeram consigo certos utensílios novos que ficavam de maneira ordenada ao redor do cilindro. A segunda máquina de processamento já estava pronta e ocupava-se no serviço de um dos novos aparelhos que a grande máquina trouxera. Esta estrutura era semelhante a uma vasilha de leite, acima da qual oscilava um recipiente em formato de pera, e de onde escorria um fluxo de pó branco para uma bacia circular abaixo.

O movimento pendular era transmitido à essa estrutura por um tentáculo da máquina de processamento. Com duas mãos espatuladas, a máquina de processamento cavava e jogava massas de argila no recipiente em formato de pera, enquanto com outro braço periodicamente abria uma porta e removia os tijolos oxidados e enegrecidos da parte central da máquina. Outro tentáculo de aço direcionava o pó da bacia ao longo de um canal estriado até algum recipiente que eu não conseguia ver atrás do monte de poeira azulada. Deste recipiente invisível, um pequeno fio de fumaça verde subia verticalmente no ar silencioso. Enquanto eu olhava, a máquina de processamento, com um tilintar fraco e musical, estendeu, como se fosse um telescópio, um tentáculo que havia sido um momento antes uma mera projeção grosseira, até que sua extremidade ficasse escondida atrás do monte de argila. Em seguida, pude ver que a máquina levantou uma barra de alumínio branco, de pureza e brilho ofuscante, e a depositou em uma pilha crescente de barras que ficava ao lado do fosso. Entre o pôr do sol e o surgimento das estrelas, essa máquina habilidosa deve ter feito mais de cem dessas barras com a argila crua, e o monte de poeira azulada subia continuamente até chegar na margem do fosso.

Era nítido o contraste entre os movimentos rápidos e complexos desses utensílios e a falta de habilidade e inércia de seus mestres, e durante dias tive que dizer repetidamente a mim mesmo que estes últimos eram de fato os seres vivos.

O vigário tinha a posse da fresta quando os primeiros homens foram trazidos para a cratera. Eu estava sentado lá embaixo, encolhido, ouvindo com toda minha atenção. Ele fez um movimento repentino para trás e eu, com medo de sermos observados, agachei-me em um espasmo de terror. Ele veio deslizando no meio dos entulhos e rastejou-se até mim na escuridão, inarticulado, gesticulando, e por um momento compartilhei seu pânico. Seu gesto sugeria que estava renunciando à fresta e, depois de algum tempo, minha curiosidade me deu coragem, levantei-me, passei por ele e subi até a fresta. A princípio, não vi justificativa para seu comportamento frenético. O crepúsculo havia chegado, as estrelas eram pequenas e fracas, mas o fosso estava iluminado pelas chamas verdes bruxuleantes que vinha da fabricação de alumínio. A imagem inteira era um esquema cintilante de clarões verdes e sombras negras em movimentos que cansavam a vista. Repetidamente, os morcegos passavam por todo lado, sem dar atenção a nada. Os marcianos dispersos não podiam mais ser vistos, pois o monte de pó azul-esverdeado subira até cobri-los de vista, e uma máquina de combate, com as pernas contraídas, dobradas e atrofiadas, estava do outro lado da cratera. E então, em meio aos sons estridentes das máquinas, tive a suspeita de ter ouvido vozes humanas, o que a princípio me deixou animado, mas desapareceu em seguida.

Agachei-me, observando esta máquina de combate com atenção, convencido agora, pela primeira vez, de que realmente tinha um marciano nela. Quando as chamas verdes se dissiparam, pude ver o clarão oleoso de sua membrana e o brilho de seus olhos. E, de repente, ouvi um grito e vi um longo tentáculo se estendendo por cima do ombro da máquina até a pequena gaiola que estava pendurada em suas costas. Em seguida, algo... uma coisa lutando violentamente... foi erguido alto contra o céu, um enigma negro e indistinto à luz das estrelas; e quando esse objeto negro desceu novamente, vi pelo clarão verde que era um homem. Por um instante, ele ficou claramente visível. Era um homem corpulento, rosado, de meia-idade, bem-vestido; três dias antes, ele devia estar andado pelo mundo, um homem de importância considerável. Eu podia ver seus olhos espantados e o brilho dos botões da camisa e da corrente do relógio. Desapareceu atrás do monte, e por um momento houve silêncio. E então começaram os gritos contínuos, agudos e alegres dos marcianos.

Deslizei para baixo nos escombros, lutei para ficar de pé, coloquei minhas mãos sobre os ouvidos e corri para a copa. O vigário, que estava agachado silenciosamente com os braços sobre a cabeça, ergueu os olhos quando passei, gritou bem alto porque eu o havia abandonado e veio correndo atrás de mim.

Naquela noite, enquanto estávamos escondidos na copa, divididos entre nosso horror e o terrível fascínio que tínhamos em espiar, embora eu sentisse uma necessidade urgente de ação, tentei em vão conceber algum plano de fuga; mas depois, durante o segundo dia, pude considerar nossa posição com grande clareza. O vigário, eu descobri, era totalmente incapaz de discutir. A nova e culminante atrocidade roubou-lhe todos os vestígios de razão ou premeditação. Ele praticamente chegou ao nível de um animal. Mas, como diz o ditado, agarrei a oportunidade com as duas mãos. Ocorreu-me de que se eu pudesse enfrentar os fatos, por mais terrível que fosse nossa posição, ainda não havia justificativa para o desespero absoluto. Nossa principal chance estava na possibilidade de os marcianos transformarem o fosso em nada mais do que um acampamento temporário. Ou, mesmo que o ocupassem permanentemente, poderiam não considerar necessário vigiá-lo, e teríamos então uma chance de fuga. Também ponderei com muito cuidado a possibilidade de cavarmos uma saída para longe do fosso, mas as chances de emergirmos à vista de alguma máquina de combate que estivesse de sentinela pareciam inicialmente grandes demais. E se precisasse fazer a escavação sozinho, o vigário certamente teria falhado comigo.

Foi no terceiro dia, se não me falha a memória, que vi o homem ser morto. Foi a única ocasião em que realmente vi os marcianos alimentarem-se. Depois dessa experiência, evitava a fresta na parede durante boa parte do dia. Entrei na copa, retirei a porta e passei algumas horas cavando com minha machadinha o mais silenciosamente possível; mas quando fiz um buraco com cerca de meio metro de profundidade, a terra solta desabou ruidosamente e não ousei continuar. Perdi o ânimo e fiquei deitado na copa por muito tempo, sem forças nem para me mover. E depois disso abandonei totalmente a ideia da fuga através de um túnel.

Diz muito sobre a impressão que os marcianos me causaram o fato de que, a princípio, tive pouca ou nenhuma esperança de fuga sugestionado pela inutilidade de todos os esforços humanos em derrubar os marcianos. Mas, na quarta ou quinta noite, ouvi um som semelhante ao de armas pesadas.

Era bem tarde da noite e a lua estava brilhando intensamente. Os marcianos haviam levado embora a máquina de escavação e, exceto por uma máquina de combate que estava na margem mais remota do fosso e uma máquina de processamento que estava enterrada fora da minha vista em um canto do fosso logo abaixo do meu "olho mágico", eles tinham abandonado o lugar. Salvo o brilho pálido da máquina de processamento e as barras e manchas de luar branco, o fosso estava na escuridão e, exceto pelo tilintar da máquina de processamento, completamente silencioso. Aquela noite apresentava uma bela serenidade. A lua parecia ter o céu só para ela e mais um planeta. Ouvi um cachorro uivando, e aquele som familiar foi que me fez prestar atenção em um estrondo bem distinto, exatamente igual ao som de grandes canhões. Seis estrondos distintos eu contei, e, depois de um longo intervalo, seis novamente. E foi tudo.

CAPÍTULO IV
A morte do vigário

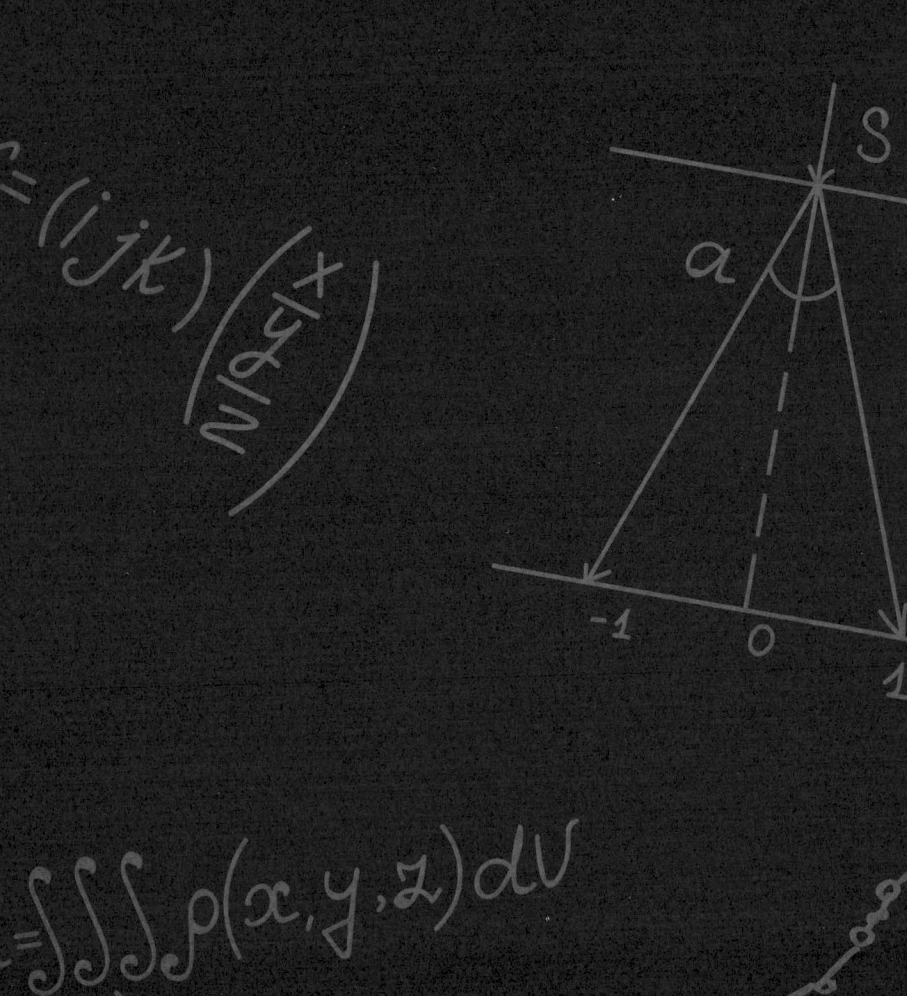

FOI NO SEXTO DIA DE NOSSO CATIVEIRO QUE ESPIEI PELA ÚLTIMA VEZ e, naquele momento, encontrava-me sozinho. Em vez de ficar perto de mim e tentar me expulsar da fresta, o vigário voltou para a copa. Foi então que tive um súbito pressentimento. Voltei rápida e silenciosamente para a copa. Na escuridão, ouvi o vigário bebendo. Tateei na escuridão e meus dedos apalparam uma garrafa de borgonha.

Por alguns minutos, houve uma briga. A garrafa caiu no chão e quebrou; desisti e levantei-me. Ficamos ofegantes e ameaçando um ao outro. No final, coloquei-me entre ele e a comida e disse-lhe da minha determinação em respeitar uma disciplina. Dividi a comida da despensa em rações para dez dias. Não o deixei comer mais naquele dia. À tarde, ele fez um esforço débil para pegar a comida. Eu estava cochilando, mas em um instante acordei. Durante todo o dia e toda a noite, sentamo-nos frente a frente, eu cansado, mas decidido; e ele chorando e reclamando de sua fome imediata. Sei que foi uma noite e um dia, mas para mim parecia – parece agora – um tempo interminável.

E assim nossa profunda incompatibilidade terminou finalmente em conflito aberto. Por dois longos dias, lutamos em tons baixos e trocando socos. Houve ocasiões em que o espancava e chutava furiosamente, outras em que tentava persuadi-

-lo, e uma vez tentei suborná-lo com a última garrafa de borgonha, pois, como havia uma bomba, eu poderia conseguir água.

Mas nem a força nem a delicadeza triunfaram; na realidade, ele estava muito distante da razão. Não desistia de seus ataques à comida nem de seu murmúrio barulhento. Não seguia as precauções mais rudimentares para manter nosso cativeiro suportável. Lentamente, comecei a compreender sua total insanidade, a perceber que meu único companheiro nesta escuridão próxima e doentia era um louco.

Pelo que consigo lembrar, acho que eu mesmo delirei algumas vezes. Sempre que dormia, tinha sonhos estranhos e horríveis. Parece um paradoxo, mas julgo que a fraqueza e a insanidade do vigário foram um aviso para mim, fortaleceram-me e mantiveram-me um homem são.

No oitavo dia, ele começou a falar em voz alta em vez de sussurrar, e eu não conseguia fazer nada para moderar sua fala.

– É justo, meu Deus! – ele dizia, repetidas vezes. – É justo. Que o castigo caia sobre mim e sobre os meus. Pecamos, falhamos. Havia pobreza, tristeza; os pobres foram esmagados no pó e eu me calei. Preguei uma tolice aceitável – meu Deus, que loucura! – quando deveria ter me levantado, mesmo que me custasse a vida, e clamado para que eles se arrependessem – arrependessem! . . . Opressores dos pobres e necessitados...! A oficina de Deus!

Então, de repente, ele voltava ao assunto da comida que eu lhe negava, orando, implorando, chorando, finalmente ameaçando. Ele começou a levantar a voz... implorei para que não o fizesse. Ele percebeu que estava me detendo... ameaçou gritar e chamar a atenção dos marcianos. Por um tempo, essa ameaça me assustou; mas qualquer concessão teria diminuído nossa chance de sobrevivência. Desafiei-o, embora não tivesse certeza se ele cumpriria a ameaça ou não. Mas naquele dia, de qualquer maneira, ele não o fez. Falava subindo lentamente o tom da voz durante a maior parte do oitavo e nono dias... ameaças, súplicas, misturadas com uma torrente de arrependimentos pelas vergonhosas falhas que cometera ao serviço de Deus, de tal modo que tive pena dele. Então ele dormiu um pouco e recomeçou com força renovada, tão alto que precisei obrigá-lo a ficar quieto.

– Fique quieto! – implorei.

Ele se ajoelhou, pois estivera sentado na escuridão por muito tempo.

– Calei-me por muito tempo – disse ele, usando um tom que deve ter chegado até o fosso – e agora devo prestar meu testemunho. Maldita seja esta cidade infiel! Maldita! Maldita! Malditos sejam os habitantes da terra por causa das outras vozes da trombeta...

– Cale-se! – eu disse, pondo-me de pé, com medo de que os marcianos nos ouvissem. – Pelo amor de Deus....

– Não – gritou o vigário, em tom de voz bem alto, levantando-se da mesma maneira e estendendo os braços. – Preciso falar! O Senhor está falando comigo!

Em três passos, ele estava na porta que dava para a cozinha.

– Preciso dar meu testemunho! Eu irei testemunhar! Já demorei demais.

Estendi a mão e senti o cortador de carne pendurado na parede. Em um instante, eu estava atrás dele. Fiquei com um medo terrível. Antes que ele estivesse no meio da cozinha, eu já o havia alcançado. Com um último toque de humanidade, virei a lâmina para trás e o acertei com o cabo. Ele cai de cabeça e deitou-se no chão. Tropecei nele e fiquei ofegante. Ele continuou imóvel.

De repente, ouvi um barulho lá fora, o ruído de gesso escorregando e batendo, e a abertura triangular na parede escureceu. Olhei para cima e vi a superfície inferior de uma máquina de processamento aproximando-se lentamente do buraco. Um de seus tentáculos veio ziguezagueando entre os escombros; outro tentáculo apareceu, tateando o caminho sobre as vigas derrubadas. Fiquei petrificado, atônito. Em seguida, perto do corpo, vi o rosto, se assim podemos chamá-lo, através de uma espécie de placa de vidro e os grandes olhos escuros de um marciano, espreitando; depois, uma longa serpente metálica, um tentáculo, veio tateando lentamente pelo buraco.

Voltei para trás com esforço, tropecei no vigário e parei na porta da copa. O tentáculo estava agora de algum modo, dois metros ou mais, dentro da sala, retorcendo-se e girando, com estranhos movimentos repentinos, de um lado para o outro. Por um tempo, fiquei petrificado com aquela marcha lenta e intermitente do tentáculo. Então, com um grito fraco e rouco, fiz um esforço para atravessar a copa. Tremia violentamente; mal conseguia ficar de pé. Abri a porta do depósito de carvão e fiquei lá na escuridão olhando para a porta da cozinha, na penumbra, e ouvindo com atenção. Será que o marciano me viu? O que ele estaria fazendo agora?

Algo se movia de um lado para o outro, muito silenciosamente; de vez em quando, batia contra a parede ou iniciava seus movimentos com um leve toque metálico, como os movimentos de chaves em uma argola. Em seguida, um corpo pesado – eu sabia muito bem o que era – foi arrastado pelo chão da cozinha para a abertura. Irresistivelmente atraído, esgueirei-me até a porta e espiei para dentro da cozinha. No triângulo de luz solar brilhante, vi o marciano, dentro de sua máquina de processamento, examinando a cabeça do vigário. Pensei imediatamente que isso indicaria minha presença pela marca do golpe que eu lhe dei.

Arrastei-me de volta para o depósito de carvão, fechei a porta e comecei a me cobrir o máximo que pude, e o mais silenciosamente possível na escuridão, entre a lenha e o carvão lá dentro. De vez em quando, eu parava, rígido, para ouvir se o marciano havia enfiado seus tentáculos pela abertura novamente.

Em seguida, o leve tilintar metálico voltou. Eu o identifiquei lentamente tateando na cozinha. Logo o ouvi mais perto... na copa, como julguei. Achei que seu comprimento não seria suficiente para me alcançar. Orei copiosamente. Ele passou, raspando levemente na porta do depósito de carvão. Seguiu-se um período de suspense quase intolerável; então o ouvi mexendo no trinco! Ele havia encontrado a porta! Os marcianos sabiam o que eram portas!

Ele tentou entender o mecanismo por um minuto, talvez, e então a porta se abriu. Na escuridão, eu só conseguia ver a coisa. Parecia com a tromba de um elefante mais do que com qualquer outra coisa, e acenava em minha direção, tocando e examinando a parede, o carvão, a madeira e o teto. Era como uma minhoca preta balançando a cabeça cega de um lado para outro.

Em um certo momento, chegou a tocar o salto da minha bota. Eu estava prestes a gritar; mordi minha mão. Por um tempo, o tentáculo ficou em silêncio. Parecia que tinha saído dali. Logo em seguida, com um clique abrupto, agarrou algo... pensei que fosse eu!... e pareceu sair do depósito novamente. Por um minuto, não tive certeza. Aparentemente, levara um pedaço de carvão para examinar.

Aproveitei a oportunidade para mudar um pouco minha posição, pois estava muito apertado, e então ouvi outro ruído. Sussurrei orações fervorosas pela minha salvação.

Então ouvi o som lento e leve rastejando em minha direção novamente. Aproximava-se lentamente, bem devagar, arranhando as paredes e batendo nos móveis.

Enquanto eu ainda estava em dúvida, bateu com força contra a porta do depósito de carvão e a fechou. Ouvi-o entrar na despensa, as latas de biscoitos fizeram barulho e uma garrafa espatifou-se no chão, em seguida, uma forte batida na porta do depósito. Então o silêncio transformou-se em infinita expectativa.

Ele teria partido?

Por fim, decidi que sim.

Não voltou mais à copa; mas fiquei deitado ali até o décimo dia na escuridão cerrada, enterrado entre brasas e lenha, não ousando nem mesmo rastejar para saciar minha sede. Só decidi aventurar-me longe dali no décimo primeiro dia.

CAPÍTULO V
Tranquilidade

A primeira coisa que fiz antes de entrar na despensa foi trancar a porta entre a cozinha e a copa. Mas a despensa estava vazia; todas as sobras de comida tinham desaparecido. Aparentemente, o marciano havia levado tudo no dia anterior. Com essa descoberta, fiquei desesperado pela primeira vez. Não comida nem bebi nada no décimo primeiro nem no décimo segundo dia.

No início, minha boca e garganta estavam ressequidas e minhas forças diminuíram sensivelmente. Sentei-me na escuridão da copa, totalmente desanimado. Eu só conseguia pensar em comida. Achei que tinha ficado surdo, pois os ruídos de movimento que estava acostumado a ouvir do fosso haviam cessado totalmente. Não me sentia forte o suficiente para rastejar silenciosamente até a fresta, ou teria ido lá.

No décimo segundo dia, minha garganta doeu tanto que resolvei correr o risco de alarmar os marcianos e ataquei a bomba de água da chuva que ficava ao lado da pia para beber dois copos de água da chuva enegrecida e contaminada. Fiquei muito revigorado com isso e animado pelo fato de que nenhum tentáculo havia seguido o barulho que fiz para bombear a água.

Durante esses dias, de uma forma desconexa e inconclusiva, pensei muito no vigário e no modo como morrera.

No décimo terceiro dia, bebi um pouco mais de água, cochilei e pensei desajeitadamente em comer e em vagos planos impossíveis de fuga.

Sempre que cochilava, sonhava com horríveis fantasmas, com a morte do vigário ou com jantares suntuosos; mas, dormindo ou acordado, sentia uma dor aguda que me impelia a beber continuamente. A luz que entrava na copa não era mais cinza, mas vermelha. Na minha imaginação desordenada, parecia cor de sangue.

No décimo quarto dia, fui até a cozinha e fiquei surpreso ao descobrir que as folhas da erva daninha vermelha haviam crescido do outro lado do buraco na parede, transformando a meia-luz do lugar em uma obscuridade de cor carmesim.

Foi no início do décimo quinto dia que ouvi uma sequência curiosa e familiar de sons na cozinha, e identifiquei-a como o farejar e arranhar de um cachorro. Quando cheguei na cozinha, vi o nariz de um cachorro espiando por uma fresta entre as folhas vermelhas. Fiquei muito surpreendido. Ao sentir meu cheiro, ele deu um latido breve.

Achei que, se pudesse induzi-lo a entrar no local silenciosamente, talvez pudesse matá-lo e comê-lo; e, em qualquer caso, seria aconselhável matá-lo, para que suas ações não atraíssem a atenção dos marcianos.

Rastejei mais para frente, dizendo "Cachorrinho lindo!", muito suavemente; mas, de repente, ele retirou a cabeça e desapareceu.

Comecei a escutar... não estava surdo, mas certamente o fosso estava silencioso. Ouvi um som como o bater das asas de um pássaro e um coaxar rouco, mas isso foi tudo.

Fiquei muito tempo deitado perto da fresta (meu "olho mágico"), mas não me atrevia a afastar as plantas vermelhas que a obstruíam. Uma ou duas vezes eu ouvi um leve tamborilar, como os pés de um cachorro, indo para lá e para cá na areia bem abaixo de mim, e havia mais sons de pássaros, mas isso era tudo. Por fim, encorajado pelo silêncio, olhei para fora.

Exceto no canto, onde uma multidão de corvos pulava e lutava pelos esqueletos dos mortos que os marcianos haviam consumido, não havia nada vivo na cratera.

Fiquei olhando a meu redor, mal acreditando no que meus olhos viam. Todas as máquinas haviam partido. Exceto pelo grande monte de pó azul-acinzentado em um canto, algumas barras de alumínio em outro, os corvos e os esqueletos dos mortos, o lugar era apenas um fosso circular vazio na areia.

Lentamente, atravessei as ervas daninhas vermelhas e parei no monte de entulho. Podia ver em qualquer direção, exceto atrás de mim, ao norte, e não havia nenhum marciano, nem sinal deles. A cratera se abria bruscamente a meus pés, mas um pouco além do entulho havia uma rampa, que através dela era possível chegar até o cume das ruínas. Minha oportunidade de fuga havia chegado. Comecei a tremer.

Hesitei por algum momento e então, com um gesto de resolução desesperada e com o coração batendo violentamente, subi no topo do monte em que estivera enterrado durante tanto tempo.

Olhei em volta novamente. Ao norte, também não se via nenhum marciano.

A última vez que eu tinha visto esta parte de Sheen à luz do dia era uma rua irregular, com confortáveis casas brancas e vermelhas, intercaladas com abundantes árvores frondosas. Agora eu estava em um monte de tijolos quebrados, argila e cascalho, sobre o qual se espalhava uma multidão de plantas vermelhas em forma de cacto, da altura do joelho, sem uma vegetação terrestre solitária para disputar lugar. As árvores perto de mim estavam mortas e marrons, mas, além disso, uma rede de fios vermelhos subia pelos caules ainda vivos.

As casas vizinhas tinham sido todas destruídas, mas nenhuma fora queimada; suas paredes estavam em pé, às vezes até o segundo andar, com janelas e portas quebradas. A erva daninha vermelha crescia tumultuosamente em seus quartos. Abaixo de mim estava a grande cratera, com os corvos disputando as sobras. Vários outros pássaros pulavam entre as ruínas. Ao longe, vi um gato magro, esgueirar-se, agachado ao longo de uma parede, mas não havia vestígios de seres humanos.

Em contraste com meu recente confinamento, o dia tinha um brilho deslumbrante, o céu era de um azul resplandecente. Uma brisa suave mantinhas a erva daninha vermelha que cobria cada pedaço de solo desocupado balançando suavemente. O ar estava tão agradável!

CAPÍTULO VI
O trabalho de quinze dias

Por algum tempo, fiquei perambulando pelo monte, sem pensar na minha segurança. Dentro daquele covil fétido de onde saí, pensara com estreita intensidade apenas em nossa segurança imediata. Não tinha percebido o que estava acontecendo com o mundo, não tinha previsto essa visão surpreendente de coisas desconhecidas. Esperava ver Sheen em ruínas. Descobri, à minha volta, a paisagem, estranha e sombria, de outro planeta.

Naquele momento, senti uma emoção além do alcance comum dos homens, mas bem conhecida pelos pobres animais que dominamos. Senti-me como um coelho voltando para sua toca e, de repente, confrontando com o trabalho de uma dúzia de pedreiros ocupados com as escavações das fundações de uma casa. Senti o primeiro indício de uma coisa que logo ficou bastante clara em minha mente, que me oprimiu por muitos dias, uma sensação de destronamento, uma convicção de que eu não era mais um mestre, mas um animal entre os animais, sob o calcanhar dos marcianos. Conosco aconteceria o mesmo que com eles, teríamos que espreitar e vigiar, correr e se esconder; o império dos homens havia desaparecido.

Mas, assim como esses pensamentos estranhos chegaram, eles se foram, e minha ideia dominante tornou-se a fome, provocada pelo meu longo e sombrio jejum. Na direção oposta à cratera, vi, do outro lado de uma parede coberta de vermelho, um pedaço de jardim que não fora queimado. Isso me deu uma dica e atravessei a erva daninha vermelha, que alcançava meus joelhos, e às vezes até meu pescoço. A densidade da erva daninha provocava em mim uma sensação reconfortante de estar escondido. A parede tinha cerca de uns dois metros de altura e, quando tentei escalá-la, descobri que não conseguia erguer meus pés até o topo. Então continuei caminhando a seu lado e cheguei a um canto onde havia uma rocha, que permitiu-me chegar ao topo e cair no jardim que cobiçava. Ali eu encontrei algumas cebolas jovens, um par de bulbos de gladíolo e uma quantidade de cenouras verdes, e peguei tudo e saltei por cima de um muro em ruínas e continuei meu caminho através de árvores escarlates e carmesim em direção a Kew. Era como caminhar através de uma avenida de gotas gigantescas de sangue, obcecado por duas ideias: conseguir mais comida e sair dali, tão depressa e tão longe quanto minhas forças permitissem, fora desta amaldiçoada região sobrenatural da cratera dos marcianos.

Um pouco mais longe, em um lugar gramado, havia alguns cogumelos que também devorei, e então me deparei com um lençol marrom de água rasa fluindo, onde antes havia algumas plantas. Esses fragmentos de alimento serviram apenas para aguçar minha fome. A princípio, fiquei surpreso com essa inundação em um verão quente e seco, mas depois descobri que era causada pela exuberância tropical das ervas daninhas vermelhas. Esse crescimento extraordinário foi direto em direção à água e imediatamente tornou-se gigantesco e de uma fecundidade incomparável. Suas sementes simplesmente espalharam-se nas águas dos rios Wey e Tamisa, e suas ramagens fluviais cresceram tão rápido que sufocaram ambos os rios.

Em Putney, como pude ver posteriormente, a ponte quase desaparecia nesse emaranhado de ervas daninhas, e em Richmond, também, a água do Tamisa corria como um riacho largo e raso entre as várzeas de Hampton e Twickenham. As ervas daninhas surgiam onde quer que a água escorresse, até que as vilas em ruínas do vale do Tamisa ficaram por um bom tempo perdidas neste pântano vermelho, cuja margem explorei; deste modo, grande parte da desolação que os marcianos haviam causado ficava escondida.

Por fim, a erva daninha vermelha sucumbiu quase tão rapidamente quanto tinha se espalhado. Acredita-se que foi acometida de uma doença gangrenosa em razão da ação de umas certas bactérias. Agora, pela ação da seleção natural, todas as plantas terrestres adquiriram um poder de resistência contra as doenças bacterianas... elas nunca sucumbem sem uma luta violenta, mas a erva daninha apodreceu como uma coisa que se já estivesse morta. As folhas ficaram branqueadas e, em seguida, enrugadas e quebradiças. Elas quebravam ao mínimo toque, e as águas que haviam estimulado seu crescimento inicial carregaram seus últimos vestígios para o mar.

Meu primeiro ato ao encontrar esta água foi, é claro, matar minha sede. Bebi muito e, movido por um impulso, mastiguei algumas folhas da erva vermelha; mas eram aquosas e tinham um gosto enjoativo e metálico. Achei que a água era rasa o suficiente para que eu pudesse caminhar com segurança, embora a erva daninha vermelha atrapalhasse um pouco; mas a inundação evidentemente ficava mais profunda em direção ao rio, e voltei para Mortlake. Consegui localizar a estrada por meio das ruínas ocasionais de suas vilas, cercas e candeeiros, e então logo saí dessa inundação e segui meu caminho até a colina que subia em direção a Roehampton e cheguei em Putney Common.

Aqui, o cenário mudou de estranho e desconhecido para destroços de coisas familiares: trechos do solo exibiam a devastação causada por um ciclone, e em alguns metros encontrei espaços perfeitamente tranquilos, casas com as cortinas perfeitamente descidas e as portas fechadas, como se tivessem sido deixadas por um dia pelos donos, ou como se seus habitantes dormissem dentro de casa. A erva daninha vermelha era menos abundante; todas as árvores ao longo da estrada estavam livres da trepadeira vermelha. Procurei comida entre as árvores, mas não encontrei nada; também invadi algumas casas silenciosas, mas elas já tinham sido arrombadas e saqueadas. Descansei pelo resto da luz do dia entre alguns arbustos, pois eu estava muito debilitado e cansado demais para continuar.

Todo esse tempo eu não vi nenhum ser humano nem sinal dos marcianos. Encontrei dois cães de aparência faminta, mas ambos se desviaram rapidamente quando tentei me aproximar. Perto de Roehampton, eu tinha visto dois esqueletos humanos

– não corpos, mas esqueletos limpos. Na floresta a meu lado, encontrei os ossos esmagados e espalhados de vários gatos e coelhos e o crânio de uma ovelha. Mas embora eu roesse partes deles, não havia nada que eu pudesse aproveitar.

Depois do pôr do sol, continuei caminhando com dificuldade ao longo da estrada em direção a Putney, onde acho que o raio da morte deve ter sido usado por algum motivo. E, em um jardim, depois que atravessei Roehampton, descobri uma quantidade de batatas verdes, mas suficientes para acalmar minha fome. Do jardim, era possível ver Putney e o rio. O aspecto do lugar ao anoitecer era singularmente desolado: árvores e ruínas enegrecidas e desoladas e, descendo a colina, o rio transbordava, tingido de vermelho com as ervas daninhas. E por toda a parte... silêncio. Fui tomado por um terror indescritível ao pensar com que rapidez essa mudança desoladora havia ocorrido.

Por um instante, acreditei que a humanidade havia sido varrida da Terra e que eu estava sozinho, o último homem vivo. Na parte mais alta de Putney Hill, encontrei outro esqueleto, com os braços separados a vários metros do resto do corpo. Conforme prosseguia, ficava cada vez mais convencido de que o extermínio da humanidade, salvo por retardatários como eu, já havia sido realizado nesta parte do mundo. Os marcianos, pensei, haviam partido e deixado a região desolada, procurando comida em outro lugar. Talvez agora estivessem destruindo Berlim ou Paris, ou talvez tivessem ido para o norte.

CAPÍTULO VII
O homem em Putney Hill

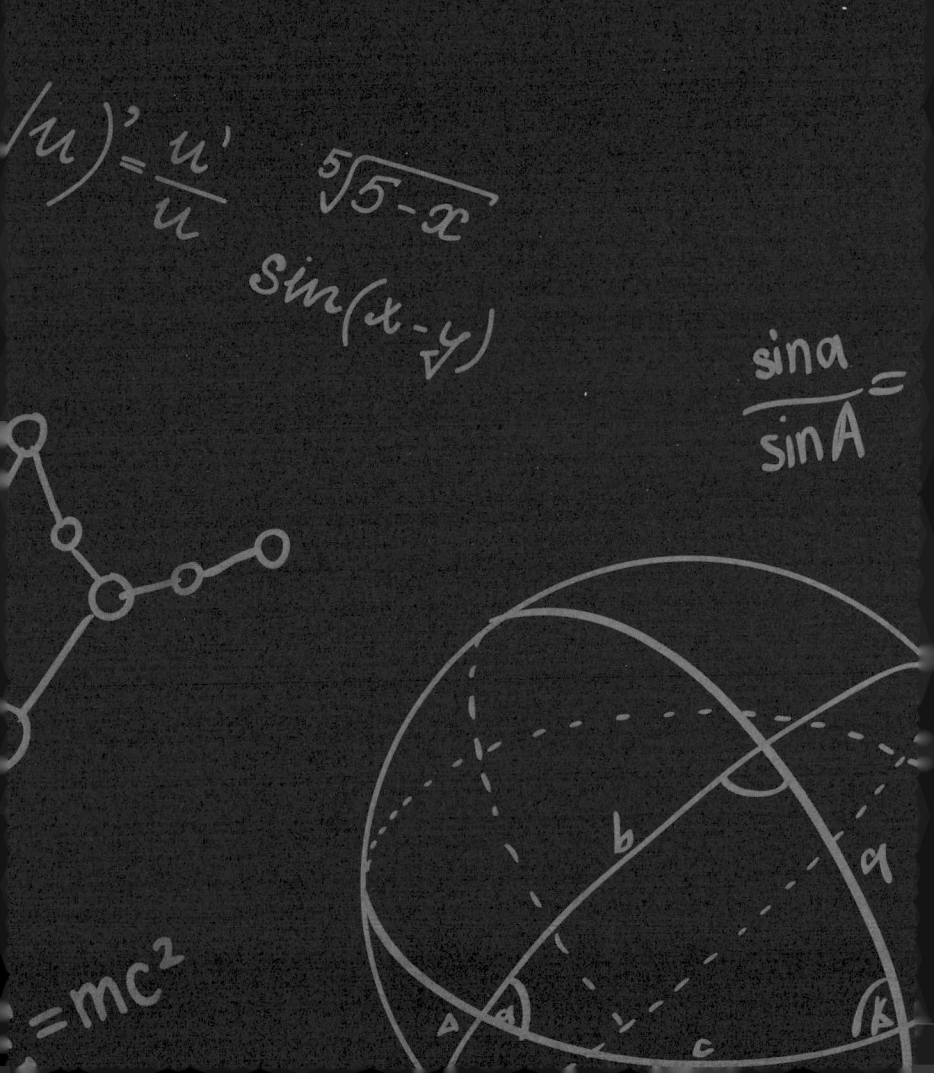

Passei aquela noite na pousada que fica no topo de Putney Hill e, pela primeira vez desde a minha fuga para Leatherhead, dormi em uma cama. Não vou contar os transtornos desnecessários que enfrentei ao arrombar aquela casa porque a porta da frente estava trancada. Nem como vasculhei todos os cômodos em busca de comida, até que quase no desespero, no que me parecia ser o quarto de uma criada, encontrei um pedaço de pão roído por ratos e duas latas de abacaxi em conserva. A casa já havia sido revistada e esvaziada. Mais tarde, em cima do balcão, encontrei alguns biscoitos e sanduíches que haviam sido esquecidos ali. Não consegui comer os sanduíches, pois eles estavam estragados, mas os biscoitos não apenas suprimiram minha fome, como encheram meus bolsos. Não acendi nenhuma lâmpada para procurar comida à noite com medo de que algum marciano pudesse estar vigiando essa parte de Londres. Antes de me deitar, tive um intervalo de inquietação e corri de janela em janela, procurando algum sinal desses monstros. Dormi pouco. Enquanto estava deitado na cama, peguei-me pensando sem parar... algo que não me lembro de ter feito desde minha última discussão com o vigário. Durante todo o tempo, minha condição mental era uma sucessão apressada de estados emocionais confusos ou uma espécie de receptividade estúpida. Mas à noite, meu cérebro, suponho que reforçado pelos alimentos que havia ingerido, ficou claro novamente, e eu consegui pensar.

Três coisas disputavam a posse de minha mente: a morte do vigário, o paradeiro dos marcianos e o possível destino de minha esposa. A recordação do primeiro não me causou nenhuma sensação de horror ou remorso; pensei nisso simplesmente como uma coisa feita, uma recordação infinitamente desagradável, mas completamente desprovida de remorso. Assim como me vejo agora, ao recordar o fato, via-me conduzido passo a passo para aquele golpe precipitado, um ser vivo diante de uma sequência de acidentes que havia inevitavelmente levado a esse resultado. Não sentia que merecia nenhuma condenação; no entanto, a recordação estática deixava-me assustado. No silêncio da noite, com aquela sensação de proximidade de Deus que às vezes vem na quietude e na escuridão, enfrentei meu próprio julgamento, meu único julgamento, por aquele momento de ira e medo. Refiz cada passo de nossa conversa desde o momento em que o encontrei agachado a meu lado, indiferente à minha sede, e apontando para o fogo e a fumaça que fluíam das ruínas de Weybridge. Fomos incapazes de cooperar um com o outro... a falta de sorte não havia levado isso em consideração. Se eu tivesse previsto o que aconteceria, teria o deixado em Halliford. Mas eu não adivinhei, e o crime é prever e fazer o contrário. Descrevo isso como descrevi a história toda, tal como aconteceu. Não houve testemunhas... eu poderia ter ocultado todas essas coisas. Mas descrevi tudo o que aconteceu, e o leitor pode me julgar como quiser.

E quando, com muito esforço, coloquei de lado aquela imagem do corpo do vigário prostrado, enfrentei o problema dos marcianos e o destino de minha esposa. No que se refere ao primeiro, eu não tinha dados; poderia imaginar uma centena de coisas, e o mesmo acontecia, infelizmente, no caso do último. E, de repente, aquela noite tornou-se terrível. Lá estava eu, sentado na cama, olhando para a escuridão, rezando para que o raio da morte a tivesse aniquilado rapidamente e sem dor. Desde a noite em que voltei de Leatherhead, eu ainda não tinha rezado. Havia proferido preces, feitiços, tinha rezado como um pagão murmurando seus sortilégios quando se encontra em perigo; mas agora eu orava de fato, implorando firme e com lucidez, face a face com Deus. Noite estranha! O mais estranho em tudo nisso é que, tão logo o dia amanheceu, eu, que havia conversado com Deus, esgueirei-me para fora da casa como um rato saindo de seu esconderijo... uma criatura pouco maior, um animal inferior, uma coisa que, por qualquer capricho passageiro de seus mestres, poderia ser pisoteada e morta. Talvez os ratos também orassem com fé em Deus. Sem dúvida alguma, se não fomos capazes de aprender nada mais com esta guerra, ela pelo menos nos ensinara a ter piedade... piedade por aquelas pobres criaturas que estão sujeitas a nosso domínio.

A manhã estava clara e bela, e o céu, no lado leste, brilhava em tons de rosa e estava marcado por pequenas nuvens douradas. Na estrada que desce do topo de Putney Hill até Wimbledon, havia uma série de tristes vestígios de uma torrente de pânico que deve ter inundado Londres na noite de domingo após o início da batalha. Havia uma pequena carroça de duas rodas com o nome de Thomas Lobb, Greengrocer, New Malden, uma roda quebrada e uma mala de latas abandonada; havia um chapéu de palha pisoteado na lama, agora endurecida, e, no topo de West Hill, muitos vidros manchados de sangue sobre a calha de água virada. Meus movimentos eram lânguidos e meus planos extremamente vagos. Tive a ideia de ir para Leatherhead, embora soubesse que lá não teria muitas chances de encontrar minha esposa. Certamente, a menos que a morte os tivesse atingido de repente, meus primos e ela teriam fugido de lá; mas parecia-me que poderia encontrá-los se pudesse descobrir para onde o povo de Surrey havia fugido. Sabia que queria encontrar minha esposa, que meu coração sofria por causa dela e do mundo dos homens, mas não tinha nenhuma ideia clara de como poderia encontrá-la. Agora também estava totalmente ciente da minha intensa solidão. Não havia ninguém do local onde me encontrava, coberto por árvores e arbustos, até a divisa de Wimbledon Common, estendendo-se por toda a parte.

Aquela extensão escura estava iluminada por trechos de arbustos amarelos e lindas flores perfumadas e não havia nenhuma erva daninha à vista. O Sol nasceu enquanto eu vagava, hesitante, ao ar livre, inundando tudo com luz e vitalidade. Deparei-me com uma multidão de sapinhos em um lugar pantanoso entre as árvores. Parei para observá-los, tirando uma lição de sua firme resolução de viver. Em seguida, virando-me de repente, com a estranha sensação de estar sendo observado, vi algo agachado no meio de vários arbustos. Ergui-me para ver o que era. Dei um passo em sua direção e um homem apareceu armado com um cutelo. Aproximei-me dele lentamente. Ele ficou em silêncio e imóvel, olhando para mim.

Ao chegar mais perto, percebi que ele estava vestido com roupas empoeiradas e sujas como as minhas; ele parecia, de fato, como se tivesse sido arrastado para dentro de um bueiro. Ao ficar mais próximo dele, distingui o limo verde dos fossos misturando-se com a pálida argila seca e manchas brilhantes de carvão. Seus cabelos negros caíam sobre seus olhos e seu rosto estava escuro, sujo e queimado, de modo que a princípio não o reconheci. Havia um corte com sangue na parte inferior de seu rosto.

– Pare! – ele gritou, quando eu estava a dez metros dele, e eu parei. Sua voz estava rouca. – De onde você vem? – ele perguntou.

Pensei, enquanto o examinava.

– Venho de Mortlake – respondi. – Fiquei soterrado perto do fosso que os marcianos fizeram ao redor do cilindro. Consegui escapar.

– Não há comida por aqui – disse ele. – Esta região é minha. Toda essa colina descendo até o rio, e lá atrás também, até Clapham, e subindo até as proximidades do descampado. Só há comida para uma pessoa. Para que lado você está indo?

Eu respondi vagarosamente.

– Não sei. Estive soterrado nas ruínas de uma casa por treze ou quatorze dias. Não sei o que aconteceu.

Ele olhou para mim desconfiado, depois se assustou e olhou-me com uma expressão diferente.

– Não quero ficar por aqui – eu disse. – Acho que vou para Leatherhead, porque minha esposa estava lá.

Ele disparou um dedo apontando.

– É você! – disse ele – O homem de Woking. Não foi morto em Weybridge?

Eu o reconheci no mesmo momento.

– Você é o artilheiro que entrou no meu jardim.

– Temos sorte! – ele disse. – Somos muito sortudos! Imagine você! – Ele estendeu a mão e eu apertei. – Rastejei para dentro de um cano de esgoto – ele disse. – Mas eles não mataram todo mundo. E depois que eles foram embora, saí em direção a Walton, atravessando os campos.

– Mas ainda não passaram dezesseis dias no total e seu cabelo está acinzentado.

Ele olhou por cima do ombro de repente. – É apenas uma gralha – ele disse. – Agora até a sombra dos pássaros nos assusta. Estamos desprotegidos aqui. Vamos rastejar até aqueles arbustos e conversar.

– Você viu algum marciano? – perguntei. – Desde que eu saí rastejando....

– Eles saíram de Londres – disse ele. – Acho que encontraram um lugar maior lá. De noite, em toda aquela região, a caminho de Hampstead, o céu resplandece com suas luzes. É como uma cidade grande, e com aquele clarão você pode vê-los se movendo. À luz do dia você não consegue vê-los. Mas, mais perto, ... já não os vejo...– (ele contou nos dedos) – há cinco dias. Depois eu vi um casal do outro lado do caminho de Hammersmith carregando algo grande. E na noite de anteontem – ele parou e falou de maneira impressionante – eram as mesmas luzes, mas havia algo diferente no ar. Acredito que eles construíram uma máquina voadora e estão aprendendo a voar.

Parei e fiquei agachado porque havíamos chegado aos arbustos.

–Voar!

–Sim, – disse ele – voar.

Fui até um pequeno caramanchão e me sentei.

–Está tudo acabado para a humanidade – eu disse. –Se conseguirem voar, simplesmente poderão dar a volta ao mundo.

Ele concordou.

–Eles o farão. Mas... isso aliviará um pouco as coisas por aqui. E, além disso... – Ele olhou para mim. –Você não acredita que é o fim da humanidade? Eu acredito. Estamos por baixo; fomos derrotados.

Fiquei olhando para ele. Por mais estranho que possa parecer, eu não havia pensado nisso; um fato que se tornou perfeitamente óbvio assim que ele falou. Eu ainda tinha uma vaga esperança, melhor que isso, mantinha um hábito de pensar dessa forma a vida toda. Ele repetiu suas palavras: "Fomos derrotados". Elas tinham um tom de convicção absoluta.

– Acabou tudo – disse ele. – Eles perderam uma batalha, apenas uma. Mantiveram seus pés firmes e paralisaram a maior potência do mundo. Passaram por cima de nós. A morte daquele marciano em Weybridge foi um acidente. E esses são apenas pioneiros. Eles continuaram a chegar. Estas estrelas verdes... não vi nenhuma nestes cinco ou seis dias, mas não tenho dúvidas de que estão caindo em algum lugar todas as noites. Nada podemos fazer. Estamos por baixo! Fomos derrotados!

Não respondi. Sentei-me olhando para frente, tentando em vão pensar em algo que pudesse compensar aquela situação.

–Isto não é uma guerra – disse o artilheiro.

– Nunca foi uma guerra, do mesmo modo que não se poderia falar de uma guerra entre os homens e as formigas.

De repente, lembrei-me da noite no laboratório.

– Depois do décimo tiro, não atiraram mais.

– Pelo menos, até o primeiro cilindro chegar.

– Como você sabe? – disse o artilheiro.

Expliquei-lhe e ele ficou pensativo.

— Existe algo errado com a arma – disse ele. – Mas, mesmo que haja, eles vão consertar. E mesmo se houver um atraso, como isso pode alterar o fim? É apenas uma batalha entre homens e formigas. As formigas constroem suas cidades, vivem suas vidas, fazem suas guerras e revoluções, até que os homens as querem fora do caminho, e então eles saem do caminho. É o que somos agora... apenas formigas.

— Sim, somos formigas comestíveis – disse eu.

Ficamos olhando um para o outro.

— E o que eles farão conosco? – perguntei.

— É nisso que tenho pensado – disse ele – é nisso que tenho pensado. Depois de Weybridge, fui para o sul... sempre pensando. Vi o que tinha acontecido. A maioria das pessoas só gritava e ficava desesperada. Mas eu não gosto muito de gritar. Já estive à beira da morte uma ou duas vezes; não sou um soldado de enfeite, e seja qual for a situação, a morte é apenas a morte. E é o homem que continua pensando que ela vai chegar. Vi todo mundo seguindo para o sul. Disse a mim mesmo: "A comida não vai durar desse jeito", e voltei imediatamente na outra direção. Fui em direção aos marcianos como um pardal voa em direção ao homem.

Ele acenou com a mão apontando o horizonte e disse: – eles estão morrendo de fome aos montes, fugindo, pisando uns nos outros...

Ele viu meu rosto e fez uma pausa... envergonhado.

— Sem dúvida, os que tinham muito dinheiro foram para a França – disse ele. Pareceu hesitar, como que pedindo desculpas, olhou para mim e continuou:

— Há comida por aqui. Coisas enlatadas nas lojas, vinhos, licores, águas minerais; e os canos e a rede de água estão vazios. Bem, eu estava falando com você sobre meus pensamentos. – Eles são coisas inteligentes – eu disse, – e parece que querem nos comer. Primeiro, eles irão destruir nossos navios, máquinas, armas, cidades, toda a ordem e organização. Tudo isso irá desaparecer. Se fôssemos do tamanho de formigas, poderíamos sobreviver. Mas não somos. É demasiadamente grande para deter. Essa é a primeira certeza. Concorda?

Concordei.

— Pois é, cheguei a essa conclusão. Muito bem, o que está acontecendo agora é que somos apanhados quando precisam de nós. Um marciano só precisa andar alguns quilômetros para fazer uma multidão fugir. E eu vi um deles, outro dia, perto de Wandsworth, destruindo casas e examinando os destroços. Mas eles não vão continuar fazendo isso. Assim que eles liquidarem todas as nossas armas e nossos navios, e destruírem nossas ferrovias, e fizerem todas as coisas que estão fazendo lá, vão começar a nos pegar de maneira sistemática, escolhendo os melhores e nos armazenando em gaiolas e coisas assim. Isso é o que eles começarão a fazer em breve. Meu Deus! Eles ainda não começaram. Você entende isso?

— Não começaram!? – exclamei.

— Não começaram. Tudo o que aconteceu até agora foi porque não tivemos o bom senso de ficar quietos, perturbando-os com armas e outras tolices. Perdemos a cabeça e saímos correndo na multidão para onde não havia mais segurança do que onde estávamos. Eles não querem nos incomodar ainda. Estão construindo suas coisas, produzindo tudo o que não puderam trazer com eles, preparando-as para o restante de seu povo. Muito provavelmente é por isso que os cilindros pararam um pouco, com medo de atingir aqueles que estão aqui. E em vez de ficarmos correndo às cegas, gritando ou pegando dinamite para explodi-los, temos que nos adaptar de acordo com o novo estado de coisas. É assim que eu penso. Não é exatamente o que um homem deseja para sua espécie, mas é o que os fatos mostram. E agi com base nesse princípio. Cidades, nações, civilização, progresso... está tudo acabado. Esse jogo acabou. Fomos derrotados.

— Mas se for assim, para que viver?

O artilheiro ficou olhando para mim por alguns instantes.

— Não haverá mais concertos abençoados por um milhão de anos ou mais; não haverá nenhuma Academia Real das Artes nem comida em bons restaurantes. Se você quer se divertir, acho que o jogo acabou. Se você é cheio de cerimônias, não gosta de comer ervilhas com uma faca nem pronunciar as palavras de maneira incorreta, é melhor deixar essas maneiras de lado. Elas não têm mais utilidade.

— Você quer dizer...

—Quero dizer que homens como eu continuarão vivendo... pelo bem da raça humana. Afirmo-lhe com todas as letras que estou decidido a viver. E se não me engano, em breve você também mostrará o que existe dentro de você. Não seremos exterminados. Também não quero ser apanhado, domesticado, engordado e criado como um boi no pasto. Deus do céu! Imagine aqueles répteis marrons!

– Você não quer dizer que....

—Quero. Vou continuar, seremos espezinhados. Já planejei tudo; pensei muito bem. Nós, homens, fomos derrotados. Não sabemos o suficiente.Precisamos aprender antes de termos uma oportunidade. E temos que viver e conservar nossa independência enquanto aprendemos. Veja! Isso é o que que temos de fazer.

Encarei-o, atônito e profundamente animado com sua resolução.

– Bom Deus! – gritei. – Mas você é um homem de verdade! – E de repenteagarrei sua mão.

– Eh! – ele exclamou, com os olhos cheios de brilho. – Tenho um bom raciocínio, hein?

– Continue – eu disse.

– Bem, aqueles que pretendem escapar devem se preparar. Eu estou me preparando. Veja bem que nem todos nós fomos feitos para ser animais selvagens; e é isso o que vai acontecer. É por isso que fiquei observando você. Tive minhas dúvidas. Você é esguio. Não sabia quem era você, entendeu? Nem que tinha ficado enterrado. Toda esta gente... o tipo de pessoa que vivia nestas casas, os malditos empregados que costumavam viver dessa maneira... eles não serviriam para nada. Eles não têm nenhuma atitude... nenhum sonho ambicioso e nenhum tipo de orgulho; e um homem que não tem nada disso.... Meu Deus! O que é ele senão medo e precauções? Essas pessoas costumavam fugir para o trabalho. Já vi centenas deles correndo loucamente com algo na mão para o café da manhã e para pegar seu trem com medo de serem despedidos se não o fizessem; trabalhando em empresas que tinham medo de se dar ao trabalho de entender; voltando apressados do trabalho por medo de não chegar a tempo para o jantar; ficando em casa depois do jantar com medo de sair nas ruas do subúrbio e dormindo com as esposas com quem se casaram, não porque as desejassem, mas porque elas tinham um pouco de dinheiro que lhes daria segurança na sua pequena e miserável fuga pelo mundo. Seguros de vida e um pouco de investimento por medo de acidentes. E aos domingos... medo do futuro. Como se o inferno tivesse sido feito para coelhos! Bem, para essas pessoas, os marcianos serão apenas uma dádiva divina. Boas gaiolas espaçosas, comida de engorda, criação cuidadosa, sem preocupação. Depois de uma semana ou mais fugindo pelos campos e terrenos, de estômagos vazios, eles virão por si só e ficarão felizes em serem capturados. Depois de um tempo, ficarão muito satisfeitos. Irão perguntar a si mesmos o que as pessoas faziam antes dos marcianos cuidarem deles. E os boêmios, galanteadores e cantores... já posso imaginá-los. Posso imaginá-los – disse ele, com uma espécie de deleite sombrio. – Perderão uma boa parte dos seus sentimentos e de suas religiões. Há centenas de coisas que vi com meus olhos que só comecei a compreender claramente nos últimos dias. Muitos aceitarão as coisas como estão... gordos e estúpidos; e muitos ficarão preocupados com uma espécie de sentimento de que está tudo errado e que eles deveriam estar fazendo algo. Bem, sempre que as coisas são deste modo e que muitas pessoas sentem que deveriam estar fazendo algo, os fracos, e aqueles que se deixam enfraquecer com muitos raciocínios complicados, sempre criam uma espécie de religião que não faz nada, muito piedosa e superior, e submetem-se à perseguição e à vontade de Deus. É muito provável que você já tenha observado a mesma coisa. É energia transformada em um vendaval de covardia e virada do avesso. Essas gaiolas estarão cheias de salmos, hinos e piedade. E aqueles que não forem tão simples trabalharão por um pouco de.... como se diz? Erotismo.

Ele fez uma pausa.

– Muito provavelmente esses marcianos transformarão alguns deles em animais domésticos, irão treiná-los para fazer truques... quem sabe? Talvez fiquem sentimentais e apeguem-se ao menino de estimação que cresceu e terá que ser sacrificado. E alguns, ainda, receberão treinamento para nos caçar.

— Não — gritei — isso é impossível! Nenhum ser humano...

— De que adianta continuar com essas mentiras? — disse o artilheiro. — Há homens que ficaram felizes em agir desta forma. É insensato fingir que não existem!

Sucumbi à sua convicção.

— Se eles vierem atrás de mim — disse ele — Meu Deus, se eles vierem atrás de mim! — e mergulhou em uma meditação sombria.

Sentei-me e refleti sobre todas essas coisas. Não consegui encontrar nada contra o raciocínio deste homem. Nos dias anteriores à invasão, ninguém teria questionado minha superioridade intelectual sobre ele. Eu, um escritor declarado e reconhecido de temas filosóficos, e ele, um soldado comum; e, no entanto, ele já havia formulado uma situação que eu mal havia percebido.

— O que você vai fazer? — perguntei depois de alguns instantes. — Quais são seus planos?

Ele hesitou.

— Bem, a questão é essa — disse ele. — O que devemos fazer? Temos que inventar um tipo de vida em que os homens possam viver, reproduzir-se e ter segurança suficiente para criar os filhos. Sim, espere um pouco, e vou deixar mais claro o que acho que deve ser feito. Os domesticados serão como todos os animais domesticados; em algumas gerações eles serão grandes, belos, saudáveis, estúpidos... um lixo! Nós, os animais indomados, corremos o risco de nos tornamos selvagens, degenerando em uma espécie de ratazana grande e selvagem... Compreende que a vida que estou propondo é subterrânea. Tenho pensado nos esgotos. É claro que aqueles que não conhecem as tubulações de esgotos pensam em coisas horríveis; mas debaixo da cidade de Londres estão quilômetros e quilômetros, centenas de quilômetros, e alguns dias de chuva com Londres deserta deixarão essas tubulações frescas e limpas. Os esgotos principais são grandes e arejados o suficiente para qualquer pessoa. Depois, há porões, adegas e depósitos, que podem ser ligados às tubulações de esgoto por meio de passagens. E também temos os túneis ferroviários e metrôs. Eh? Está começando a entender? Formaremos um bando... homens saudáveis e de mente limpa. Não vamos aceitar qualquer lixo. Os fracos não farão parte do bando.

– Por isso queria que eu fosse embora?

– Bem, eu conversei com você, não foi?

– Não vamos discutir sobre isso. Continue.

– Precisamos daqueles que param de obedecer às ordens. Também queremos mulheres saudáveis e de mente limpa... mães e professoras. Nada de damas indiferentes, nada de malditos olhos revirados. Não podemos ter nenhum fraco ou imbecil. A vida é real novamente, e os inúteis, complicados e malandros têm que morrer. Eles devem morrer. Devem estar dispostos a morrer. Afinal, é uma espécie de deslealdade viver e corromper a raça. E não podem ser felizes. Além disso, morrer não é tão terrível, é a covardia que a torna ruim. Vamos nos reunir em todos esses lugares. Nosso distrito será Londres. E podemos até mesmo ser capazes de vigiar e correr ao ar livre quando os marcianos se afastarem. Talvez até possamos jogar críquete. É assim que devemos salvar a raça. O que acha? É algo possível? Mas salvar a raça não é nada em si mesmo. Como eu disse, seremos apenas ratos. O importante é salvar nosso conhecimento e aumentá-lo. Homens como você entram nesse novo mundo. Há livros, há modelos. Devemos criar grandes lugares seguros e subterrâneos e levar todos os livros que pudermos; não romances e porcarias de poesia, mas ideias, livros de ciências. É aí que entram homens como você. Precisamos ir ao Museu Britânico e pegar todos os livros. Em especial, devemos manter nossa ciência... aprender mais. Temos que vigiar esses marcianos. Alguns de nós devem servir como espiões. Quando tudo estiver funcionando, talvez eu mesmo o faça. Deixar-se ser apanhado, quero dizer. E o melhor de tudo é que devemos deixar os marcianos em paz. Não devemos nem espreitá-los. Se entrarmos no caminho deles, saímos. Devemos mostrar a eles que não temos intenção de fazer mal. Sim, eu sei. Mas eles são coisas inteligentes e não vão nos caçar se tiverem tudo o que querem e pensarem que somos apenas vermes inofensivos.

O artilheiro fez uma pausa e pousou sua mão bronzeada em meu braço.

— No fim das contas, talvez não tenhamos que aprender muito. Imagine só: quatro ou cinco de suas máquinas de combate levantam voo de repente... raios da morte à direita e à esquerda, e nenhum marciano dentro deles. Marcianos não, mas homens... homens que aprenderam a usar a máquina. Isso pode ser até mesmo na minha... esses homens. Imagine ter uma dessas coisas lindas, com seu raio da morte de longo alcance e gratuito! Imagine ter tudo sob controle! Que importância teria se você se espatifasse em pedacinhos no final, depois de uma proeza dessas? Calculo que os marcianos abrirão seus lindos olhos! Não consegue vê-los, homem? Não consegue vê-los fugindo, correndo... bufando, soprando, piando e procurando abrigo em seus aparelhos mecânicos? Algo fora do normal em todos os casos. É estampido, explosão, rebuliço e algazarra para todo lado! Assim como eles fazem conosco, ouvimos um estampido e aí, uma explosão e vem o raio da morte e, vejam só! o homem recuperou o que era seu.

Durante algum tempo, a ousadia imaginativa do artilheiro e o tom de segurança e coragem que ele assumiu dominaram completamente minha mente. Acreditei sem hesitar em sua previsão do destino humano e na praticabilidade de seu esquema surpreendente, e o leitor que me julga suscetível e tolo não deve esquecer que está lendo tranquilamente, concentrado no assunto, e eu, por outro lado, estou agachado entre os arbustos, com muito medo e ouvindo com toda atenção ao menor ruído. Conversamos assim desde o início da manhã e, mais tarde, deixamos os arbustos e vasculhamos o céu em busca de marcianos. Em seguida, corremos precipitadamente para a casa em Putney Hill onde ficava o esconderijo dele. Era o depósito de carvão do lugar, e quando vi o trabalho que ele havia feito durante em uma semana... uma toca de quase dez metros de comprimento, que ele projetou para alcançar o esgoto principal em Putney Hill, tive minha primeira noção do abismo entre seus sonhos e suas capacidades. Eu poderia ter cavado aquele buraco em um dia. Mas acreditei o suficiente para trabalhar com ele em sua escavação durante toda a manhã até depois do meio-dia. Tínhamos um carrinho de mão e atirávamos a terra removida em frente ao fogão da cozinha. Nosso alimento era uma lata de sopa de tartaruga falsa e vinho da cozinha adjacente. É curioso o alívio que encontrei com essa estranheza dolorosa do mundo na execução deste trabalho monótono. Enquanto trabalhávamos, fiquei analisando o projeto dele, e logo objeções e dúvidas começaram a surgir; mas trabalhei lá a manhã toda, tão feliz que eu estava em ter um propósito novamente. Depois de trabalhar uma hora, comecei a especular sobre a distância a percorrer antes de chegar até o coletor do esgoto e as chances que tínhamos de perdê-lo por completo. Minha preocupação imediata era por que deveríamos cavar esse longo túnel, quando era possível entrar imediatamente no esgoto por um dos bueiros e trabalhar escavando de volta para casa. Pareceu-me também que a casa fora escolhida de maneira inconveniente e exigia um túnel desnecessário. E quando eu estava começando a refletir sobre essas coisas, o artilheiro parou de cavar e olhou para mim.

– Estamos trabalhando bem – disse ele e largou a pá. – Vamos parar um pouco – ele continuou – acho que é hora de darmos uma olhada do telhado da casa.

Eu queria continuar e, após um pouco de hesitação, ele voltou a trabalhar com a pá; e então, de repente, fui assaltado por um pensamento. Parei, e imediatamente ele também.

– Por que você estava andando pelo descampado – perguntei – em vez de estar aqui?

– Tomando ar – ele respondeu. – Eu estava voltando. É mais seguro à noite.

– Mas, e o trabalho?

– Oh, nem sempre se pode trabalhar – disse ele, e em um instante eu percebi como ele realmente era. Ele hesitou, segurando sua pá. – Precisamos fazer um reconhecimento agora – ele disse – porque se alguém se aproximar, pode ouvir o barulho das pás e cair sobre nós sem percebermos.

Eu não queria mais protestar. Fomos juntos até o telhado e ficamos em pé em uma escada, espiando pela porta do telhado. Não havia marcianos à vista e nos aventuramos a subir nas telhas e escorregar para debaixo do abrigo do parapeito.

Desta posição, vários arbustos escondiam a maior parte de Putney, mas podíamos ver o rio abaixo, uma massa borbulhante de erva vermelha e as partes baixas de Lambeth inundadas e vermelhas. As trepadeiras vermelhas envolviam as árvores ao redor do velho palácio, e seus galhos alongavam-se delgados e secos, incrustados com folhas murchas entre seus cachos. Era estranho como essas duas coisas dependiam totalmente da água corrente para sua propagação. Perto de nós, nenhuma das duas tinha ganhado terreno; laburnos, cravos, rosa, bolas de neve e tuias brotavam dos loureiros e das hortênsias, verdes e brilhantes à luz do Sol. Das imediações de Kensington, subia uma densa fumaça que, com uma névoa azul, ocultavam as colinas ao norte.

O artilheiro começou a falar sobre os tipos de pessoas que ainda permaneciam em Londres.

– Uma noite, na semana passada – disse ele –, alguns tolos consertaram o fornecimento da luz elétrica e lá estava Regent Street e o Circus resplandecendo, lotado de bêbados e maltrapilhos, homens e mulheres, dançando e gritando até o amanhecer. Um homem que estava lá me contou a história. E quando o dia chegou, eles perceberam uma máquina de combate parada perto de Langham, olhando para eles. Só Deus sabe há quanto tempo ela estava lá. Alguns deles devem ter se sentido péssimos.A máquina desceu a estrada em direção a eles e pegou quase uma centena de bêbados ou pessoas assustadas demais para fugir.

O vislumbre grotesco de um tempo que nenhuma história jamais poderá descrever completamente! A partir daí, em resposta às minhas perguntas, ele voltou a seus planos grandiosos. Ficou cada vez mais entusiasmado. Falava com tanta eloquência sobre a possibilidade de capturar uma máquina de combate que quase acreditei nele novamente. Mas agora que eu estava começando a entender algo sobre seu caráter, podia adivinhar a ênfase que ele colocava em não fazer nada precipitadamente. E notei que agora não havia dúvida de que ele pessoalmente capturaria e lutaria contra a grande máquina.

Depois de algum tempo, descemos para o depósito de carvão. Nenhum de nós parecia disposto a voltar a cavar e, quando ele sugeriu uma refeição, não relutei nenhum minuto em fazê-lo. Subitamente, ele tornou-se muito generoso e, depois de comermos, saiu e voltou com alguns charutos excelentes. Acendemos nossos charutos e seu otimismo aflorou. Ele estava inclinado a considerar minha chegada como uma ocasião especial.

– Temos um pouco de champanhe no depósito – disse ele.

– Podemos cavar melhor com este borgonha do lado do Tamisa – eu disse.

– Não – ele disse – sou o anfitrião hoje. Champanhe! Meu Deus! Temos uma tarefa pesada o suficiente diante de nós! Vamos descansar e reunir forças enquanto podemos. Olhe para essas mãos cheias de bolhas!

E, continuando com essa ideia de feriado, ele insistiu em jogar cartas depois que terminamos de comer. Ele me ensinou a jogar *euchre*, e depois de dividir Londres entre nós, fiquei com o lado norte e ele com o sul; então, jogamos para ver quem conquistava mais paróquias. Por mais grotesco e tolo que pareça ao leitor sóbrio, é absolutamente verdadeiro e ainda mais notável o fato de que achei este jogo, e vários outros que jogamos, extremamente interessantes.

Que estranha é mente do homem! Com nossa espécie à beira do extermínio ou da degradação pavorosa, sem nenhuma perspectiva clara diante de nós, a não ser a chance de uma morte horrível, estávamos ali sentados, jogando com cartas coloridas e bancando o "curinga" com todo prazer. Mais tarde, ele me ensinou a jogar pôquer, e eu o venci em três jogos de xadrez difíceis. Quando escureceu, decidimos correr o risco e acendemos uma lamparina.

Depois de uma sequência interminável de jogos, jantamos, e o artilheiro acabou com o champanhe. Continuamos fumando charutos. Ele já não era mais o regenerador energético de sua espécie que eu havia encontrado pela manhã. Ainda estava otimista, mas era um otimismo menos cinético, mais pensativo. Lembro-me que ele falou muito sobre minha saúde, usando um discurso de pequena variedade e considerável intermitência. Peguei um charuto e subi as escadas para olhar as luzes de que ele havia falado, que brilhavam com um verde tão vivo ao longo das colinas de Highgate.

No começo, olhei sem nenhuma astúcia para o vale de Londres. As colinas do norte estavam envoltas em escuridão; os incêndios perto de Kensington brilhavam em vermelho, e de vez em quando uma língua de fogo laranja-avermelhada brilhava e desaparecia na noite azul profunda. Todo o resto de Londres estava na escuridão.

Em seguida, mais perto, percebi uma luz estranha, um clarão fluorescente, pálido e violeta, estremecendo sob a brisa noturna. Por um momento, não consegui identificá-lo, mas depois percebi que essa tênue irradiação vinha provavelmente da erva daninha. Quando notei esse fato, meu senso adormecido de espanto, de proporção das coisas, despertou novamente. Olhei dali para Marte, vermelho e claro, brilhando alto no oeste, e então olhei longa e seriamente para a escuridão de Hampstead e Highgate.

Fiquei muito tempo no telhado, pensando nas mudanças grotescas do dia. Lembrei-me de meus estados mentais, desde a oração da meia-noite até o insensato jogo de cartas. Tive uma violenta repulsa de sentimento. Lembro-me que joguei fora o charuto com um certo simbolismo de algo totalmente dispensável. A loucura tomou posse de mim com um exagero flagrante. Senti-me como um traidor de minha esposa e minha espécie; estava cheio de remorsos. Resolvi abandonar esse estranho e indisciplinado sonhador de grandes coisas entregue à sua bebida e gulodice, e partir para Londres. Parecia-me que lá eu teria a melhor oportunidade de saber sobre o que os marcianos e meus semelhantes estavam fazendo. Eu ainda estava no telhado quando a lua tardia apareceu.

CAPÍTULO VIII

Londres morta

CAPÍTULO VIII
Londres morta

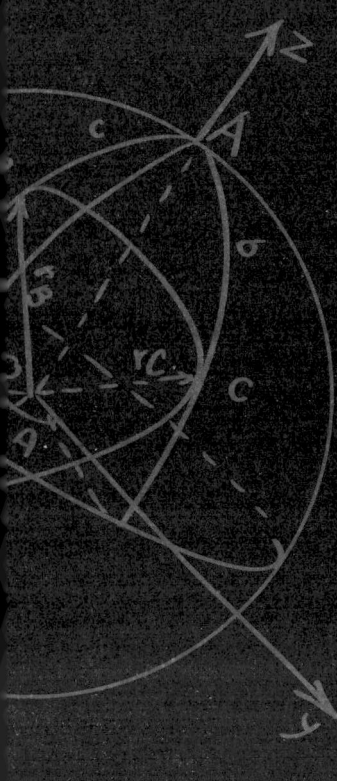

DEPOIS DE ME SEPARAR DO ARTILHEIRO, DESCI A COLINA E, PERTO DA High Street, atravessei a ponte para Fulham. Naquele momento, a erva daninha vermelha estava em todo o lugar, quase obstruindo a estrada da ponte; mas suas folhas já estavam embranquecidas, com manchas pela disseminação da doença que começou a eliminá-la tão rapidamente.

Na esquina da viela que leva à estação Putney Bridge, encontrei um homem estendido no chão. Ele estava totalmente enegrecido pela poeira negra; embora estivesse vivo, estava impotente e sem palavras, bêbado. Não consegui nenhuma informação dele, a não ser maldições e golpes furiosos sobre a minha cabeça. Acho que teria ficado perto dele, não fosse pela expressão brutal de seu rosto.

Havia poeira negra ao longo da estrada da ponte em diante, e ela ficou mais densa em Fulham. As ruas estavam terrivelmente silenciosas. Consegui comida... azeda, dura e mofada, mas suficientemente comestível... em uma padaria. No caminho em direção a Walham Green, as ruas ficaram sem pó, e eu passei por uma fileira branca de casas em chamas; o crepitar das chamas era, de certa maneira, um alívio absoluto. Indo em direção a Brompton, as ruas ficaram quietas novamente.

Aqui me deparei com o pó negro nas ruas e com os cadáveres. Vi, ao todo, cerca de uma dúzia ao longo da Fulham Road. Estavam mortos há muitos dias, de modo que passei rapidamente por eles. O pó preto os cobria e suavizava seus contornos. Um ou dois tinham sido devorados por cães.

Onde não havia poeira negra, era curiosamente como um domingo na cidade, com as lojas fechadas, as casas trancadas e as persianas fechadas, além da deserção e da tranquilidade. Em alguns lugares, os saqueadores estavam trabalhando, mas quase sempre nas lojas de provisões e vinhos. Uma vitrine de joalheria havia sido quebrada, mas aparentemente o ladrão havia sido incomodado por algo porque havia uma série de correntes de ouro e um relógio espalhados na calçada. Não me dei ao trabalho de tocá-los. Mais adiante estava uma mulher esfarrapada, amontoada na soleira de uma porta; a mão que pendia sobre seu joelho estava cortada e sangrando em cima de seu vestido marrom desbotado, e uma garrafa de champanhe quebrada formava uma poça na calçada. Ela parecia adormecida, mas estava morta.

Quanto mais penetrava em Londres, mais profundo se tornava o silêncio. Mas o que incomodava não era tanto a tranquilidade da morte... era a calma do suspense, da expectativa. A qualquer momento, a destruição que já havia chamuscado as fronteiras do noroeste da metrópole e aniquilado Ealing e Kilburn poderia atingir essas casas e deixá-las em ruínas fumegantes. Era uma cidade condenada e abandonada...Em South Kensington, não havia mortos nem poeira negra nas ruas. Foi perto dali que ouvi pela primeira vez o bramido. Penetrou quase imperceptivelmente em meus sentidos. Era uma alternância soluçante de duas notas, "Ulla, ulla, ulla, ulla", que se repetiam continuamente. Quando passei por ruas em direção ao norte, o volume aumentou e, em seguida, as casas e construções pareciam amortecê-lo e isolá-lo novamente. Veio com a maré cheia na Exhibition Road. Parei, olhando na direção de Kensington Gardens, pensando nesse lamento estranho e distante. Era como se aquele poderoso deserto de casas tivesse encontrado uma voz que mostrasse seu medo e solidão.

"Ulla, ulla, ulla, ulla", lamentavam aquelas notas sobre-humana... grandes ondas de som varrendo a estrada larga e iluminada pelo Sol, entre os altos edifícios de cada lado. Virei para o norte, maravilhado, em direção aos portões de ferro de Hyde Park. Estava quase decidido a invadir o Museu de História Natural e encontrar o caminho até o topo das torres, a fim de ver o outro lado do parque. Mas decidi ficar no chão, onde era possível me esconder rapidamente, e assim continuei subindo a Exhibition Road. Todas as grandes mansões de cada lado da estrada estavam vazias e imóveis, e meus passos ecoavam nas laterais das casas. No topo, perto do portão do parque, deparei-me com uma visão estranha: um ônibus capotado e o esqueleto de um cavalo limpo. Fiquei intrigado com isso por um tempo e depois fui para a ponte sobre o Serpentine. A voz ficou cada vez mais forte, embora eu não pudesse ver nada acima dos telhados do lado norte do parque, exceto uma névoa de fumaça a noroeste.

"Ulla, ulla, ulla, ulla", gritava a voz, vindo, ao que parecia, da área do Regent's Park. O grito desolador fazia-me pensar. O ânimo que me sustentava passou. A lamentação apoderou-se de mim. Descobri que estava extremamente cansado, com os pés doloridos e, agora, novamente com fome e sede.

Já passava do meio-dia. Por que eu estava vagando sozinho nesta cidade dos mortos? Por que estava sozinho quando toda Londres jazia em um estado de mortalha sombria? Sentia-me insuportavelmente sozinho. Minha mente passou por velhos amigos que eu havia esquecido por anos. Pensei nos venenos das farmácias, nos licores que os comerciantes de vinho armazenavam; lembrei-me das duas criaturas encharcadas de desespero que, pelo que eu sabia, compartilhavam a cidade comigo...

Entrei na Oxford Street atravessando o Marble Arch, e aqui novamente havia poeira negra e vários corpos, além do mau cheiro sinistro que vinha das grades dos porões de algumas das casas. Fiquei com muita sede depois do calor da minha longa caminhada. Com imensa dificuldade, consegui arrombar um bar e arranjar comida e bebida. Fiquei cansado depois de comer, fui para a sala atrás do bar e dormi em um sofá preto de crina de cavalo que encontrei lá.

Acordei com aquele bramido sombrio ainda em meus ouvidos: "Ulla, ulla, ulla, ulla". Já estava anoitecendo, e depois de encontrar alguns biscoitos e um queijo no bar, encontrei um guarda-comida, mas não continha nada além de vermes.

Em seguida, vaguei pelas praças residenciais silenciosas até Baker Street. Portman Square é a única que me lembro e, finalmente, cheguei no Regent's Park. E quando saí do topo da Baker Street, vi ao longe, sobre as árvores, na clareza do pôr do sol, o capuz do gigante marciano de onde provinha esse bramido. Não fiquei apavorado. Aproximei-me dele como se fosse uma coisa natural. Observei-o por algum tempo, mas ele não se mexeu. Parecia estar de pé e gritando, sem nenhuma razão que eu pudesse descobrir.

Tentei formular um plano de ação. Aquele som contínuo de "Ulla, ulla, ulla, ulla" confundia minha mente. Talvez estivesse cansado demais para ter muito medo. Certamente eu estava mais curioso para saber o motivo desse grito monótono do que com medo. Afastei-me do parque e entrei na Park Road, com a intenção de contornar o parque, segui sob o abrigo das varandas, e na direção de St. Johns Wood avistei este marciano imóvel e barulhento. A uns duzentos metros de Baker Street, ouvi um coro de latidos e vi primeiro um cachorro com um pedaço de carne vermelha em putrefação na mandíbula vindo em minha direção, e depois um bando de vira-latas famintos atrás dele. Ele fez uma curva ampla para me evitar, como se temesse que eu pudesse ser um novo competidor. À medida que os latidos desapareceram na estrada silenciosa, o som lamentoso de "Ulla, ulla, ulla, ulla" destacou-se novamente.

Encontrei a máquina de processamento destruída a meio caminho da estação de St. John's Wood. A princípio, pensei que uma casa tivesse caído do outro lado da rua. Foi só enquanto eu escalava entre as ruínas que vi, com um sobressalto, esse Sansão mecânico deitado, com seus tentáculos dobrados, esmagados e retorcidos, entre as ruínas que havia feito. A parte dianteira estava despedaçada. Parecia que ele havia dirigido cegamente contra a casa e fora esmagado em sua queda. Pareceu-me então que isso poderia ter acontecido porque a máquina de processamento escapou do controle de seu marciano. Não pude escalar entre as ruínas para vê-lo, e o crepúsculo estava agora tão avançado que o sangue com o qual seu assento estava manchado e a cartilagem roída do marciano que os cães haviam deixado eram invisíveis para mim.

Ainda pensando em tudo o que tinha visto, continuei em direção a Primrose Hill. Mais adiante, através de uma brecha nas árvores, vi um segundo marciano, tão imóvel quanto o primeiro, silencioso e parado no parque próximo ao Jardim Zoológico. Um pouco além das ruínas sobre a máquina de processamento destruída, encontrei a erva daninha vermelha novamente e, no Regent's Canal, uma massa esponjosa de vegetação vermelho-escura.

Quando atravessei a ponte, o som de "Ulla, ulla, ulla, ulla" cessou. Foi, por assim dizer, interrompido. O silêncio veio como aquele que se segue após um trovão.

As sombrias casas a meu redor erguiam-se desbotadas, altas e escuras; as árvores em direção ao parque estavam ficando escuras. À minha volta, a erva daninha vermelha brotava entre as ruínas, contorcendo-se de modo que ficam acima de mim. A noite, mãe do medo e do mistério, estava vindo sobre mim. Mas enquanto aquela voz soava, a solidão e a desolação eram suportáveis; em virtude disso, Londres ainda parecia viva, e o senso de vida a meu redor me sustentava. Então, de repente, uma mudança, a passagem de algo... não sabia o quê... e então um silêncio que podia ser sentido. Nada além dessa tranquilidade sombria.

À minha volta, Londres olhava para mim fantasmagoricamente. As janelas das casas brancas eram como órbitas de caveiras. A minha imaginação encontrou mil inimigos silenciosos se movendo a meu redor. O terror se apoderou de mim, um horror da minha temeridade. À minha frente, a estrada ficou escura como breu, como se fosse asfaltada, e vi uma forma contorcida caída no meio do caminho. Não conseguia continuar. Virei na St. John's Wood Road e saí correndo dessa quietude insuportável em direção a Kilburn. Escondi-me da noite e do silêncio, até muito depois da meia-noite, em um abrigo para cocheiros em Harrow Road. Mas, antes do amanhecer, minha coragem voltou, e enquanto as estrelas ainda estavam no céu, voltei mais uma vez para Regent's Park. Eu me perdi entre as ruas, e logo vi, no fim de uma longa avenida, à meia-luz do amanhecer, a curva para Primrose Hill. No topo, subindo até as estrelas que desvaneciam, estava um terceiro marciano, ereto e imóvel como os outros.

Uma resolução insana tomou conta de mim. Morreria e acabaria com isso. E ainda seria poupado até mesmo do trabalho de me suicidar. Marchei imprudentemente em direção a esse Titã e então, conforme me aproximava e a luz aumentava, vi que uma multidão de corvos circulava e aglomerava-se em volta do capuz. Com isso, meu coração deu um salto e comecei a correr ao longo da estrada.

Corri através da erva daninha que obstruía St. Edmund's Terrace (mergulhei até o peito em uma torrente de água que descia do reservatório em direção à Albert Road) e emergi na grama antes do nascer do Sol. Grandes barreiras foram colocadas ao redor da crista da colina, formando um enorme reduto. Era o último e maior lugar que os marcianos haviam feito e por trás dessas barreiras erguia-se uma fumaça fina contra o céu. Na linha do horizonte, surgiu um cachorro correndo impetuosamente e desapareceu. O pensamento que passou pela minha mente tornou-se mais real, mais verossímil. Não senti medo, apenas uma exultação selvagem e trêmula, enquanto subia a colina correndo em direção ao monstro imóvel. Na parte externa do capuz pendiam fragmentos lisos e marrons, os quais os corvos famintos bicavam e arrancavam.

Em seguida, escalei a plataforma de terra e fiquei em pé no topo; abaixo de mim estava o interior do reduto. Era um espaço imenso, com máquinas gigantescas aqui e ali, enormes montes de material e alojamentos estranhos. E, espalhados por ali, alguns em suas máquinas de guerra viradas, outros em suas máquinas de processamento agora rígidas, e uma dúzia deles totalmente silencioso, rígidos e deitados em uma fileira, estavam os marcianos... mortos! ... mortos pelas bactérias putrefativas e enfermidades contra os quais seus sistemas não estavam preparados; mortos como a erva daninha vermelha que também havia morrido; mortos, depois que todos os dispositivos do homem falharam, pelas coisas mais humildes que Deus, em sua sabedoria, colocou sobre esta terra.

Pois foi assim que aconteceu, como de fato eu e muitos homens poderíamos ter previsto se o terror e o desastre não tivessem cegado nossas mentes. Esses germes de doenças cobravam seus direitos à humanidade desde o início das coisas. Tinham cobrado seus direitos a nossos ancestrais pré-humanos desde que a vida começara aqui na Terra. Mas, em virtude dessa seleção natural de nossa espécie, desenvolvemos um poder de resistência; não sucumbimos a nenhum germe sem luta, e a muitos – aqueles que causam a putrefação na matéria morta, por exemplo – nossos corpos vivos são totalmente imunes. Mas não há bactérias em Marte, e mal esses invasores chegaram, mal beberam e comeram, nossos aliados microscópicos começaram a trabalhar para derrubá-los. Já quando os observei, eles estavam irrevogavelmente condenados, morrendo e apodrecendo enquanto iam e vinham. Era inevitável. Pelo pedágio de um bilhão de mortes, o homem comprou seu direito de primogenitura da terra, e é seu contra todos os que chegam; ainda seria dele se os marcianos fossem dez vezes mais poderosos do que eles. Pois os homens não vivem nem morrem em vão.

Estavam espalhados aqui e ali, quase cinquenta ao todo, naquele grande abismo que haviam construído, vencidos por uma morte que deve ter parecido a eles tão incompreensível quanto qualquer morte poderia ser. Para mim também, naquele momento, essa morte era incompreensível. Tudo que eu sabia era que essas coisas, outrora vivas e tão terríveis para os homens, estavam mortas. Por um momento, acreditei que a destruição do rei Senaqueribe havia se repetido, que Deus havia se arrependido, que o Anjo da Morte os havia matado durante a noite.

Fiquei olhando para a cratera e meu coração iluminou-se gloriosamente, enquanto o Sol nascente atingia o mundo para aquecer-me com seus raios. O fosso ainda estava escuro; os poderosos engenhos, tão grandes e maravilhosos em seu poder e complexidade, tão sobrenaturais em suas formas tortuosas, erguiam-se estranhos e vagos das sombras em direção à luz. Uma multidão de cães, eu podia ouvir, lutava pelos corpos que jaziam sombriamente nas profundezas da cova, bem abaixo de mim. Do outro lado do fosso, em sua borda mais distante, plana, vasta e estranha, estava a grande máquina voadora com a qual eles haviam feito experiências em nossa atmosfera mais densa quando a decadência e a morte os detiveram. A morte chegara no momento certo. Ao ouvir um grasnar acima da minha cabeça, ergui os olhos e vi a enorme máquina de combate que nunca mais lutaria, e os fragmentos de carne vermelha esfarrapada que escorriam dos assentos tombados no topo de Primrose Hill.

Virei-me e olhei para o declive da colina para onde, envoltos agora por pássaros, estavam aqueles outros dois marcianos que eu tinha visto durante a noite, tal como a morte os alcançara. Aquele havia morrido ao mesmo tempo que gritava por seus companheiros; talvez tenha sido o último a morrer, e sua voz ficara ecoando continuamente até que a força de sua máquina se exaurisse. Agora as torres de tripé inofensivas de metal brilhante resplandeciam ao brilho do Sol nascente.

Por toda parte ao redor do fosso, e salva como por um milagre da destruição eterna, estendia-se a grande Mãe das Cidades. Aqueles que apenas viram Londres envolta em suas vestes sombrias de fumaça dificilmente podem imaginar a clareza pura e a beleza natural e silenciosa das casas.

A leste, sobre as ruínas enegrecidas de Albert Terrace e da torre estilhaçada da igreja, o Sol brilhava ofuscante no céu claro e, aqui e ali, algumas facetas na grande vastidão de telhados captava a luz e brilhava com uma intensidade branca.

Em direção ao norte, estavam Kilburn e Hampsted, azuis e abarrotadas de casas; a oeste, a grande cidade estava escurecida; e ao sul, além dos marcianos, destacavam-se claras ao nascer do Sol as ondas verdes do Regent's Park, o Langham Hotel, a cúpula do Albert Hall, o Imperial Institute e as mansões gigantes da Brompton Road. As ruínas recortadas de Westminster erguiam-se vagamente mais adiante. Distantes e azuis estavam as colinas de Surrey, e as torres do Crystal Palace cintilavam como duas hastes de prata. A cúpula de St. Paul erguia-se escura ao nascer do Sol e vi, pela primeira vez, que estava danificada por uma enorme cavidade aberta em seu lado oeste.

E enquanto eu olhava para esta vasta extensão de casas, fábricas e igrejas, silenciosa e abandonada; enquanto pensava nas inúmeras esperanças e nos esforços, nas inúmeras hostes de vidas que tinham construído este recife humano, e na destruição rápida e implacável que pairava sobre tudo; quando percebi que a sombra havia desaparecido e que os homens ainda podiam viver nas ruas, e esta minha querida e vasta cidade morta estava mais uma vez viva e poderosa, senti uma onda de emoção que quase me fez chorar.

O tormento acabara. A regeneração começaria naquele mesmo dia. Os sobreviventes do povo, espalhados por todo o país – sem líder, sem lei, sem comida, como ovelhas sem pastor –, os milhares que haviam fugido pelo mar, começariam a voltar; a pulsação da vida, cada vez mais forte, voltaria a bater e se espalhar pelas ruas e praças vazias. Por maior que tivesse sido a destruição, a mão do destruidor fora detida. Todos os destroços, os esqueletos enegrecidos de casas que se erguiam tão tristemente sobre a grama iluminada pelo Sol da colina, logo estariam ecoando com os martelos dos restauradores e ressoando com o bater de suas colheres de pedreiro. Com o pensamento, estendi minhas mãos para o céu e comecei a agradecer a Deus. Em um ano, eu pensei... em um ano...

Com uma força avassaladora, pensei em mim, na minha esposa e na velha vida de esperança e ternura que eu achava ter perdido para sempre.

CAPÍTULO IX
Os Tempos

$$J_{tuh} = \frac{10^{21} I_u}{\sqrt{D_0 \alpha}} = 1,6100...$$

CAPÍTULO IX
Destroços

$$t_{h-\ell} = t_u \frac{\alpha^2}{4\pi D_o} = 9,5600$$

E AGORA VEM A PARTE MAIS ESTRANHA DA MINHA HISTÓRIA. No entanto, talvez, não seja totalmente estranha. Lembro-me, com clareza, frieza e nitidez, de tudo o que fiz naquele dia até o momento em que fiquei chorando e louvando a Deus no topo de Primrose Hill. Esqueci o que aconteceu depois.

Não lembro de nada dos três dias seguintes. Soube depois que não fui o primeiro a descobrir que os marcianos haviam morrido, vários andarilhos como eu já haviam descoberto na noite anterior. Um homem... o primeiro... tinha ido até St. Martin's-le-Grand e, enquanto eu me abrigava na cabana dos cocheiros, conseguiu passar um telegrama para Paris. Dali, as boas notícias espalharam-se pelo mundo todo; milhares de cidades, congeladas por temores horríveis, de repente, começaram a brilhar com frenéticas iluminações; eles ficaram sabendo em Dublin, Edimburgo, Manchester, Birmingham, quando eu estava à beira do fosso. Contaram-me que havia homens chorando de alegria, gritando e parando seu trabalho para apertar as mãos e comemorar, subindo nos trens, mesmo tão perto quanto Crewe, para seguirem até Londres. Os sinos da igreja, que ficaram silenciosos por quinze dias, receberam a notícia e começaram a repicar por toda a Inglaterra. Homens em bicicletas, magros, desgrenhados, chamuscados, andaram ao longo de todas as pistas do país, anunciando a libertação inesperada, gritando as notícias para as figuras magras e desesperadas. E quanto à comida! Através do Canal do mar da Irlanda e do Atlântico, chegavam milho, pão e carne para nosso alívio. Todos os navios do mundo pareciam ir para Londres naquele momento. Mas não me lembro de nada disso. Eu fiquei vagando... um homem louco. Voltei a mim em uma casa de pessoas gentis, que me encontraram no terceiro dia vagando, chorando e delirando pelas ruas de St. John's Wood. Eles me contaram que eu estava cantarolando uma música sobre "O último homem vivo! Viva! O último homem vivo!". Embora estivessem preocupados com seus próprios assuntos, essas pessoas, cujos nomes, por mais que eu quisesse expressar minha gratidão a eles, não posso citar aqui, cuidaram de mim, abrigaram-me e protegeram-me de mim mesmo. Aparentemente, eu mesmo contei a eles alguns fatos da minha história durante os dias em que estivesse inconsciente.

Muito gentilmente, quando recuperei minha consciência, eles me contaram o que haviam descoberto sobre o destino de Leatherhead. Dois dias depois de eu ter sido preso, a cidade fora destruída com todas as pessoas que estavam ali, por um marciano. Ele destruíra a cidade, ao que parecia, sem qualquer provocação, como um menino que pode esmagar um formigueiro por mera demonstração de poder.

Eu era um homem solitário e triste, e eles foram muito amáveis e se importaram comigo. Fiquei com eles quatro dias após minha recuperação. Todo aquele tempo eu senti uma vaga e crescente ânsia de olhar mais uma vez para o que restava da pequena vida que parecia tão feliz e brilhante no meu passado. Era um mero desejo desesperado de festejar minha desgraça. Eles dissuadiram-me. Fizeram tudo o que puderam para me desviar desse desejo mórbido. Mas, finalmente, não pude resistir mais ao impulso e, prometendo fielmente voltar para vê-los, separei-me desses amigos de quatro dias, devo confessar, com lágrimas nos olhos. Saí novamente para as ruas que ultimamente estavam tão escuras, estranhas e vazias.

As pessoas já estavam retornando para suas cidades; em alguns lugares havia até lojas abertas, e eu vi um bebedouro de água potável.

Lembro-me de como o dia parecia ridiculamente brilhante quando voltei para minha peregrinação melancólica à pequena casa de Woking, de como as ruas estavam agitadas e a vida em movimento a meu redor. Tantas pessoas estavam em todos os lugares, ocupadas em mil atividades, que parecia inacreditável que grande parte da população pudesse ter sido morta. Mas então percebi como as peles das pessoas que eu encontrava estavam amareladas, como estavam desgrenhados os cabelos dos homens, como seus olhos estavam grandes e brilhantes e como ainda havia alguns homens usando seus farrapos cheios de poeira. Seus rostos mostravam uma das duas expressões: um entusiasmo, cheio de energia, ou uma resolução sombria. Se não fosse pela expressão dos rostos, Londres pareceria uma cidade de mendigos. As sacristias distribuíam indiscriminadamente o pão que nos fora enviado pelo governo francês. Era possível ver, com tristeza, as costelas dos poucos cavalos que restaram. Policiais especiais, abatidos, usando emblemas brancos, ficavam nas esquinas de todas as ruas. Vi pouco dos danos causados pelos marcianos até chegar a Wellington Street, e lá eu vi a erva daninha vermelha brotando nos suportes da ponte de Waterloo.

No canto da ponte, também vi um dos contrastes comuns daquela época grotesca... uma folha de papel destacando-se entre ervas daninhas vermelhas, presa por um pedaço de pau, que a mantinha no lugar. Era o anúncio do primeiro jornal a retomar a publicação... o "Daily Mail". Comprei uma cópia com um xelim enegrecido que encontrei no bolso. A maior parte estava em branco, mas o compositor solitário que o fizera divertiu-se fazendo um esquema grotesco de uma propaganda impressa na última página. O assunto sobre o qual ela falava era sentimental; a organização de notícias ainda não havia voltado a seu ritmo normal. Não descobri nada de novo, exceto que em uma semana o exame dos mecanismos marcianos já havia produzido resultados surpreendentes. Entre outras coisas, o artigo garantia aquilo que eu não acreditava na época, que o "Segredo de voar" fora descoberto. Em Waterloo, encontrei os trens gratuitos que estavam levando as pessoas para suas casas. O primeiro trem já havia partido. Havia poucas pessoas no próximo trem, e eu não estava com vontade de conversar. Arranjei um compartimento só para mim, e me sentei de braços cruzados, olhando com tristeza para a devastação iluminada pelo Sol que fluía pelas janelas. E, do lado de fora do terminal, o trem sacolejava sobre trilhos temporários, e em ambos os lados da ferrovia as casas eram ruínas enegrecidas. Até Clapham Junction, o aspecto de Londres era de sujeira, da Fumaça Negra, apesar de dois dias de tempestades e chuva, e em Clapham Junction a linha havia sido destruída; havia centenas de balconistas e comerciantes desempregados trabalhando lado a lado com os trabalhadores habituais, e fomos surpreendidos por uma troca de trens apressada.

Ao longo de toda a linha, a partir dali, o aspecto do país era sombrio e estranho; em particular, Wimbledon sofrera bastante. Walton, graças a seus pinheiros que não foram queimados, parecia o local menos atingido ao longo da linha. Wandle, Mole, cada pequeno riacho, era uma massa amontoada de ervas daninhas vermelhas, com uma aparência entre carne de açougueiro e repolho em conserva. Os pinhais de Surrey estavam secos demais devido às grinaldas das trepadeiras vermelhas. Além de Wimbledon, em alguns canteiros estavam as massas amontoadas de terra ao redor do sexto cilindro. Várias pessoas estavam em pé sobre elas, e alguns bombeiros também estavam trabalhando ali. A bandeira do Reino Unido tremulava alegremente com a brisa matinal. Todos os canteiros estavam vermelhos, cheios de ervas daninhas; uma vasta extensão de cor clara recortada com sombras roxas, que causavam dor aos olhos. Era um alívio infinito desviar o olhar do primeiro plano cinzento, chamuscado e vermelho para a suavidade verde-azulado das colinas a leste.

A linha do lado londrino da estação de Woking ainda estava em reparos, então desci na estação Byfleet e peguei a estrada para Maybury, passando pelo lugar onde eu e o artilheiro conversamos com os soldados da cavalaria, e continuei pelo local onde o marciano apareceu para mim no temporal. Aqui, movido pela curiosidade, desviei-me para encontrar, entre um emaranhado de folhas vermelhas, a carroça empenada e quebrada com os ossos esbranquiçados do cavalo espalhados e roídos. Por um tempo, fiquei olhando esses vestígios...

Então voltei pelo bosque de pinheiros, onde as ervas daninhas chegavam até a altura do pescoço em alguns pontos, e descobri que o dono do Spotted Dog já fora sepultado; logo retomei o caminho para casa passando pelo College Arms. Um homem parado em uma porta aberta de uma casa de campo me cumprimentou pelo nome quando passei.

Olhei para minha casa com um rápido lampejo de esperança que se desvaneceu imediatamente. A porta fora arrombada, estava aberta e começou a abrir lentamente à medida que me aproximava.

A porta se fechou novamente. As cortinas do meu escritório esvoaçavam pela janela aberta de onde eu e o artilheiro tínhamos visto o amanhecer. Ninguém a fechara desde então. Os arbustos despedaçados estavam exatamente como eu os deixei quase quatro semanas atrás. Tropecei no corredor, e a casa parecia vazia. O tapete da escada estava amarrotado e desbotado no local onde eu ficara agachado, ensopado até a pele pela tempestade da noite da catástrofe. Nossos passos enlameados ainda marcavam as escadas.

Acompanhei-os até meu escritório e encontrei, sobre a escrivaninha, com o peso do papel de selenita sobre ela, a folha de trabalho que deixara na tarde da abertura do cilindro. Por um tempo, fiquei lendo meus argumentos abandonados. Era um artigo sobre a provável evolução das Ideias Morais com o desenvolvimento do processo de civilização; e a última frase era o início de uma profecia: "Dentro de aproximadamente duzentos anos", eu havia escrito, "provável que...". A sentença terminava abruptamente. Lembrei-me de minha incapacidade de concentração naquela manhã, mal se passara um mês, e de como havia interrompido o trabalho para pegar meu "Daily Chronicle" no jornaleiro. Lembrei-me também de como desci até o portão do jardim quando ele chegou, e de como ouvi sua estranha história sobre os "Homens de Marte".

Desci e fui para a sala de jantar. Lá estavam o carneiro e o pão, ambos em decomposição, e uma garrafa de cerveja virada, exatamente como eu e o artilheiro a tínhamos deixado. Minha casa estava desolada. Percebi a loucura da tênue esperança que acalentei por tanto tempo. E então uma coisa estranha aconteceu.
– Não adianta – dizia uma voz. – A casa está deserta. Ninguém esteve aqui nos últimos dez dias. Não fique aqui para se atormentar. Ninguém escapou além de você.

Fiquei assustado. Teria eu mesmo falado meu pensamento em voz alta? Virei-me e a porta francesa estava aberta atrás de mim. Dei um passo para lá e fiquei olhando para fora.

E lá, surpresos e receosos, assim como eu, estavam meu primo e minha esposa...pálida e sem lágrimas. Ela soltou um grito fraco.

– Eu vim – ela disse. – Eu sabia... sabia...

Ela colocou a mão na garganta e cambaleou. Dei um passo à frente e a peguei em meus braços.

CAPÍTULO X
Epílogo

$$\frac{1_u}{\sqrt{D_0 \alpha}} = 1{,}6160\ldots \cdot 10^{-35} \, m$$

$\alpha = 270°$
$\delta = -90°$

Só posso lamentar, agora que estou concluindo minha história, o quanto sou incapaz de contribuir para a discussão das muitas questões que ainda não foram esclarecidas. Em determinado aspecto, certamente serei alvo de críticas. Minha área de conhecimento é a filosofia especulativa. Meu conhecimento de fisiologia comparativa está confinado a um ou dois livros, mas me parece que as sugestões de Carver quanto ao motivo da morte rápida dos marcianos são tão prováveis que podem ser consideradas quase como uma conclusão comprovada. Admiti tal fato no corpo da minha narrativa.

De qualquer modo, em todos os corpos dos marcianos, examinados após a guerra, nenhuma bactéria foi encontrada, exceto aquelas já conhecidas como espécies terrestres. O fato de não terem enterrado nenhum de seus mortos, e o massacre imprudente que perpetraram, apontam também para uma total ignorância do processo de putrefação. Mas por mais provável que pareça, não é de maneira alguma uma conclusão comprovada.

Também não é conhecida a composição da Fumaça Negra, que os marcianos usaram com efeito tão mortal, e o gerador dos raios da morte permanece um enigma. Os terríveis desastres nos laboratórios de Ealing e South Kensington desencorajaram os analistas a investigações adicionais sobre o assunto. A análise de espectro da poeira negra aponta inequivocamente para a presença de um elemento desconhecido com um grupo brilhante de três traços sobre o verde, e é possível que se combine com o argônio para formar um composto que age ao mesmo tempo com o efeito mortal sobre algum constituinte do sangue. Mas tais especulações não comprovadas dificilmente serão do interesse do leitor em geral, a quem esta história é dedicada. Nenhuma das escórias marrons que desceram pelo Tamisa após a destruição de Shepperton foi examinada na época, e agora nenhuma está disponível.

Já descrevi os resultados de um exame anatômico dos marcianos, tanto quanto foi possível depois do que os cães lhes fizeram. Mas todos estão familiarizados com o magnífico e quase completo exemplar conservado no álcool, que se encontra no Museu de História Natural, e os incontáveis desenhos que foram feitos a partir dele; e, além disso, o interesse de sua fisiologia e estrutura é puramente científico.

Uma questão de interesse mais grave e universal é a possibilidade de outro ataque dos marcianos. Não creio que esteja sendo dada atenção suficiente a este aspecto da questão. No momento, o planeta Marte está em conjunção, mas a cada retorno à oposição, prevejo, pela minha parte, uma renovação da sua aventura. Em qualquer caso, devíamos estar preparados. Parece-me que seria possível definir a posição da arma de onde são disparados os cilindros, para manter uma vigilância contínua sobre esta parte do planeta e antecipar a chegada do próximo ataque.

Nesse caso, o cilindro poderia ser destruído com dinamite ou artilharia antes que esfriasse o suficiente para os marcianos emergirem, ou eles poderiam ser massacrados por meio de armas assim que o parafuso se abrisse. Parece-me que perderam uma grande vantagem no fracasso de sua primeira surpresa. Provavelmente, eles veem o problema da mesma maneira.

O astrólogo Lessing apresentou excelentes razões para supor que os marcianos realmente conseguiram efetuar uma aterrissagem no planeta Vênus. Sete meses atrás, Vênus e Marte estavam alinhados com o Sol; isto é, Marte estava em oposição do ponto de vista de um observador em Vênus. Posteriormente, uma marca luminosa e sinuosa peculiar apareceu na metade não iluminada do planeta, e quase simultaneamente uma marca escura tênue de caráter sinuoso semelhante foi detectada em uma fotografia do disco marciano. É preciso observar os desenhos dessas imagens para apreciar plenamente a notável semelhança de suas características.

De qualquer modo, esperemos, ou não, outra invasão, nossas visões do futuro humano devem ser grandemente modificadas por esses eventos. Aprendemos agora que não podemos considerar este planeta como um lugar protegido e uma fortaleza para o homem; nunca podemos prever o bem ou mal invisível que pode nos sobrevir repentinamente do espaço. Pode ser que, no projeto mais amplo do universo, essa invasão de Marte tenha trazido seu benefício aos homens; roubou-nos aquela serena confiança no futuro, que é a fonte mais fecunda de decadência; os dons que trouxe à ciência humana são enormes e muito contribuiu para promover a concepção do bem comum da humanidade. Pode ser que, através da imensidão do espaço, os marcianos tenham assistido ao destino desses seus pioneiros e tenham aprendido a lição, e que tenham encontrado uma colônia mais segura no planeta Vênus. Seja como for, por muitos anos, ainda não haverá nenhum relaxamento do exame ávido do disco marciano, e aqueles dardos inflamados do céu e as estrelas cadentes trarão com eles, ao caírem, uma apreensão inevitável para todos os filhos dos homens.

A ampliação dos pontos de vistas dos homens, resultante dessa experiência, dificilmente será exagerada. Antes do cilindro cair, havia uma convicção geral de que em todas as profundezas do espaço não existia vida além da superfície mesquinha de nossa esfera diminuta. Agora vemos mais longe. Se os marcianos podem chegar à Vênus, não há razão para supor que a coisa seja impossível para os homens, e quando o lento resfriamento do Sol tornar esta terra inabitável, como finalmente deve acontecer, pode ser que o fio da vida que começou aqui transborde e capture nosso planeta irmão dentro de suas armadilhas.

É obscura e, ao mesmo tempo, maravilhosa a visão que imaginei da vida espalhando-se lentamente deste pequeno canteiro de sementes do sistema solar por toda a vastidão inanimada do espaço sideral. Mas esse é um sonho distante. Pode ser, por outro lado, que a destruição dos marcianos seja apenas um adiamento. Talvez, o futuro brilhante será o deles e não o nosso.

Devo confessar que a tensão e o perigo daqueles dias deixaram uma sensação permanente de dúvida e insegurança em minha mente. Estou sentado em meu escritório escrevendo à luz da lamparina e, de repente, vejo novamente o vale, lá embaixo, ardendo em chamas, com labaredas contorcidas, e sinto a casa atrás de mim e a meu redor vazia e abandonada. Saio para a Byfleet Road e os veículos passam por mim, um açougueiro em uma carroça, um cabriolé cheio de visitantes, um operário de bicicleta, crianças indo para a escola e, de repente, tudo fica vago e irreal, e eu corro novamente com o artilheiro através do silêncio quente e abafado. À noite, vejo a poeira negra escurecendo as ruas silenciosas e os corpos contorcidos envoltos nessa camada erguem-se diante de mim esfarrapados e mordidos por cães. Por fim, eles gaguejam e ficam mais ferozes, mais pálidos, mais feios, distorções loucas da humanidade, e eu acordo, gelado e triste, na escuridão da noite.

Vou para Londres e vejo as multidões agitadas na Fleet Street e no Strand, e me ocorre que eles são apenas fantasmas do passado, assombrando as ruas que vi silenciosas e abandonadas, indo e voltando, fantasmas em uma cidade morta, o escárnio da vida em um corpo galvanizado. Também sinto-me estranho quando estou em Primrose Hill, como fiz apenas um dia antes de escrever este último capítulo, para ver o grande número de casas, escuras e azuladas através da fumaça e da névoa, desaparecendo finalmente no vago céu mais baixo, para ver as pessoas andando de um lado para outro entre os canteiros de flores na colina, para ver os visitantes observando a máquina marciana que está parada ali, para ouvir a algazarra das crianças brincando e para relembrar o tempo em que eu vi tudo isto claro e nítido, opressivo e silencioso, ao amanhecer daquele último grande dia....

E o mais estranho de tudo é segurar a mão da minha esposa novamente e pensar que a inclui entre os mortos, assim como ela fez comigo.

Impressão e Acabamento
Gráfica Oceano